HEYNE
BÜCHER

Das Buch

Die frisch geschiedene Kate zieht mit ihrem zwölfjährigen Sohn in ein bayerisches Dorf, wo sie ihr Leben neu ordnen will. Sie verwirklicht ihren Traum von einer Flötenwerkstatt, beginnt eine Liebesaffäre und freundet sich mit drei ungewöhnlichen Frauen an. Ihr neuer Nachbar, ein freundlicher älterer Herr, überschüttet sie anfangs mit Hilfsbereitschaft, doch bald entpuppt er sich als Nervensäge und wird zunehmend unberechenbar und gefährlich. Eines Tages findet Kate beim Joggen die Leiche einer Frau. Die vermeintliche Dorfidylle beginnt zu bröckeln. Bald fühlt sich Kate bedroht und verfolgt, und alles was passiert, scheint mit dem Mann von nebenan zusammenzuhängen. Kate sucht Zuflucht bei ihren Freundinnen, und als eines Nachts Kates Werkstatt abbrennt und ihr Sohn um ein Haar in den Flammen umkommt, beschließen die Frauen, sich des bösen Nachbarn ein für allemal zu entledigen.

Der Bestseller von Amelie Fried wurde von Dror Zahavi mit Lisa Martinek, Axel Milberg, Andrea Sawatzki u.v.a. für Sat 1 verfilmt.

Die Autorin

Amelie Fried, geboren 1958, ist eine bekannte TV-Moderatorin. Für ihre Fernseharbeit erhielt sie den Grimme-Preis, den Bambi und den Telestar-Förderpreis. Auch als Autorin kann sie auf große Erfolge verweisen. Ihr erstes Kinderbuch *Hat Opa einen Anzug an?* wurde mit dem deutschen Jugendliteraturpreis ausgezeichnet. Ihre beiden ersten Romane *Traumfrau mit Nebenwirkungen* und *Am Anfang war der Seitensprung* (01/10996) wurden beide zu Bestsellern und erfolgreich verfilmt. Zuletzt erschien *Geheime Leidenschaften* (01/13361) und der neue Roman *Glücksspieler* (43/0189). Amelie Fried lebt mit ihrem Mann und zwei Kindern in einem Dorf bei München.

AMELIE FRIED

DER MANN VON NEBENAN

Der Roman zum großen Fernsehfilm

WILHELM HEYNE VERLAG
MÜNCHEN

HEYNE ALLGEMEINE REIHE
Nr. 01/20058

Der Titel erschien bereits in der Allgemeinen Reihe
unter der Band-Nr. 01/13194.

Umwelthinweis:
Dieses Buch wurde auf
chlor- und säurefreiem Papier gedruckt

Taschenbuchausgabe 11/2001

Printed in Germany 2001
Umschlag- und Innenillustrationen:
© Sat 1/Ralf van der Heydt
Umschlaggestaltung: Nele Schütz Design, München
Satz: Leingärtner, Nabburg
Druck und Bindung: Elsnerdruck, Berlin

ISBN: 3-453-18206-5

http://www.heyne.de

Dieses Buch
widme ich allen netten Nachbarn

EINS

Kate erwachte vom Fauchen eines Drachen. Schlaftrunken torkelte sie zum Fenster und klappte die Läden auf. Grelles Sonnenlicht stach ihr in die Augen. »Ffffff« machte der Drache, und Kate blinzelte. Langsam schälten sich aus dem gleißenden Licht die Umrisse eines Heißluftballons, der im Abstand von wenigen Metern an Kates Gesicht vorbeischwebte. Mit lautem Zischen fuhr ein Feuerstoß ins Innere des Ballons, und Kate wünschte, sie würde dort oben schweben, in sicherem Abstand zur Erde und den Ereignissen der letzten Wochen.

Sie rieb sich die Augen und gähnte. Zaghaft streckte sie die Arme der Sonne entgegen. Am Horizont zeichneten sich die milchigen Umrisse der Berge ab, hügelige Weiden und tiefgrüne Waldstücke dehnten sich vor ihren Augen. Kein Zweifel, sie war in einem der malerischsten Teile Bayerns gelandet, in einer Postkartenidylle, für deren Anblick manche Leute Tausende von Kilometern um die Welt reisen.

Sie sah dem Ballon eine Weile nach, dann drehte sie sich um und blickte ins Zimmer. Durch die Bewegung wurde Staub aufgewirbelt, der sie in der Nase kitzelte und einen Niesreiz auslöste. Mit geöffnetem Mund und erwartungsvoll geblähten Nüstern stand sie da und wartete, aber die befreiende Entladung blieb aus.

Im Schlafzimmer sah es aus wie nach einem Flugzeugabsturz. Aus halbgeöffneten Koffern quollen Kleider und Bücher; der Boden war bedeckt mit Kisten und Taschen. Auf dem Bett lag der zusammengeknüllte Schlafsack, in dem Kate die Nacht verbracht hatte. Ihre erste Nacht hier draußen.

Sie betrachtete die Möbel. Ein wuchtiger, alter Bauernschrank, eine bemalte Kommode mit verblaßten Farben, die aus Indonesien stammen könnte, ein kunstvoll geschnitztes Nachttischchen, ebenfalls asiatisch. Ein aus Rattan geflochtener Sessel, ein Eckregal, in dem sich allerhand Krimskrams angesammelt hatte, wie man ihn von Reisen nach Hause bringt. Auf allem eine feine Staubschicht.

Eigentlich ganz schön, dachte Kate, wie um sich selbst Mut zu machen. Die Vorstellung, in fremden Möbeln zu leben, erschien ihr eigenartig, fast obszön.

Sie ging die Treppe hinunter und öffnete die Haustür; frische Morgenluft strömte herein.

In der Küche wirkte alles seltsam verschwommen, ohne Konturen. Vermutlich war es nur der Schmutz. Seufzend nahm Kate sich vor, in den nächsten Tagen das Haus gründlich zu putzen. Einen Ort zu reinigen bedeutete für sie auch, ihn in Besitz zu nehmen.

Sie kramte in den Schrankfächern, bis sie einen verkrusteten Espressokocher entdeckte. Als sie den Wasserhahn aufdrehte, quoll ihr rostige Brühe entgegen. Sie ließ das Wasser eine Weile laufen. Es wurde heller, blieb aber eiskalt. Richtig, sie mußte erst die Heizung in Gang kriegen. Ihr graute davor, in den Keller zu steigen und irgendwelche Knöpfe an einer wildfremden Maschine zu drücken. Womöglich jagte sie die ganze Bude in die Luft. Noch nie hatte sie sich um solche Dinge kümmern müssen, das hatte immer Bernd getan.

Kate reinigte den Espressokocher, füllte einen kläglichen Rest Kaffeepulver ein, dessen Aroma sich vermutlich längst verflüchtigt hatte, und schraubte die zwei Teile zusammen. Wenig später ertönte das vertraute Blubbern, mit dem das Wasser in der Maschine hochstieg. Sie erwärmte die Milch, die sie vorsorglich gestern noch eingekauft hatte, goß sie mit dem Kaffee in eine Tasse und trank den ersten Schluck, wie immer mit geschlossenen Augen.

Lautes Geschrei ließ sie zusammenzucken. Sie riß die Augen wieder auf. Was war das? Vor Schreck hatte sie einen Teil des Kaffees verschüttet.

Der Lärm kam von draußen. Vor dem Haus sah Kate ein Gewühl aus verknoteten Gliedmaßen, aus dem hie und da ein rotblonder Haarschopf blitzte.

»Samuel!«

Ihr Sohn reagierte nicht. Hingebungsvoll prügelte er sich mit einem anderen Jungen.

»Samuel, hör sofort auf!«

Kates Stimme wurde lauter. Die zwei Knaben hielten inne, nicht aus Gehorsam, sondern aus Erschöpfung. Samuel wandte ihr sein sommersprossiges Gesicht mit den strahlendblauen Augen zu, von denen eines gerade zuschwoll.

Energisch ging Kate auf die zwei Raufbolde zu und stieß fast mit einer Frau zusammen, die ebenfalls Kurs auf den Ort des Geschehens genommen hatte.

Sie war eine auffallende Erscheinung, groß, mit fast taillenlangem schwarzem Haar und südländischem Aussehen. Kate schätzte sie auf Ende Dreißig, ein paar Jahre älter als sie selbst. Um den Hals trug sie eine Kette mit einem großen Anhänger, einem in Silber gefaßten grünen Stein.

»Was ist hier eigentlich los?« fragte Kate.

»Der hat mir mein Fahrrad geklaut!«

Anklagend zeigte Samuel auf den Jungen. Sein Rennrad! Sein Allerheiligstes! Bernds Geschenk zum zwölften Geburtstag, das Samuel am liebsten jeden Abend mit ins Bett nehmen würde.

»Quatsch! Ich hab's mir nur mal angesehen!« verteidigte sich der andere Junge.

»Stimmt nicht, du bist ja schon draufgesessen!« schrie Samuel.

»Na, und? Deshalb habe ich's noch lange nicht geklaut!«

Die zwei Streithähne waren im Begriff, sich wieder aufeinanderzustürzen.

»Jetzt reicht's aber!« sagte die Frau und griff ins Getümmel. Anstatt, wie Kate erwartet hatte, ihren eigenen Sohn herauszuziehen, hielt sie plötzlich Samuel am Schlafittchen.

»Du hörst jetzt auf!« befahl sie.

Kates Mutterinstinkt regte sich. »Moment mal, *Ihr* Sohn hat schließlich Samuels Fahrrad genommen«, protestierte sie.

»Und das ist ein Grund, gleich draufloszuprügeln? Wer sind Sie überhaupt, und was haben Sie in Nellis' Haus verloren?« Die Frau starrte Kate feindselig an.

»Ich ... äh ...«, begann Kate, aber sie wurde gleich unterbrochen.

»Ach was, ist mir doch völlig egal. Am besten, Sie hauen ganz schnell wieder ab!«

Na, das fing ja gut an. Kate war kurz davor, zurückzuschnauzen, besann sich aber eines Besseren. Sie wollte keinen Streit.

Beide Frauen packten ihre Söhne und zogen sie in entgegengesetzte Richtungen davon. Die beiden Jungen streckten sich die Zunge raus und riefen sich Unflätigkeiten nach.

»Mußte das sein?« fragte Kate ärgerlich, als sie wieder im Haus waren. »Wir wohnen jetzt hier. Wir müssen mit den Leuten zurechtkommen, sonst wird es die Hölle.«

»Es wird sowieso die Hölle«, murmelte Samuel verstockt.

»Hör schon auf, du wirst dich ganz schnell einleben. Und zum Fahrradfahren gibt's keine bessere Gegend!«

Mit diesem Argument hatte sie Samuel den Umzug aufs Land schmackhaft gemacht. Wochenlang hatten sie diskutiert, wo sie in Zukunft leben wollten. Kate wollte weg aus der Stadt, Samuel wollte bei seinen Freunden bleiben. Nur die Aussicht auf paradiesische Radfahrbedingungen hatte ihn schließlich zum Nachgeben gebracht.

»Kann ich den Schuppenschlüssel haben?« fragte Samuel.

»Was willst du im Schuppen?«

In Gedanken hatte Kate den robusten Holzverschlag bereits belegt; sie würde ihre Werkstatt dort einrichten.

»Mein Rad reinstellen.«

Sie gab ihm den Schlüssel.

»Willst du nicht frühstücken? Ich habe Cornflakes gesehen. Milch ist auch da.«

Er schüttelte den Kopf, daß seine rotblonden Locken flogen.

Als kleiner Junge hatte er ausgesehen, wie von Botticelli gemalt. Neulich hatte Kate ihn gerade noch davon abhalten können, die Lockenpracht abzuschneiden. Jetzt züchtete er sich Dreadlocks.

Vor seiner Pubertät hatte sie sich immer gefürchtet. Und ausgerechnet jetzt, wo diese schwierige Zeit begann, war sie alleine für ihn verantwortlich. Keiner da, mit dem sie hätte reden können.

Nur ein gutes Jahr lag es zurück, daß Samuel, Bernd und sie eine glückliche Familie gewesen waren. Jedenfalls hatte Kate das damals gedacht. Erst in den letzten Monaten war ihr klargeworden, wie verzweifelt sie sich an ein Wunschbild geklammert hatte, das der Wirklichkeit längst nicht mehr entsprach.

Bernd und sie hatten im Lauf der Jahre begonnen, völlig eigene Leben zu leben. Die Tatsache, daß er jeden Abend in die gemeinsame Wohnung zurückkehrte, hatte ihr als Beleg für eine funktionierende Ehe gegolten. Ihr hatte nichts gefehlt; jedenfalls hatte sie nicht bemerkt, daß ihr irgend etwas fehlte.

Und nun war sie eine geschiedene Frau.

Ein freundlich eingerichteter Verhandlungsraum.

Sie mit Anwalt, Bernd mit Anwältin. Sie sitzen gemeinsam an einem Tisch, als handele es sich um ein geselliges Beisammensein. Die Anwälte tauschen ein bißchen Anwaltsklatsch, man kennt sich. Der Richter tritt ein, man erhebt sich, nimmt wieder Platz. Die Anwesenheit der Parteien und ihrer Rechtsvertreter wird festgestellt, verschiedene Dokumente werden zu Protokoll gegeben. Nachdem der Richter die Zerrüttung der Ehe festgestellt hat (»der letzte Geschlechtsverkehr liegt mehr als ein Jahr zurück«) verliest er die Scheidungsvereinbarung. Noch Fragen? Allgemeines Kopfschütteln.

Stummes Aufbegehren in Kate. Noch Fragen? Allerdings. Aber der Proteststurm in ihr fällt in sich zusammen, wird zur lächerlichen kleinen Windhose, verebbt schließlich ganz. Nein, keine Fragen mehr.

Aufstehen, Händeschütteln. Also dann, alles Gute. Tak-tarak, tak-tarak macht Kates Herz, das blöde, empfindliche Ding.

Da geht er hin, ihr Traum von der großen Liebe.

Draußen warten tatsächlich zwei versprengte Pressefotografen, um das Sensatiönchen für ihre Blätter festzuhalten. Klar, sie war ja mal berühmt. Katharina Moor, die »schöne Sprinterin«.

Schnell schob Kate die Erinnerung weg.

Sie setzte sich wieder an den Küchentisch und versuchte, ihre Gedanken zu ordnen. Es gab so vieles, was jetzt getan werden mußte. Ihren Namen auf dem Briefkasten anbringen. Samuel in der Schule anmelden. Ihre neue Adresse verschicken. Ein Konto eröffnen. Das Haus in Schuß bringen. Den Schuppen aufräumen. Den Rasen mähen.

Je mehr ihr einfiel, desto kraftloser fühlte sie sich. Sie wäre am liebsten nur so sitzen geblieben, die wärmende Kaffeetasse in der Hand, die Bewegungen einer Fliege verfolgend, die besessen brummend um einen vertrockneten Zimmerfarn kreiste. Nellis mußte vergessen haben, die Pflanze irgend jemandem zum Gießen zu bringen.

Seit sechs Wochen war Nellis weg, und er würde den Rest des Jahres unterwegs sein. Australien, Neuseeland, Polynesien. Nellis war Reiseschriftsteller, seit Jahren fuhr er um die Welt und kehrte nur für ein paar Monate im Jahr in dieses Haus zurück, um hier seine Artikel und Bücher zu schreiben. Von Olga, einer gemeinsamen Freundin aus der Stadt, hatte Kate den Schlüssel bekommen. In einem langen Fax hatte Nellis ihr aufgelistet, was zu beachten wäre. Bis zum Jahresende würde sie in seinem Haus bleiben können, vielleicht sogar länger. Die Sache hatte einen großen Vorteil: Sie konnte umsonst hier wohnen. Nellis verlangte keine Miete; nur ihren Verbrauch an Strom, Heizöl und Wasser würde sie bezahlen müssen. Das war ihre Rettung, denn Kate war pleite.

Die Ehe mit Bernd hatte alle ihre Ersparnisse aufgesaugt. Dabei war sie – gemessen an anderen Zweiundzwanzigjährigen – bei ihrer Hochzeit richtig reich gewesen. Preisgelder, Werbeverträge, Gastrollen im Fernsehen; es war einiges zusammengekommen in den paar Jahren, in denen sie gefragt war.

Geldangelegenheiten hatten Kate nie interessiert, sie hatte es ihrem Mann überlassen, sich darum zu kümmern. Und der kümmerte sich. Darum, daß immer ein teures Auto vor der Tür stand, daß sie zwei- bis dreimal im Jahr Urlaub machten, daß gut gegessen wurde und modische Klamotten im Schrank hingen. Sie gewöhnte sich schnell an diesen Lebensstil, ohne sich Gedanken darüber zu machen, wie all das finanziert wurde. Ihr Mann hatte schließlich einen Job beim Fernsehen, wahrscheinlich verdiente man da soviel.

Es war nur eine von vielen unangenehmen Überraschungen gewesen, daß sie im Laufe der Scheidung kapierte, wieviel von *ihrem* Geld Bernd all die Jahre ausgegeben hatte. Und er hatte sich nicht entblödet, ihr kürzlich eine größere Summe anzubieten. Für den »neuen Anfang«.

Haha. Welchen Anfang? Das Leben in einem Haus, das nicht ihres war, in Möbeln, die ihr nicht gehörten, in einem Dorf, in dem sie zufällig gelandet war, mit Perspektiven, die äußerst zweifelhaft waren.

»Du mußt mir nichts dafür bezahlen, daß ich gehe«, hatte sie zu Bernd gesagt und den Kopf zurückgeworfen. »Ich gehe freiwillig.« Aber was heißt schon »freiwillig«, wenn man einer Konkurrentin das Feld überläßt? Sollte Bernd sich wenigstens mit ein paar Schuldgefühlen rumplagen. Wenn er so was überhaupt kannte.

Plötzlich fiel ihr das Fax von Nellis ein. Vielleicht stand was zur Heizung drauf. Sie wühlte in ihrer Handtasche, bis sie das zerknautschte Blatt gefunden hatte. Ausführlich hatte Nellis notiert, wo welche Schlüssel waren, wie mit dem Müll zu verfahren war und dergleichen mehr. Zum Stichwort Heizung entzifferte sie: »WW-Bereitung mit gr. rotem Knopf, gleichz. Hebel links bewegen und ca. 20 Sek. warten.«

Ganz unten am Blattrand stand noch etwas. Kate mußte das Blatt leicht drehen, um es lesen zu können. »Beware of neighbours!!!« hatte Nellis hingekritzelt. Mit drei Ausrufezeichen.

Was sollte das denn heißen? Es klang wie »Warnung vor dem Hunde«. Und welche Nachbarn meinte er überhaupt? Das Haus hatte in alle Richtungen Nachbarn, es wäre sehr hilfreich gewesen, wenn er seine Warnung etwas spezifiziert hätte. Vielleicht meinte er ja die schreckliche Person von heute morgen, es würde Kate nicht überraschen.

Das Brummen war stärker geworden. Kate sah erstaunt auf. Die Fliege mußte sich in aller Eile fortgepflanzt haben, denn jetzt waren es plötzlich acht oder zehn Exemplare, die in der Nähe der Spüle umherschwirrten. Kate öffnete vorsichtig die Schranktür unter der Spüle und fuhr angeekelt zurück. Süßlicher Modergeruch stieg ihr in die Nase. Nellis hatte vergessen, die Mülltüte wegzuwerfen.

»Pfui Teufel!« fluchte sie, griff nach einem Küchentuch und versuchte, die Tüte aus dem Eimer zu ziehen. Eine Wolke von Schimmel stieg auf wie ein Atompilz.

Den Würgreiz unterdrückend, packte sie den ganzen Eimer, hielt ihn mit weit ausgestreckten Armen von sich weg und lief hinaus zur Mülltonne.

Wenig später betrat Kate den gutsortierten Krämerladen des Dorfes, um sich mit dem Nötigsten einzudecken. Zuerst sollte es darum gehen, das Haus auf Vordermann zu bringen. Alles andere würde sich finden.

Sie packte Scheuerpulver, Gummihandschuhe, Putzlappen, Spülbürste und Staubtuch in einen Korb, dann stellte sie sich an der Wurst-und-Käse-Theke an. Die Verkäuferin musterte Kate über den Rand ihrer Brillengläser hinweg.

»Biiitte schööööön?«

Sie dehnte die Worte so lange, bis sie die Fremde von oben bis unten in Augenschein genommen hatte. In der Tat mußte Kate in dieser Umgebung exotisch wirken, mit ihrer hochaufgeschossenen Figur, dem bodenlangen, bestickten Rock und ihrem roten Haar, das in großen Locken bis auf die Schultern fiel.

»Sind Sie nicht die ... Ich habe Sie schon mal im Fernsehen gesehen. Sie sind Schauspielerin. Oder nein, Sportlerin, hab ich recht?«

Kate errötete. Es war ihr unangenehm, erkannt zu werden. Gleichzeitig wunderte sie sich, daß sich noch immer viele Leute an sie erinnerten. Es war alles schon so lange her. Allerdings war sie vor ein paar Monaten mal Gast in einer Sendung gewesen, in der ehemalige Berühmtheiten hervorgezerrt worden waren. Hinterher hatte sie es bereut.

»Ja, ja«, sagte sie und hoffte, die Frau würde ihr jetzt nicht all die Fragen stellen, die die Leute immer stellten. »Zu Besuch im Dorf?« fragte die Verkäuferin statt dessen, während sie die Salami aufschnitt, viel zu dick für Kates Geschmack, aber sie traute sich nicht, etwas zu sagen.

»Mmmh.« Kate nickte.

»Sind Sie in der Dorfschenke abgestiegen?«

»Nein, bei einem Freund.«

Wieder musterte die Verkäuferin Kate mit ihrem inquisitorischen Blick, wohl um herauszufinden, wem im Dorf eine solche Freundin zuzutrauen sei.

»Beim Resch Peter?«

»Nein, beim Herrn März.«

»Ach, beim Nellis! Ist der nicht auf Reisen?«

»Doch, und ich hüte sein Haus«, beeilte Kate sich zu sagen, um weiteren Fragen zuvorzukommen.

»Also dann, schönen Aufenthalt!« wünschte die Verkäuferin freundlich, reichte ihr die Tüte mit Aufschnitt und wandte sich der nächsten Kundin zu.

Kate bezahlte bei einem wortkargen, düster aussehenden Mann, offenbar dem Ladenbesitzer. Wenn er neugierig war, so ließ er es sich jedenfalls nicht anmerken.

Als sie, bepackt mit drei riesigen Tüten, aus dem Auto stieg, riß jemand das Gartentor für sie auf.

»Danke!« sagte Kate erfreut und lächelte den Mann an. Im nächsten Moment hatte er ihr die Tüten abgenommen. Er stellte sie an der Haustür ab und reichte Kate die Hand.

»Mattuschek, Willi Mattuschek. Ich wohne da drüben.«

Er zeigte auf eines der Doppelhäuser auf der rückwärtigen Seite.

»Allgöwer«, stellte Kate sich vor. Im gleichen Moment fiel ihr ein, daß sie gar nicht mehr so hieß. Es war Bernds Name, und seit einer Woche war sie von Bernd geschieden. Sie hieß wieder wie früher »Moor«.

»Sind Sie eine … Bekannte von Nellis?« Ein prüfender Blick aus hellen, grauen Augen traf sie.

»Ich wohne für eine Weile hier. Nellis ist zur Zeit in Australien.«

»Ja, ja, immer in der Weltgeschichte unterwegs. Und inzwischen verkommt sein Haus. Und der Garten erst!«

Mit resignierter Geste wies der Mann auf das wuchernde Grün ringsum.

Kate sah ihn sich genauer an. Plötzlich beschlich sie ein merkwürdiges Gefühl. Irgend etwas an ihm kam ihr bekannt vor. Hatte sie ihn schon mal gesehen? Erinnerte er sie vielleicht an jemanden? Nein, sie kam nicht drauf.

Nun ja, vielleicht hatte Nellis sie einander vorgestellt, bei einem ihrer seltenen Besuche hier draußen. Es konnte Jahre her sein.

»Sagen Sie«, begann Kate und setzte ihr strahlendstes Lächeln auf, »kennen Sie sich mit Heizungen aus?«

»Selbstverständlich«, gab Mattuschek zurück. Zehn Minuten später brummte die Heizungsanlage.

»Heizöl müßte mal nachgefüllt werden«, bemerkte er und kam, zwei Stufen auf einmal nehmend, die Kellertreppe hoch.

Dankbar schüttelte Kate ihrem Retter die Hand.

»Stets zu Diensten«, sagte Mattuschek und tippte mit dem Finger gegen eine imaginäre Mütze. »Wenn ich was für Sie tun kann, sagen Sie Bescheid.«

Immerhin, *einen* freundlichen Nachbarn hatte sie schon mal. Kate war sicher, daß dies nicht die letzte Gelegenheit sein würde, bei der sie Hilfe benötigte.

Todmüde fiel Kate am Abend ins Bett. Sie hatte zehn Stunden geschuftet und das Haus in einen Zustand versetzt, der ihren Vorstellungen von Sauberkeit und Gemütlichkeit annähernd entsprach.

Ihren Sohn hatte sie den ganzen Tag über nicht zu Gesicht bekommen. Irgendwann abends war er aufgetaucht, hatte wortlos die Spaghetti gegessen, die Kate ihm zubereitet hatte, und sich anschließend vor den Fernseher geknallt. Bald darauf war er in seinem Zimmer verschwunden.

Unentschieden war Kate eine Weile vor seiner Tür auf und ab gegangen. Sollte sie mit ihm reden? Sollte sie ihn ihn Ruhe lassen? Ihr Blick fiel auf die schwarzweißen Fliesen im Badezimmer. Ungerade hieß: reden. Gerade hieß: in Ruhe lassen. Sie zählte eine Reihe der schwarzen Fliesen. Es waren sechzehn. Leise ging sie die Treppe hinunter, zurück ins Wohnzimmer.

Kate war sicher, daß Samuels abweisende Art eine Form von Trauer war. Sie wußte nicht, wie sie damit umgehen sollte. Samuel sprach nicht über seine Gefühle, er neigte dazu, die Dinge mit sich selbst abzumachen. Als Bernd und sie ihm mitgeteilt hatten, daß sie sich trennen würden, hatte er nur mit den Schultern gezuckt und gesagt: »Ihr müßt ja wissen, was gut für euch ist.« Ob es auch gut für ihn war, schien eine Frage zu sein, die er sich nicht stellte.

Kate fühlte sich hilflos. Es mußte einem Zwölfjährigen etwas ausmachen, wenn die Eltern sich scheiden ließen. Aber als sie neulich versucht hatte, ihn zu umarmen, hatte er sie beiseite geschoben und beschwichtigend, fast väterlich gesagt: »Ist schon gut, Mam, das wird schon wieder.«

Als müßte er *sie* trösten, nicht umgekehrt.

Brauchte sie Trost? Ach was, sie würde schon fertig werden mit der neuen Situation. Natürlich war sie traurig. Viel mehr aber war sie wütend. Auf das kleine Biest, das sich zwischen sie gedrängt hatte. Auf Bernd. Und am meisten auf sich selbst.

Lange lag Kate in der Nacht wach und horchte in die ungewohnte Stille. In der Stadt war es niemals so still, selbst mitten in der Nacht war das entfernte Rauschen von Autoverkehr zu hören. Die Stille hier war wie eine Wand, sie hatte etwas Beklemmendes.

Irgendwann schreckte Kate aus dem Schlaf, in den sie nach stundenlangem Hinundherwälzen endlich gefunden hatte.

Ein Geräusch mußte sie geweckt haben, aber sie fand nicht heraus, was es war. Leise stand sie auf und horchte an Samuels Zimmertür. Dahinter war es ruhig. Sie holte sich einen Schluck Wasser und lehnte sich aus dem weit geöffneten Badezimmerfenster. Der Mond war nicht zu sehen, es war stockfinster. Auch diese völlige Dunkelheit kannte Kate nicht. In der Stadt waren die Straßen nachts hell erleuchtet.

Hier draußen gab es kaum Straßenlaternen, keine beleuchteten Auslagen, nur hie und da einen Lichtschein aus einem der Häuser.

Gerade wollte sie ins Schlafzimmer zurückgehen, da hörte sie es. Ein merkwürdig klapperndes Geräusch, Metall auf Metall. Angestrengt sah sie in die Dunkelheit. Im nächsten Moment schrie sie erschrokken auf und schlug sich die Hand vor die Augen. Das grelle Licht eines Scheinwerfers blendete sie. Gleich darauf wurde es wieder dunkel. Es dauerte einen

Moment, bis ihre Augen sich erholt hatten. Erstaunt beobachtete sie, wie ein Lichtkegel durch den Garten von Mattuschek huschte, da und dort verharrte, sich wieder in Bewegung setzte. Zwischendurch nahm sie den Schatten eines Mannes wahr, der sich für Sekundenbruchteile an der Hauswand abzeichnete.

Kate konnte sich keinen Reim auf die nächtlichen Aktivitäten ihres Nachbarn machen. Achselzuckend stellte sie das Zahnputzglas ab und verkroch sich ins Bett.

ZWEI

Der nächste Morgen verhieß wieder einen strahlenden Sommertag, und Kate beschloß, sich dem Garten zuzuwenden. Sie verstand nicht viel davon, aber sie hatte immer von einem Garten geträumt. Im Frühling hatte sie Kräuter in ihre Balkonkästen gesät und jeden freien Winkel mit Blumentöpfen vollgestellt. Bald war auf dem Balkon kein Platz mehr gewesen, und so hatten sie nie dort gesessen.

Kate durchstöberte den Schuppen nach den nötigen Gerätschaften. Mit Rechen, Spaten, Hacke und Schaufel machte sie sich ans Werk. Die Beete waren so überwuchert mit Unkraut, daß man sie kaum noch von ihrer Umgebung unterscheiden konnte.

Sie hackte den Boden auf und entfernte Stück für Stück den Giersch, dessen dünne, weiße Wurzeln sich zu einem unterirdischen Netzwerk zusammengeschlossen hatten, von dem das gesamte Erdreich durchzogen war. Wahrscheinlich war es völlig sinnlos. In wenigen Tagen würde das wuchernde Kraut wieder die Oberhand haben. Kate richtete sich auf und knabberte an einem der Blätter. Sie erinnerte sich dunkel, daß sie eßbar waren. Wenn das Unkraut schon nicht zu besiegen wäre, so sollte es wenigstens zu etwas nutze sein, dachte sie grimmig. Aber die Blätter schmeckten trocken und bitter. Wer immer herausgefunden hatte, daß man sie essen konnte, mußte in einer ziemlichen kulinarischen Notlage gewesen sein.

Als sie zwei Rosenbeete freigerupft hatte, hielt Kate Ausschau nach einer Schubkarre. Nach einigem Suchen wurde sie fündig; das Ding war alt und rostig, vor allem aber bedeutend schwerer, als sie gedacht hatte. Sie wankte auf den Komposthaufen zu, der sich genau auf der Grenze von Nellis' Grundstück und dem des nachtaktiven Nachbarn befand und offenbar zur gemeinsamen Benutzung diente.

Schwitzend und außer Atem stoppte Kate die Karre neben dem Berg aus abgemähtem Gras, Zweigen und organischen Küchenabfällen. Beherzt griff sie mit beiden Händen in den Giersch, wandte sich zum Kompost – und erstarrte.

Eine schleimige, bräunliche Masse krönte den Haufen.

»Igitt!« Angewidert verzog sie das Gesicht, konnte den Blick aber nicht von dem ekelerregenden Matsch wenden. Schnecken! Durchgeschnittene Nacktschnekken, bei lebendigem Leib massakriert. Nicht, daß sie eine besondere Sympathie für Nacktschnecken gehegt hätte, aber bei der Vorstellung, daß letzte Nacht bei jedem »klack« eine von ihnen zerfleischt worden war, wurde ihr übel. Sie fühlte den leichten Schwindel und griff nach den Zweigen der Hecke. Nein, jetzt nicht, dachte sie und zwang sich, tief und ruhig zu atmen.

»Fette Beute, was?« hörte sie Mattuscheks Stimme. Sie hatte nicht bemerkt, daß er sich genähert hatte.

»Warum tun Sie das?« fragte Kate empört.

»Fressen alles an«, gab Mattuschek zurück, »nichts ist sicher vor ihnen! Wenn man eine Schale mit Bier aufstellt, kriechen sie rein.«

»Aber sterben sie nicht schon davon? Man muß sie doch nicht auch noch zerschneiden!«

»Sicher ist sicher«, Mattuschek lächelte. Er sah Kate besorgt an. »Was ist denn, ist Ihnen nicht gut?«

»Danke, es geht schon.«

»Sie sehen aus, als würden Sie gleich umkippen.«

»Keine Sorge! Da müssen Sie schon schwerere Geschütze auffahren als ein paar tote Schnecken«, gab Kate zurück.

»Tut mir leid, wenn Sie sich erschreckt haben. Aber die Viecher müssen einfach weg.«

Mattuschek ließ, offenbar auf der Suche nach einem anderen Thema, den Blick in ihren Garten schweifen. »Man könnte gelegentlich mal den Apfelbaum schneiden. Die Zweige hängen schon über.«

Er deutete mit dem Finger an der Hecke entlang in den unteren Teil des Gartens. Dort streckte ein schöner, alter Baum seine Zweige nach allen Seiten aus. Kates Blick wanderte über die Hecke in Mattuscheks Garten.

Sein Rasen war frisch gestutzt, die Beete waren akkurat abgezirkelt und vollkommen gierschfrei. Alles war so ordentlich und gepflegt, daß die Äste des Apfelbaumes, die sich über die Hecke tasteten, wie freche Eindringlinge wirkten.

»Ich weiß nicht…«, sagte Kate, »ich hab' das noch nie gemacht. Und ohne die Einwilligung von Nellis…«

»Ach was«, unterbrach Mattuschek sie barsch, »dem ist das ganz egal.« Gleich darauf wurde sein Tonfall wieder freundlich. »Wenn Sie wollen, mach' ich das für Sie«, bot er an.

Kate nickte, dankbar, die drohende Störung des nachbarschaftlichen Friedens abgewendet zu haben. Sie verstand zwar nicht, warum die Zweige ihn störten, aber wenn es ihm so wichtig war, bitte schön.

»Bernd hat vorhin angerufen«, vermeldete Samuel, als sie ins Haus zurückkam. Komischerweise hatte er seinen Vater nie Papa genannt, nicht mal als kleiner Junge.

»Und, was wollte er?« fragte Kate und versuchte, normal zu klingen.

»Wegen morgen. Wann er mich abholen soll.«

Es gab Kate einen Stich. Natürlich, morgen war Samstag. Samuel würde das Wochenende beim Vater verbringen. Drei Wochenenden pro Monat verbrachte er mit Bernd, und einen Teil der Ferien. Das war zwischen ihnen abgesprochen und vom Familiengericht per Gerichtsbeschluß abgesegnet. Zum »Wohl des Kindes«, wie es so schön hieß. Trotz der sogenannten »gemeinsamen Sorge« war es natürlich Kate, die sich um alles kümmerte. Bernd machte es sich dann an den Wochenenden mit Samuel und seiner neuen Geliebten nett.

Kate fand all diese Vorgänge rund um die Scheidung absurd. Als könnte man die Liebe zwischen Vater und Kind in kleine Häppchen pressen und auf die Besuchstage verteilen.

»Wann willst du los?« fragte sie.

»So gegen neun. Wir wollen zum Rennen.«

Kate biß sich auf die Lippen. Neun Uhr. Das war für Samuel praktisch mitten in der Nacht. Es mußte ihn sehr zu seinem Vater drängen.

»Also, dann ruf ihn an«, sagte sie munter und drehte sich um, damit Samuel ihr Gesicht nicht sehen konnte.

»Mam?«

Sie drehte sich langsam wieder zurück.

»Macht es dir was aus?«

Sie nahm ihn in die Arme, diesmal ließ er es geschehen.

»Ist schon okay, Sammy.«

Sie wuschelte ihm durch die verfilzten Locken, die immer weniger nach Botticelli und immer mehr nach Bob Marley aussahen.

Es war kurz vor halb neun, als Kate am nächsten Morgen das Haus verließ. Auch wenn es ihr nichts ausmachte, sie mußte ja nicht unbedingt dasein, wenn Bernd käme. Sie bereitete das Frühstück für Samuel und küßte ihn zum Abschied.

Mit ihren leichten Jogging-Schuhen lief sie durchs nasse Gras, vorbei an der Friedhofskapelle, den Hügel runter bis ins malerische Bergbachtal, durch das sich eine kaum befahrene Straße schlängelte. Wo die Sonne noch nicht hinreichte, lag dünner Dunst über dem Boden; die Luft war frisch und der Himmel so blau, daß es fast unwirklich zu sein schien. Wie im Prospekt, dachte Kate und versuchte, etwas zu finden, das den Eindruck der Vollkommenheit störte. Aber sogar der halbverfallene Heuschober am Wegrand fügte sich harmonisch ins Bild.

Ihre Lunge pumpte gleichmäßig, vier Schritte ein, vier Schritte aus, ihre Beine liefen von alleine, ohne Anstrengung, wie eine Nähmaschine, die Steppstich näht.

Ihre Beine. Von Kindheit an zu lang, so lang, daß Kate in der Pubertät entschlossen war, sie ein Stück kürzen zu lassen. Sie hatte darüber in einer amerikanischen Zeitschrift gelesen: Ein Stück aus dem Oberschenkel wurde entfernt, der Knochen durchsägt, und die zwei Teile wurden wieder zusammengesetzt. Natürlich waren ihre Eltern dagegen gewesen. Und als sie endlich volljährig war und alleine hätte entscheiden können, hatten diese Beine sie bereits zu einem Star im Hürdenlauf gemacht. Das war das einzige, wofür sie gut waren: Hindernisse zu überspringen. Und ihrem Elternhaus zu entkommen. Seit ihrem sechzehnten Lebensjahr war sie durch die Welt gereist, von Wettkampf zu Wettkampf.

Und dann stellte sie noch fest, daß Männer auf lange Beine stehen, zumindest solange die restliche Frau ihnen nicht über den Kopf wächst.

Tak-tarak, tak-tarak machte ihr Herz. Halt die Klappe, dachte Kate und mußte über den Doppelsinn dieser Worte selbst grinsen.

Die Diagnose damals war der Anfang vom Ende gewesen. Solange sie es nicht gewußt hatte, war sie gelaufen und gelaufen, ohne die geringste Unsicherheit, ohne den kleinsten Zweifel an den Fähigkeiten ihres Körpers. Aber eines Tages, bei einem Routine-Check, war der Begriff zum ersten Mal aufgetaucht: Verdacht auf Herzklappenfehler. Weitere Untersuchungen hatten es dann bestätigt. Als das Wort sich in ihrem Bewußtsein festgekrallt hatte, war es vorbei gewesen mit der Unbefangenheit.

Sie begann, in sich hineinzuhorchen, auf ihren Herzschlag zu achten, jede Beschleunigung wahrzunehmen. Sie stellte sich ihre Herzklappe vor, die wie eine alte Tür in ausgeleierten Angeln hing und abzubrechen drohte. Die Ärzte beruhigten sie, wenn sie es nicht übertreibe, könne sie ihren Sport weiter ausüben. Aber die Blockade war da. In ihrem Kopf.

Bald darauf stellte sich ein weiteres Versagen ihres Körpers ein: Bei zu hoher nervlicher Anspannung verlor sie das Bewußtsein. Von da an hieß es ständig: »Reg dich bitte nicht auf!« Man behandelte sie wie ein rohes Ei, und Kate fühlte sich kränker, als sie jemals war.

Eins, zwei, drei, vier. Eins, zwei, drei, vier. Sie hatte ihr Tempo gesteigert. Sie mußte laufen. Es war ein körperliches Bedürfnis, wie Essen, Trinken, Schlafen oder Sex. Wenn sie mehr als ein paar Tage nicht lief, verfiel sie in Lethargie, in einen weltabgewandten, halbbetäubten Zustand von Desinteresse und Müdigkeit, der sie fast lebensunfähig machte. Das Laufen machte ihr nicht mal wirklich Spaß, es war einfach eine Notwendigkeit.

Sie lief einen Waldweg entlang, die Bäume flitzten rechts und links vorbei. Der Wald lichtete sich,

Kate sah Wasser schimmern. Vor ihr lag, zauberhaft und unberührt, ein kleiner See, eigentlich nur ein Weiher.

»Wie schön!« rief sie vor Begeisterung laut aus.

»Müssen Sie hier so rumbrüllen?« ertönte eine Stimme.

Kate zuckte zusammen.

Rechts von ihr, halb verdeckt vom Schilf, hockten auf einem Steg im Schatten drei Gestalten. Sie trugen Jacken mit hochgeklappten Kragen, eine hatte ihre Kapuze über den Kopf gezogen; Kate konnte die Gesichter nicht erkennen.

»Was ... was tun Sie hier?« stammelte sie.

Die Gestalt mit Kapuze hielt etwas hoch, das aussah wie eine Angelrute.

»Wir halten Würmer ins Wasser«, knurrte sie, ohne Kate eines Blickes zu würdigen. Es war die Mutter des Jungen, mit dem Samuel sich geprügelt hatte.

Die zweite Gestalt kicherte.

»Vielleicht lernen sie ja schwimmen«, sagte sie und bewegte ihre Angel hin und her.

Diese Stimme kannte Kate nicht; sie war jung und ebenfalls weiblich.

»Haltet endlich den Mund«, ließ sich nun die dritte Person vernehmen. Sie klang etwas älter, es war auch eine Frau.

Kate bog die Schilfhalme zur Seite, um die drei besser sehen zu können.

»Was ist, wollen Sie hier Wurzeln schlagen?« fragte die erste, die Angel in die Hüfte gestützt wie eine Knarre, zwischen den Lippen einen Zigarillo.

»Ich geh' ja schon«, sagte Kate und trat den Rückzug an.

Die unfreundliche Frau war tatsächlich ihre Nachbarin. Sie wohnte in der Doppelhaushälfte neben Mattuschek. Kate war inzwischen sicher, daß Nellis sie gemeint hatte mit seiner Warnung. Die Frau war ohne Zweifel mit Vorsicht zu genießen.

Neulich hatte Kate beobachtet, wie sie, vor sich hin murmelnd, im Garten auf und ab ging und dabei eine Flüssigkeit versprühte. Kate, die nach der unerfreulichen Begegnung am ersten Morgen etwas Versöhnliches sagen wollte, hatte sich freundlich erkundigt: »Ist das gegen die Schnecken?«

Die Nachbarin hatte nur verächtlich geschnaubt: »Über Schnecken können Sie sich mit dem da unterhalten«, und auf Mattuscheks Haushälfte gezeigt.

»Es tut mir leid wegen neulich«, hatte Kate schnell gesagt und die Hand ausgestreckt. »Ich heiße Kate.«

»Malise« hatte die Nachbarin gemurmelt, Kates Hand ignoriert und sich verdrückt.

»Blöde Kuh«, hatte Kate bei sich gedacht. Aber ganz war ihr die merkwürdige Person nicht aus dem Kopf gegangen.

Malise. Kate hatte sich Gedanken über den ausgefallenen Namen gemacht. Heimlich hatte sie schließlich einen Blick auf das Türschild der Nachbarin geworfen: »Hutter« stand darauf. Und darunter: Marie-Luise, Simon, Jakob, David. Malise war also eine Kurzform von Marie-Luise.

Kate ließ den Weiher hinter sich und lief einen leicht ansteigenden Feldweg hinauf. Sie sah auf die

Uhr; genau fünfundvierzig Minuten war sie jetzt unterwegs.

Die Glückshormone strömten wie eine warme Woge durch ihre Blutbahn. Ihre Beine wurden leicht; bis ans Ende der Welt würde sie jetzt laufen können, aber da vorne war schon die Abzweigung, die zurück ins Dorf führte. Vorher mußte sie noch einen kleinen Bach überqueren. Sie wettete mit sich selbst: Wenn sie es mit weniger als zwanzig Schritten über den Bach schaffte, würde alles gut werden. Samuel und sie würden sich einleben, sie würde bald wieder Flöten bauen und bis dahin ein bißchen Geld mit Musikstunden verdienen. Sie würde Bernd vergessen und irgendwann wieder jemanden kennenlernen. Sie war 35. Das Leben ging weiter.

Kate konzentrierte sich auf ihre Schritte. Achtzehn, neunzehn, zwanzig, einundzwanzig… verdammt.

Sie kam aus dem Tritt, sprang mit zuwenig Schwung und landete mit einem Fuß im Wasser. Ärgerlich spürte sie, wie ihr Schuh vollief.

Ach was, sie war überhaupt nicht abergläubisch. Alles nur Unfug, harmlose Spielchen zum Zeitvertreib. Damals, als sie alle Fenster des Hochhauses gezählt hatte, hatte es auch nicht gestimmt. Gerade Zahl hieß: Oma lebt weiter. Ungerade Zahl hieß: Oma stirbt. Es waren achtundsechzig Fenster gewesen, und Oma war trotzdem gestorben. Vielleicht hätte sie die Glastür mitzählen sollen.

Sie lief weiter, mit einem nassen und einem trockenen Schuh, was ein komisches Gefühl von Asymmetrie in ihrem Körper erzeugte. Einem Impuls folgend verließ sie den Weg, um eine Abkürzung über die Wiese zu nehmen. Das Gras wurde immer höher, das Laufen zunehmend beschwerlich. Blöde Idee, dachte sie und ärgerte sich über sich selbst.

Plötzlich war etwas im Weg. Kate stolperte, schlug der Länge nach hin. Fluchend blieb sie liegen und rieb ihren schmerzenden Knöchel. Sie richtete sich halb auf, sah suchend um sich – und blickte direkt in das Gesicht einer Frau, die kaum einen Meter von ihr entfernt reglos im Gras lag.

Mit einem Satz war Kate wieder auf den Füßen. Fassungslos starrte sie auf den zusammengekrümmten Körper. Das Kleid der Frau war blutdurchtränkt, an den nackten Beinen klebte ebenfalls Blut, schon halb getrocknet. Kate wurde eiskalt vor Entsetzen.

Alle Plätze des Frisiersalons waren besetzt, als Kate hereinstürmte. Die Kundinnen unterhielten sich, während ihre Haare geschnitten, gesträhnt oder eingedreht wurden.

Der Friseur kam auf Kate zu und reichte ihr eine Zeitschrift.

»Nehmen's einen Moment Platz«, bat er.

»Ich muß telefonieren!« stieß Kate atemlos hervor.

»Pro Einheit ein Fuffzgerl.« Der Friseur deutete auf das Telefon neben dem Ladentisch.

»Ich habe eine Tote gefunden!« schrie Kate, und die Gespräche im Salon verstummten. Alle Köpfe drehten sich zu Kate. Der Friseur war blaß geworden.

»Na, dann …«, sagte er und deutete nochmals auf das Telefon.

Mit zitternden Fingern wählte Kate die Notruf-Nummer der Polizei. Da sie nicht genau erklären konnte, wo die Frau lag, befahl ihr der Einsatzleiter, im Frisiersalon auf die Beamten zu warten.

DREI

Armin, der Friseur, der mit seinen merkwürdig hochstehenden krausen Haaren aussah wie ein Pudel, hatte ihr einen Stuhl hingeschoben und ein Glas Wasser gebracht. In sich zusammengesunken saß Kate da.

Mit gedämpfter Stimme, aber vibrierend vor Aufregung, wurde im Laden über den Vorfall gesprochen. Mit nassem Haar, halb aufgewickelten Locken und unvollständig geschnittenen Frisuren saßen die Kundinnen auf ihren Stühlen und tuschelten.

»Haben Sie sie gekannt?« wagte eine, Kate zu fragen.

Die schüttelte nur stumm den Kopf.

»Wie sieht sie denn aus?« hakte eine andere nach.

Kate setzte zu einer Antwort an, brach aber in Tränen aus, bevor sie ein Wort herausgebracht hatte.

»Jetzt laßt sie gefälligst in Ruh!« zischte Armin und stellte sich schützend vor Kate.

Gleich darauf hielten zwei Polizeiautos und ein Krankenwagen vor der Tür des Ladens. Zwei uniformierte Polizisten und ein Mann in Zivil stiegen aus und betraten den Salon.

»Frau Moor?«

Kate nickte und stand auf. Der Mann in Zivil reichte ihr die Hand. »Hauptkommissar Lukas Lander, Kriminalpolizei. Können Sie uns zum Fundort führen?«

Er hielt ihr die Autotür auf und nahm neben ihr Platz. Der Konvoi setzte sich in Bewegung. Während der kurzen Fahrt nahm der Kommissar ihre Personalien auf und stellte ein paar Fragen, die Kate so genau wie möglich beantwortete.

Lander machte sich Notizen auf einem kleinen Block, dann klappte er ihn zu und steckte ihn in die Tasche seinens hellen, weiten Sommeranzuges. Kate dachte kurz, daß er nicht aussah wie ein Kommissar. Oder jedenfalls nicht so, wie sie sich einen vorstellte. Er war viel jünger, trug sein hellbraunes Haar halblang und wirkte eher wie einer dieser Typen, die in Werbeagenturen oder Fernsehproduktionen arbeiten. Er hatte nichts von einem Beamten.

Die Frau lag da, wie Kate sie gefunden hatte; mitten in der Blumenwiese, halb verdeckt vom hohen Gras. Ein paar Fliegen hatten sich rund um ihren Mund niedergelassen.

Kate unterdrückte die Übelkeit, die in ihr aufstieg.

»Kennen Sie die Frau?« wollte nun der Kommissar wissen, und Kate verneinte. Sie konnte sich nicht erinnern, sie jemals vorher gesehen zu haben.

Der Notarzt fühlte Herzschlag und Puls, leuchtete mit einer kleinen Lampe in eines der Augen und schüttelte den Kopf.

Lander bedeutete seinen Leuten durch ein Kopfnicken, mit der Spurensicherung zu beginnen. Er nahm Kates Arm und führte sie weg von der Leiche. Dabei achtete er darauf, daß sie den gleichen Weg zurückgingen, dort, wo das Gras schon niedergedrückt war.

»Soll ich Sie nach Hause fahren?« fragte er.

Kate überlegte kurz.

»Ehrlich gesagt würde ich lieber laufen«, sagte sie. »Ich muß dieses Bild abschütteln, wenn Sie verstehen, was ich meine.«

»Natürlich. Versuchen Sie, mit jemandem darüber zu sprechen. Das ist besser, als alleine zu Hause zu sitzen und zu grübeln. Ich werde mich in den nächsten Tagen bei Ihnen melden.«

Sie gaben sich die Hand; ein intensiver Blick aus warmen, braunen Augen traf Kate.

Sie drehte sich um und lief los. Es war inzwischen viel zu heiß zum Laufen; gnadenlos brannte die Sonne herunter. Trotzdem fröstelte Kate. Wieder stiegen ihr Tränen in die Augen, und als sie sicher war, daß niemand mehr in der Nähe war, holte sie tief Luft und stieß einen lauten Schrei aus.

Zu Hause fand sie eine Nachricht von Samuel. Ein verwackeltes Herz, in das er »I love you« geschrieben hatte, und darunter stand: »Bin morgen um sechs zurück.«

Kate ging ins Bad, um zu duschen. Mit geschlossenen Augen ließ sie das heiße Wasser über ihr Gesicht und ihren Körper fließen. Die Wanne hatte keinen Duschvorhang, sie achtete nicht darauf, daß sie das halbe Bad unter Wasser setzte. Als sie die Augen öffnete, konnte sie sich im Spiegel sehen.

Der Anblick ihres Körpers verschwamm mit dem Bild der Toten. Das Wasser lief an Kates Beinen herab, wie das Blut wohl an den Beinen der Frau herabgelaufen war. Der Mörder mußte seinem Opfer den ganzen Unterleib zerstochen haben, nur so war das viele Blut zu erklären. Kate wußte nicht, warum sie das dachte, aber sie war sicher, daß die Frau auch vergewaltigt worden war.

Kate blieb unter dem heißen Wasserstrahl stehen, bis ihre Haut krebsrot war. Der Dampf hatte den Spiegel beschlagen lassen.

Endlich stieg sie aus der Wanne, trocknete sich ab und schlüpfte in ein leichtes Sommerkleid. In der Küche machte sie sich einen starken Kaffee; mit der Tasse in der Hand ging sie in den Garten.

Überrascht nahm sie eine Bewegung wahr: Im Apfelbaum saß Mattuschek und beschnitt die Zweige.

Kate fühlte sich von seiner Anwesenheit überrumpelt. Sie wollte allein sein, niemanden sehen, mit niemandem sprechen. Anders, als Lander ihr geraten hatte, spürte sie keinerlei Bedürfnis, über das schreckliche Erlebnis zu reden.

Ein unangenehmer Gedanke beschlich sie. Konnte man von da oben nicht auch ins Bad sehen? Natürlich, das Fenster hatte weder Vorhang noch Rollladen; er könnte sie die ganze Zeit im Blick gehabt haben.

Kate spürte, wie ihr das Blut ins Gesicht stieg. Mißtrauisch starrte sie ihn an, aber er machte einen gänzlich unbefangenen Eindruck. Vielleicht hatte er ja gar nicht hingesehen.

»Hallo!« winkte er mit der Gartenschere.

»Hallo«, grüßte sie zurück und nahm sich vor, freundlich zu sein. Er würde ja wohl nicht ewig in ihrem Baum hocken.

»Ein Kaffee wäre jetzt genau richtig!« sagte er.

Schuldbewußt sah Kate auf die Tasse in ihrer Hand.

»O ja, natürlich«, gab sie zurück und ging Richtung Haus.

Ein großer Ast krachte hinter ihr herunter. Erschrocken drehte sie sich um.

»Schneiden Sie nicht zuviel weg«, bat sie.

»Was sein muß, muß sein.«

Kate runzelte die Stirn. Gleich darauf kehrte sie mit einem Tablett zurück.

Mattuschek kletterte behende vom Baum herunter und setzte sich auf die Gartenbank, deren Holz durch Jahre im Freien silbergrau geworden war.

»Milch und Zucker?«

Er nickte. »Beides, bitte.«

Sie schob ihm Milchkanne und Zuckerdose hin, und er bediente sich.

»Also dann, vielen Dank«, sagte sie und erhob ihre Tasse, als wäre sie ein Weinglas.

»War mir ein Vergnügen, Frau Nachbarin«, sagte er aufgeräumt.

Sie überlegte, wie sie ihn loswerden könnte. In diesem Augenblick konnte sie seine joviale Art nicht ertragen.

Mattuschek schien sich auf einen längeren Plausch einzurichten; enspannt hatte er seinen Arm über die Rückenlehne der Bank gelegt und redete gutgelaunt auf sie ein.

Kate fragte sich, wie alt er wohl wäre. Die hellen Augen und der gebräunte Teint ließen ihn jünger erscheinen, aber er war sicher schon Ende Fünfzig. Sein braunes Haar mußte in Wirklichkeit grau sein; Kate war sicher, daß es gefärbt war. Er hatte ein Durchschnittsgesicht ohne besondere Auffälligkeiten, sah man von den zwei scharfen Längsfalten ab, die sich neben seinem Mund eingegraben hatten.

Seine Hände waren erstaunlich feingliedrig; es waren nicht die Hände eines Mannes, der körperlich arbeitete.

»Was sind Sie von Beruf?« fragte Kate.

»Ruhestand«, gab er knapp zurück.

»Und früher?«

»Alles mögliche. Import-Export. Unternehmensberatung. Sicherheitsanlagen. Was sich so geboten hat.«

Die Auskünfte schienen Kate merkwürdig vage; war wohl nicht sein Lieblingsthema. Aber Kate wußte nicht, wie sie das Gespräch beenden könnte. Also fragte sie weiter.

»Haben Sie Kinder?«

»Nein. Leider nicht.«

»Und ... seit wann wohnen Sie hier?«

»Vor zehn Jahren sind wir hergezogen«, erzählte Mattuschek, »hatten genug von der Stadt. Leider hat der Verkäufer uns über den Tisch gezogen. Prozessieren heute noch. Aber in diesem Land sind Recht haben und Recht bekommen zwei Paar Schuhe.« Es klang bitter.

Kate nickte zustimmend. »Das kenne ich! Ich habe auch mal einen Prozeß verloren. Mein Vermieter hat mich auf fünf Monatsmieten verklagt, obwohl er meine Kündigung am Telefon angenommen hatte. Vor Gericht wollte er nichts mehr davon wissen.«

Mattuschek winkte ab. »Schriftlich. Man muß alles schriftlich machen. Eigentlich müßten Sie mir auch eine Einverständniserklärung unterschreiben.«

Kate blickte fragend.

»Wegen des Apfelbaums. Daß Sie mir gestattet haben, die überhängenden Zweige zu entfernen.«

»Ach so! Das ist schon in Ordnung.«

Ein Moment des Schweigens entstand. Beide sahen geradeaus, in Richtung auf Mattuscheks Grundstück. Vielleicht wartete er darauf, daß sie sich noch mal bedankte.

»Sie haben einen wunderbar gepflegten Garten«, sagte Kate.

Mattuschek nickte eifrig. »Viel Arbeit! Die ganzen Schädlinge.«

»Sie meinen ... die Schnecken?« fragte Kate mit schiefem Grinsen.

»Schnecken, Maulwürfe, Vögel, Mäuse, Katzen ...«

»Katzen? Die fangen doch die Vögel und die Mäuse!«

»Scheißen alles voll. Ekelhaft.«

»Na ja, aber wir sind nun mal auf dem Land ...«, wandte Kate ein.

»Schon klar. Man hat keine Chance gegen das Viechzeugs.«

Er deutete in ihren Garten. »Wenn Sie's hier ein bißchen gepflegter haben wollen – ich bin Ihnen gerne behilflich!«

Bevor Kate antworten konnte, ging gegenüber ein Fenster auf, und eine Frau steckte den Kopf raus.

»Willi, Essen ist fertig!«

Endlich, dachte Kate. Mattuschek erhob sich.

»Schönes Wochenende, Frau Moor.«

»Danke, gleichfalls«, erwiderte Kate.

»Kommen Sie doch mal bei uns vorbei! Meine Frau backt einen wunderbaren Kirschkuchen.«

»Danke«, sagte Kate.

Sie stutzte. Hatte er »Moor« gesagt? Hatte sie sich ihm nicht mit »Allgöwer« vorgestellt? Sie überlegte einen Moment, aber sie war sich nicht mehr sicher.

Eine Weile blieb sie noch auf der Bank sitzen, dann stand sie auf und wanderte durch den Garten. Die Bilder des Morgens ließen sie nicht los. Schließlich betrat sie ihre Werkstatt. Sie mußte irgend etwas tun, sich ablenken. Vielleicht half Arbeit.

Behutsam wickelte Kate ein Werkzeug nach dem anderen aus seiner schützenden Umhüllung. Schnitzmesser, Stecheisen und Feilen reihten sich vor ihr auf der Werkbank; eine Schachtel mit Bohrern und konischen Reibahlen, alles teure Spezialanfertigungen für den Instrumentenbau, vervollständigten das Sortiment.

Kate hatte erst spät zu ihrem eigentlichen Beruf gefunden.

Als Samuel in den Kindergarten ging, begann sie, sich zu langweilen. Zunächst war sie auf die naheliegendste Idee gekommen: ein zweites Kind. Komischerweise klappte es nicht, obwohl sie beim ersten Mal trotz Verhütung schwanger geworden war.

Da entschloß sie sich, das zu lernen, was sie eigentlich immer schon hatte lernen wollen: Flöten zu bauen. Mit viel Glück fand sie eine Lehrstelle bei einem grantigen, alten Flötenbauer, der sie schlecht behandelte, ihr aber alles beibrachte, was er konnte, bevor er starb. Da war sie schon fast dreißig und tat endlich das, was sie wirklich tun wollte.

Kates Kindheit war von Musik geprägt gewesen; jeder Anlaß hatte seine Melodie. Ihre Eltern und Geschwister spielten mehrere Instrumente, sie hatte von Anfang an nur eine Liebe gehabt: die Flöte.

Von vielen als albernes Klein-Mädchen-Instrument abgetan, war die Blockflöte für Kate der Rettungsanker in einem perfekt durchorganisierten Kinderleben gewesen. Schule, Hausaufgaben, Musikunterricht, Turnverein, Malstunden – ihre Eltern waren wild entschlossen, ihrem begabten Töchterchen jede Förderung angedeihen zu lassen. Kate fand das alles anstrengend, nur das Flötenspiel war Entspannung. Die Flöte war ihr Begleiter, ihr Halt, ihr Fixpunkt im All, auf den sie sich konzentrieren und dabei alles andere vergessen konnte.

Sie mochte den leicht melancholischen Klang, der mehr wie ein verhangener Regentag war als wie ein unbeschwerter Sonnentag. Sie war froh, daß die Flöte ein leichtes Instrument war, im eigentlichen wie im übertragenen Sinn. Sie konnte sie überallhin mitnehmen, und sie hatte sehr schnell gelernt, ihr annehmbare Töne zu entlocken. Die Flöte und sie, das war eine Beziehung zwischen Gleichberechtigten.

Eine Geige zum Beispiel, launisch und schwer zu beherrschen, hätte ihr Angst eingejagt.

In einem Kasten entdeckte Kate ein fast fertiges Instrument; eine Tenorflöte mit einem wunderbar weichen Klang. Sie mußte nur noch intoniert werden, ein Vorgang, der Kate jedesmal mit Ehrfurcht erfüllte. Von *ihrer* Sensibilität hing es ab, welche Stimmung das Instrument in sich tragen, welche Klangfarbe es in die Welt bringen würde. Sie blies ein paar Töne, dann legte sie die Flöte vorsichtig zurück in ihr Behältnis.

Derzeit durfte sie nicht einmal daran denken, eine Flöte zu stimmen. Die psychische Verfassung, die »Stimmung« desjenigen, der intonierte, übertrug sich; unweigerlich würde Kate die Mißklänge ihres Befindens in die Seele des Instrumentes implantieren.

»Hallo, sind Sie da?« ertönte eine Stimme, und jemand klopfte an die Schuppentür.

Kate sprang auf und öffnete. Draußen stand schon wieder der hilfsbereite Herr Mattuschek.

»Was für ungewohnte Töne! Die reinsten Sirenenklänge. Sie sind Musikerin?«

»Nein, ich baue Flöten. Hoffentlich störe ich Sie nicht?«

»Aber nein, überhaupt nicht!« Er sah sich um. »Hier haben Sie sich also schon Ihre Werkstatt eingerichtet. Jetzt müssen Sie nur noch eine Nutzungsänderung beantragen.«

»Eine ... was?« Kate sah ihn verständnislos an.

»Also«, setzte Mattuschek zu einer Erklärung an, »das hier ist ein Schuppen. Er ist als Abstellraum genehmigt worden. Wenn Sie ihn als Werkstatt nutzen, müssen Sie eine Nutzungsänderung beantragen.«

»Ach was, das stört doch niemanden, wenn ich hier meine Flöten baue«, sagte Kate gereizt. Sie hatte im Moment wirklich andere Sorgen.

»Das kann schon sein, aber wenn Sie es nicht anmelden, verstoßen Sie gegen das Gesetz.«

Kate verdrehte die Augen.

»Ich sage das in Ihrem eigenen Interesse«, insistierte Mattuschek. »Ich will nicht, daß Sie Ärger kriegen! Übrigens muß Nellis den Antrag stellen, er ist der Eigentümer.«

Kate nickte ungeduldig. »Ist gut, ich sag's ihm.«

»Ich wollte eigentlich fragen, ob ich Heizöl für Sie mitbestellen soll«, kam Mattuschek zum Zweck seines Besuches. »Je mehr man abnimmt, desto günstiger wird es.«

»O ja, sehr gerne!« erwiderte Kate. Wie fürsorglich der Mann war!

Gegen Abend, als es kühler geworden war, ging sie in den Garten. Der Duft von gegrilltem Fisch zog über den Zaun. Kate warf verstohlen einen Blick ins Nachbargrundstück. Auf der Terrasse vor Malises Haus saßen die drei Anglerinnen, im Gras tobten Kinder, ein Baby schrie.

Die friedliche Szene berührte Kate und wirkte besänftigend auf ihr aufgewühltes Gemüt. Von ihrem Platz auf der Bank beobachtete sie die Vorgänge im Nachbargarten und fühlte sich, als blicke sie auf eine Theaterbühne.

Plötzlich schienen die Frauen Kate bemerkt zu haben. Sie tuschelten miteinander und sahen immer wieder zu ihr rüber. Offenbar überlegten sie, ob sie die Nachbarin ansprechen sollten. Kate war unschlüssig, ob ihr das überhaupt recht wäre. Einerseits sehnte sie sich danach, mit jemandem zu reden, andererseits waren die Frauen am Morgen reichlich patzig gewesen.

Drüben schien eine Entscheidung gefallen zu sein. Die jüngste der Frauen stand auf und näherte sich dem Zaun. Sie winkte Kate zu und rief: »Kommen Sie doch rüber, wenn Sie Lust haben!«

»Danke«, rief Kate zurück.

Sie blieb noch einen Moment sitzen und überlegte, dann entschloß sie sich, der Einladung zu folgen. Sie holte eine Flasche Weißwein aus dem Kühlschrank und machte sich auf den Weg.

Das Gespräch verstummte, als die Frauen Kate den Gartenweg entlangkommen sahen. Erwartungsvoll richteten alle drei ihre Blicke auf sie. Jetzt, in normaler Kleidung, sahen die Frauen nicht mehr so bedrohlich aus wie morgens am Weiher. Malise wirkte sogar ausgesprochen attraktiv in ihrem weißen Leinenhemd, auf dem der grüne Stein an ihrer silbernen Kette besonders gut zur Geltung kam.

Die junge Frau, die Kate eingeladen hatte, war auf eine puppenhafte Art hübsch und betont modisch gekleidet; man hätte sie eher in einem Szenelokal in der Stadt vermutet als hier auf dem Dorf. Sie schaukelte mit heftigen Bewegungen das Baby, obwohl es längst aufgehört hatte zu schreien.

Die dritte Frau hätte vom Alter her leicht ihre Mutter sein können; sie war kräftig gebaut, hatte wache Augen und einen burschikosen Kurzhaarschnitt, der signalisierte, daß sie auf übertriebene Äußerlichkeiten keinen Wert legte.

Kate hatte die Terrasse erreicht und stellte die Flasche auf den Tisch.

»Guten Abend«, grüßte sie, und zwei der Frauen grüßten freundlich zurück.

Malise wandte ihr den Rücken zu.

»Ich wollte mich entschuldigen, falls ich heute morgen die Fische vertrieben habe«, sagte Kate. Mit einem Blick auf den Gartengrill fuhr sie fort: »Aber ein paar haben ja noch angebissen!«

»Nur die doofen«, sagte Malise und nahm eine Gabel, um die Fische zu wenden.

»Schmecken die anders als die intelligenten?« versuchte Kate einen Scherz. Die zwei anderen Frauen grinsten. Die Junge nahm die Weinflasche in die Hand und studierte das Etikett.

»Nicht übel«, befand sie. »Ich denke, wir sollten die Entschuldigung annehmen.«

»Für 'ne gute Flasche würdest du doch dein Kind weggeben«, sagte die Ältere.

Die Junge lachte kurz auf. »Das würde ich schon für weniger, nur will es leider keiner!«

Sie hob das Baby hoch und hielt es über ihren Kopf.

»Stimmt's, Stinkmonster?«

Das Baby lächelte ein zahnloses Lächeln. Ein dünner Speichelfaden löste sich aus seinem Mund und zog sich in die Länge, bis er auf dem T-Shirt seiner Mutter landete, wo er einen dunklen Fleck hinterließ.

»Setz dich schon her«, sagte die Ältere und schob Kate einen Stuhl hin.

»Ich bin Inge«, sagte sie dann, »das hier ist Rita und das Malise. Ich bin dafür, sich zu duzen.«

Kate lächelte zustimmend und stellte sich ebenfalls vor. Malise blieb stumm und wendete weiter die Fische.

»Stimmt es, daß du die Frau gefunden hast?« platzte Rita heraus, und es war klar, daß sie nur auf die Gelegenheit gewartet hatte.

Kate bejahte. Rita und Inge bestürmten sie mit Fragen, und ihr blieb keine andere Wahl, als den Vorfall bis in alle Einzelheiten zu erzählen. Während sie sprach, fühlte sie, daß ihr leichter wurde.

»Wie schrecklich!« grauste sich Rita, als sie geendet hatte. Die Sensationslust in ihrer Stimme war nicht zu überhören.

Inge sagte anteilnehmend: »Du mußt ja ganz schön fertig sein.«

Malise schwieg, hatte aber die ganze Zeit aufmerksam zugehört. Plötzlich sagte sie: »Ich weiß, wer sie ist.«

Die Frauen sahen sie überrascht an.

»Sie ist aus dem Dorf, eine junge Bäuerin. Sie hatte gerade geheiratet.«

»Der arme Mann«, sagte Inge mitfühlend.

»Woher weißt du, daß *er* sie nicht umgebracht hat?« fragte Malise kühl. »Die meisten Morde sind Beziehungstaten, das heißt, Täter und Opfer kennen sich.«

»Kann schon sein«, gab Inge zurück, »aber so kurz nach der Hochzeit lieben sich die Leute im allgemeinen noch. Später, wenn sie sich jahrelang auf die Nerven gegangen sind, wird ein Mord doch sehr viel wahrscheinlicher.«

Rita grinste. »Ich bin mit Alex erst zwei Jahre verheiratet und hab' jetzt schon Mordgelüste!«

»Mir wär's jedenfalls lieber, wenn es so eine Beziehungstat gewesen wäre. Sonst kann es jeder gewesen sein. Und dann kann es auch jeden von uns treffen«, sinnierte Kate.

Die Frauen sahen betreten vor sich hin. Alle stellten sich vor, daß irgendein Wahnsinniger in der Gegend wäre, der vielleicht weitermorden würde.

Aufseufzend fuhr Kate fort: »Und ich dachte, hier auf dem Land wäre man sicher.«

»Ist man auch. Hier ist schon ewig nichts mehr passiert«, sagte Inge energisch. »Malise, wann war der letzte Mord hier im Dorf, das weißt du doch bestimmt?«

Malise hielt jetzt das Baby auf dem Schoß und schnupperte an seinem Kopf. Ihre Nasenflügel bebten leicht. Als nähme sie Witterung auf, dachte Kate und betrachtete sie fasziniert.

Malise schickte einen ihrer rätselhaften Blicke in die Runde. »Vor ungefähr ...«, sie rechnete, »... fünfzig Jahren. Eine ganze Familie wurde damals ausgerottet. Im Schlaf.«

»Oh, mein Gott«, schauderte Kate.

Malise sah sie an und deutete mit dem Finger hinter sie. »Es war da drüben.«

Kate drehte sich um. »Wo?«

»In deinem Haus. Ich meine natürlich, in Nellis' Haus.«

»Ach, hör auf«, sagte Inge heftig. »Das stimmt doch nicht.«

»Nein?« Malise lächelte wissend und wiegte das Baby.

»Glaub ihr kein Wort«, sagte Inge zu Kate. »Sie ist bekannt für ihre Räuberpistolen!«

»Ziemlich geschmackloser Scherz«, sagte Kate.

»Kein Scherz«, gab Malise zurück.

»Trotzdem mußtest du ihr die Geschichte nicht unbedingt auf die Nase binden«, wetterte Inge. »Die Frau hat heute ein furchtbares Erlebnis gehabt!«

Der älteste der drei Jungen unterbrach die sich anbahnende Auseinandersetzung, indem er schrie: »Wann gibt's endlich Essen?«

»Sobald du den Tisch gedeckt hast«, gab Malise zurück, und murrend verschwand er im Haus. Mit einem Tablett voller Geschirr kehrte er zurück und begann, den Tisch zu decken.

»Sieben«, murmelte Malise. »Eine ungerade Zahl. Nicht gerade günstig.«

Kate stand auf. »Soll ich besser gehen?« fragte sie und sah Malise herausfordernd an. Was, zum Teufel, hatte die Frau gegen sie?

Malise erwiderte ihren Blick auf eine Weise, die Kate nicht zu deuten wußte.

»Wir zählen den Säuger mit«, sagte sie schließlich und zeigte auf das Baby, das auf ihrem Schoß eingeschlafen war. »Dann sind wir acht.«

»Komm, bleib da«, sagte Inge und zog die widerstrebende Kate auf ihren Stuhl zurück.

Malise servierte Fisch, Salat und Weißbrot; die Frauen erhoben ihre Gläser.

»Wie hat es dich eigentlich hierher verschlagen?« fragte Inge und nahm einen kräftigen Schluck.

Kate erzählte von ihrer Scheidung.

»Geschieden?« fragte Malise.

Zum ersten Mal zeigte sie Interesse.

»Ja, seit… knapp zwei Wochen«, rechnete Kate schnell aus.

»Willkommen im Club«, sagte Malise.

»Ich bin nicht geschieden!« beeilte sich Rita zu sagen.

»Noch nicht«, konterte Malise trocken und biß die Spitze eines Zigarillos ab.

Rita zog ein beleidigtes Gesicht.

In diesem Moment tauchte der Kopf von Mattuschek hinter dem Gartenzaun auf.

»Guten Appetit, die Damen! Darf ich Sie darauf hinweisen, daß dies bereits der vierte Grillabend in diesem Monat ist?«

»Na, und?« fragte Rita schnippisch.

»Ich stelle es nur fest. Sie kennen ja die Regeln. Schönen Abend, Frau Nachbarin!«

Die letzten Worte galten Kate. Dann verschwand er um die Ecke.

Rita verdrehte die Augen, Inge nahm einen weiteren Schluck, Malise spuckte ein paar Tabakkrümel in seine Richtung.

»Was stört ihn denn?« fragte Kate überrascht.

»Der Rauch«, antwortete Rita grinsend, »aber du solltest besser fragen, was ihn *nicht* stört. Ich kann gar nicht mehr zählen, wie oft er sich über das Geschrei des Babys beschwert hat oder darüber, daß unsere Katze über sein Grundstück gelaufen ist.«

»Oder darüber, daß irgendwelche Bäume zuviel

Schatten machen oder daß meine Waschmaschine beim Schleudern quietscht oder …«

»Ist ja gut«, unterbrach Malise Inges Aufzählung.

»Komisch, zu mir war er bisher sehr hilfsbereit«, sagte Kate überrascht.

»Stimmt«, sagte Malise mit sarkastischem Unterton, »es ist kaum zu übersehen, wie sympathisch Ihr Euch seid. Spricht leider nicht für dich.«

Jetzt hatte Kate genug. Sie stand auf.

»Danke für die Einladung«, sagte sie förmlich.

»He, sei nicht sauer«, sagte Rita und Inge knuffte Malise in die Seite. »Was ist denn los mit dir?«

Malise blieb stumm. Sie schnippte den Zigarillo über den Zaun, wo es in einem von Mattuscheks Blumentöpfen landete. Für einige Minuten stieg ein dünnes Rauchfähnchen auf, bevor der Tabak verglüht war.

Mitten in der Nacht schreckte Kate aus dem Schlaf. Sie hatte etwas Wichtiges vergessen, aber sie wußte nicht, was es war. Aufrecht saß sie im Bett und dachte nach. Sie fühlte sich seltsam schutzlos, ohne sagen zu können, woher das Gefühl kam.

Schlagartig fiel es ihr ein: die Haustür! Sie hatte die Haustür nicht abgeschlossen. In den wenigen Tagen ihres Aufenthaltes hatte sie sich angewöhnt, die Tür tagsüber offenzulassen, wenn sie da war. So konnte jeder Besucher hereinkommen, ohne zu klingeln. Der Postbote hatte schon mehrfach Gebrauch davon gemacht; leider hatte er bisher nur Post für Nellis abgegeben.

Die ermordete Frau fiel ihr ein, und ihr wurde kalt vor Angst. Schnell lief sie die Treppe hinunter und stürzte zur Haustüre. Sie drehte den Schlüssel um. Schwer atmend blieb sie stehen und wartete, bis ihr Puls sich beruhigt hatte.

Drüben bei Malise war Licht. Überrascht sah Kate auf die Uhr, es war kurz nach eins.

Sie bemerkte, daß es nicht so dunkel war wie ein paar Tage zuvor; der Himmel war übersät mit Sternen, der Mond war voll und wirkte unnatürlich groß.

Plötzlich sah sie, wie sich die Terrassentür öffnete und Malise in einem hellen Gewand in den Garten trat. Ein Feuerzeug flammte auf, und im nächsten Moment erhellte der Schein einer Fackel ihr Gesicht. Sie steckte das Holz in den Boden und bewegte sich mit tänzelnden Schritten um die Flamme. Irgendwas hielt sie in der Hand, Kate konnte nicht erkennen, was es war. Während sie tanzte, ließ sie den Gegenstand von einer Hand in die andere wandern. Dann packte sie die Fackel und ging einige Schritte. In der Nähe des Zaunes, der ihren Grundstücksanteil von dem der Mattuscheks trennte, rammte sie die Fackel erneut ins Gras und hockte sich hin. Jetzt war sie von Gebüsch verdeckt, Kate konnte nicht sehen, was sie tat. Nach einer Weile stand sie auf und ging zurück ins Haus. Im Vorbeigehen löschte sie die Flamme in einer Tonne mit Regenwasser. Gleich darauf gingen innen die Lichter aus.

Kate schüttelte verwirrt den Kopf. Was hatte das wohl zu bedeuten? Mattuscheks nächtliches Treiben hatte sich ja schnell aufgeklärt, aber dieser Feuerzauber kam ihr noch merkwürdiger vor.

Sie ging die Treppe wieder hoch. Die alten Holzstufen knarrten unter ihrem Gewicht.

Eine ganze Familie wurde damals ausgerottet. Im Schlaf.

Ob die Geschichte stimmte? Kate war geneigt, es zu glauben. So grausam konnte Malise nicht sein, etwas Derartiges zu erfinden. Wie oft die Menschen wohl diese Treppe hinauf- und hinuntergelaufen waren, bevor sie auf grauenhafte Weise den Tod gefunden hatten? Plötzlich kam Kate das Haus feindlich vor, voll böser Geister und düsterer Geschichten. Wie ein ängstliches Kind flüchtete sie zurück ins Bett und zog sich die Decke über den Kopf.

Sie schlief kaum in dieser Nacht; immer wieder schreckte sie hoch, gepeinigt von Bildern der toten Frau. Das getrocknete Blut an ihren Beinen. Die Fliegen, die um den halbgeöffneten Mund herumkrabbelten. Der starre Blick der toten Augen, in denen ein stummer Vorwurf zu liegen schien.

»Darf ich reinkommen?«

Kate richtete sich überrascht auf. Sie hockte im Wohnzimmer und versuchte erneut, ihre Anlage in Gang zu bekommen. Aber es sah so aus, als müßte sie auf Samuel warten.

Sie streckte ihren Kopf aus der Tür. Im Flur stand eine rundliche, blonde Frau mit sanften Gesichtszügen. Sie wirkte müde, fast verhärmt; Kate kannte sie nicht. Doch, sie hatte sie kurz am Fenster gesehen – es war Frau Mattuschek. Sie hielt eine Tasse in der Hand und lächelte schüchtern.

»Hätten Sie wohl ein bißchen Mehl? Ich wollte Willi einen Kuchen backen, und nun reicht das Mehl nicht. Wissen Sie, er wünscht sich sonntags einen Kuchen, was soll man machen?«

Kate nickte verständnisvoll.

»Klar, kommen Sie rein!«

Sie hielt die Küchentür auf und kramte schon im Schrank. Dann drückte sie der Frau eine frische Packung Mehl in die Hand. »Hier, bitte schön!«

»Eine Tasse würde genügen.«

»Ist doch einfacher, als was umzufüllen«, sagte Kate freundlich.

»Ich bring's Ihnen gleich morgen wieder«, sagte Frau Mattuschek eilig.

»Lassen Sie sich ruhig Zeit.«

Die Frau zögerte, schließlich nahm sie sich ein Herz.

»Tut mir leid, das mit der Leiche. Muß ja ein furchtbarer Schock für Sie gewesen sein! Hoffentlich kommen Sie bald darüber weg.«

Kate lächelte dankbar.

»Bleiben Sie denn hier wohnen?« fragte Frau Mattuschek weiter.

»Ich weiß noch nicht. Vorerst schon. Wissen Sie, nach einer Scheidung…« Kate ließ den Satz unvollendet.

Frau Mattuschek nickte mitfühlend. »Ja, ja, was soll man machen.«

Dann nahm sie plötzlich Kates Hand. »Ich heiße Gudrun. Wenn ich irgendwas für Sie tun kann, sagen Sie's mir einfach!«

Sie war schon an der Tür, da drehte sie sich noch mal um.

»Willi hat recht, Sie sind wirklich sehr hübsch.«

Kate verbrachte den Nachmittag auf ihrem neuen Lieblingsplatz, der Gartenbank unter dem Apfelbaum. Sie durchforstete ihre Kundenkartei und schrieb Briefe mit ihrer neuen Adresse. Seit knapp fünf Jahren betrieb sie ihre Flötenwerkstatt und hatte sich einen kleinen Kundenstamm erworben. Als »nettes Hobby«, wie Bernd ihre Tätigkeit immer bezeichnet hatte, war das ausreichend gewesen. Um ihren Lebensunterhalt zu verdienen, würde es bei weitem nicht genügen.

In ihrer Naivität hatte sie damals im Ehevertrag auf Unterhalt verzichtet. Geld und Liebe sollten ihrer Meinung nach nicht miteinander vermengt werden. So zahlte Bernd jetzt nur die gesetzlich festgelegte Summe für seinen Sohn und verjubelte den Rest mit seiner Neuen.

Bis Kate ihre Werkstatt hier draußen aufgebaut und genügend neue Kunden aquiriert hätte, würden Monate vergehen. Bis dahin wollte sie Flötenunterricht geben, das würde wenigstens ein bißchen Geld bringen.

Kate setzte einen Handzettel mit folgendem Text auf: »Instrumentenbauerin gibt Unterricht in Blockflöte, einzeln oder in Gruppen, Kinder ab 6 Jahren.« Den würde sie morgen im Dorf aufhängen. Sie steckte den gleichen Text als Kleinanzeige in einen Umschlag und adressierte ihn an die Regionalzeitung.

Sie war so vertieft, daß sie nicht bemerkte, wie jemand über den Rasen kam.

»Wie geht's Ihnen heute?« ertönte eine männliche Stimme, und Kate schrak hoch.

»Danke, ganz gut.«

Sie nahm die dargebotene Hand und registrierte einen angenehmen Händedruck. Einladend wies sie auf einen Gartenstuhl.

Kommissar Lander ließ sich aufseufzend in den Stuhl fallen. Wieder trug er einen sommerlichen Anzug mit buntem Einstecktuch; dazu einen altmodischen Strohhut. Kate mochte die Art, wie er sich kleidete.

»Sucht Ihre Frau Ihnen die Anzüge aus?« fragte sie.

»Nein, schlechten Geschmack hab' ich selbst«, antwortete er lächelnd. Und nach einer Pause: »Leider nicht nur bei Anzügen. Zum Glück kam meine Frau eines Tages von selbst auf die Idee, mich zu verlassen.«

Er fächelte sich mit seinem Hut Luft zu. »Was für eine Affenhitze!«

»Müssen Sie auch sonntags arbeiten?« fragte Kate erstaunt.

»Lieber sonntags als frühmorgens. Fragen Sie mich nie etwas vor zehn Uhr morgens, versprechen Sie mir das!«

»Müssen Polizisten nicht auch mal Frühschicht machen?«

Er grinste. »Ich nicht mehr. Ich habe zwei Jahre lang jede Frühschicht verpennt, dann wurde ich strafversetzt. Hier auf dem Land nimmt man mehr Rücksicht auf meine eulenhafte Veranlagung.«

»Auf was, bitte?« fragte Kate belustigt.

»Es gibt Lerchen und Eulen. Ich bin eine Eule. Medizinisch ausgedrückt leide ich unter dem Syndrom der verzögerten Schlafphasen. Ich schlafe spät ein und komme morgens nicht aus dem Bett. Wurden Sie auch hierher strafversetzt?«

Kate lachte. »Könnte man so sagen. Ich bin frisch geschieden. Ein Freund hat mir und meinem Sohn das Haus zur Verfügung gestellt.«

Lander gähnte verstohlen. »Sagen Sie, hätten Sie vielleicht einen Kaffee für mich?«

Kate holte Kaffee und Mineralwasser aus der Küche und stellte eine Schale mit Keksen dazu.

»Sie müssen Nerven wie Drahtseile haben«, sagte er und legte den Handzettel weg, den er in ihrer Abwesenheit gelesen hatte.

»Sie ja wohl auch«, gab Kate zurück.

»Kindern das Flötenspiel beizubringen scheint mir bedeutend strapaziöser zu sein, als Mörder zu suchen.«

»Wissen Sie denn schon, wer es getan hat?« erkundigte sich Kate, und ihr Gesicht wurde ernst.

Lander knabberte gedankenverloren an einem Keks. Plötzlich richtete er seine braunen Augen auf sie und fragte: »Laufen Sie viel?«

»Na ja, so drei bis viermal die Woche«, antwortete Kate überrascht.

»Und wie schnell laufen Sie?«

Spöttisch sah Kate ihn an. »Tun Sie doch nicht so, als wüßten Sie das nicht. Sie haben sich doch bestimmt über mich informiert.«

»Richtig. Als ehemalige Hürdenläuferin dürften Sie also in der Lage sein, sehr schnell zu laufen.«

»Stimmt. Aber wenn Sie vom Joggen sprechen, das ist was anderes. Da läuft man einen Stundenschnitt von dreizehn, vierzehn Kilometern.«

»Es gibt da etwas, was komisch ist«, sagte Lander. Er beugte sich vor, griff nach einem Stift und begann, auf die Rückseite eines Handzettels zu kritzeln.

»Sie haben gesagt, Sie hätten um neun Uhr dreizehn auf die Uhr gesehen. Ungefähr fünf Minuten später hätten Sie die Frau gefunden. Stimmt das soweit?«

Er ließ den Stift sinken und sah auf.

Kate nickte.

»War die Frau denn da schon tot?«

»Ich weiß nicht genau... Ich... ich war so erschrocken, vielleicht hat sie auch noch gelebt«, stammelte Kate.

»Haben Sie nicht versucht, das festzustellen?«

»Doch, ich hab' sie mir angesehen, aber sie hat sich nicht bewegt«, antwortete Kate schnell.

»Wir haben Grund zu der Annahme, daß die Frau noch gelebt hat. Zu diesem Zeitpunkt war es ungefähr zwanzig nach neun. Als Sie uns anriefen und sagten, Sie hätten eine Leiche gefunden, war es zehn. Vom Fundort bis zum Friseur sind es gerade mal vier Kilometer, die laufen Sie in weniger als zwanzig Minuten. Warum haben Sie die doppelte Zeit gebraucht?«

»Was weiß ich, vielleicht hab' ich mich doch in der Zeit geirrt, keine Ahnung«, erwiderte Kate heftig.

Lander nahm seine Zeichentätigkeit wieder auf.

»Sie wissen, daß Sie wegen unterlassener Hilfeleistung belangt werden können, wenn die Frau noch gelebt hat und Sie nicht auf dem schnellsten Weg Hilfe geholt haben?«

Kate senkte den Blick.

»Also?« Lander sah sie auffordernd an.

Kates Gesicht nahm einen trotzigen Ausdruck an.

»Ich kann dazu nichts sagen.«

Sie betrachtete die zwei gezeichneten Elefanten, die hintereinander über das Papier spazierten, wobei der hintere Elefant mit dem Rüssel den Schwanz des vorderen festhielt.

Lander schwieg. Er hatte sich zurückgelehnt und fächelte sich mit seinem Strohhut Luft zu. Gelassen beobachtete er Kate und schien alle Zeit der Welt zu haben.

»Hätte sie eine Überlebenschance gehabt, wenn ... wenn man sie früher gefunden hätte?« fragte Kate schließlich leise.

Lander wiegte den Kopf. »Schwer zu sagen. Über zwanzig Messerstiche in den Unterleib, das reinste Massaker.« Seine Stimme klang bitter.

»Wurde sie auch ...«, begann Kate, aber sie brachte den Satz nicht zu Ende.

Lander verstand trotzdem. »Vergewaltigt? Kann man wohl sagen.« Er stand abrupt auf.

»Wenn Ihnen eine Erklärung für die Zeitdifferenz einfällt, können Sie mich jederzeit anrufen.«

Er legte eine Visitenkarte auf den Tisch.

»Haben Sie schon eine Ahnung, wer es war?« wiederholte Kate ihre Frage vom Anfang des Gesprächs.

»Nicht direkt. Aber es deutet alles darauf hin, daß der Täter sein Opfer gekannt hat.«

Er drückte ihr wieder die Hand, schenkte ihr einen langen, nachdenklichen Blick und verließ den Garten.

Der Schock hat ihre Gedanken gelähmt. Was soll sie machen? Weglaufen und die Polizei informieren? Dableiben und Erste Hilfe leisten?

Ein leichter Schwindel ergreift sie. Mit aller Kraft kämpft sie dagegen an. Zögernd nähert sie sich der blutüberströmten Gestalt am Boden. Kein Lebenszeichen. Die Frau rührt sich nicht.

Ich muß ihr den Puls fühlen, ist der erste klare Gedanke, den Kate fassen kann. Sie geht in die Hocke und berührt vorsichtig das Handgelenk der Verletzten. Dann zuckt sie zurück. Nein, lieber Hilfe holen.

Langsam richtet sie sich auf. Tak-tarak-tak-tarak. Ihr Herz rast, der Schwindel wird stärker. Sie will den ersten Schritt machen, da spürt sie, wie etwas ihren Fuß berührt. Erschrocken schreit Kate auf und macht einen Satz zur Seite. Die Frau hat den Kopf ein kleines Stück gedreht und versucht zu sprechen. Die Lippen bewegen sich, aber kein Ton ist zu hören. Kate beugt sich hinab, richtet ihre ganze Aufmerksamkeit auf das verzweifelte Bemühen der Verletzten. Da krümmt sich die Frau plötzlich, ein Schwall von Blut kommt aus ihrem Mund.

Entsetzt weicht Kate zurück. Der Schwindel kommt jetzt mit voller Wucht und reißt sie in seinen dunklen Abgrund.

Als sie wieder zu sich kommt, kriecht sie auf allen vieren zurück zu der Frau, die unverändert daliegt. Nein, nicht ganz unverändert. Ihr Kopf ist zur Seite gefallen, die Augen blicken starr.

Kate schaut auf die Uhr. Zwanzig Minuten. Zwanzig wertvolle Minuten, in denen sie hätte Hilfe holen können. Ich bin schuld, hämmert es in ihrem Kopf.

ICH BIN SCHULD AN IHREM TOD.

Samuels Stimme holte sie zurück in die Wirklichkeit. »Hallo, Mam, bin wieder da!«

»Sammy!«

Erleichtert sprang sie auf und lief ihm entgegen.

Hinter ihm kam Bernd in den Garten geschlendert. Kate zuckte leicht zusammen und verlangsamte ihren Schritt. Jetzt nur keine Schwäche zeigen!, befahl sie sich.

Es war das erste Mal seit dem Scheidungstermin, daß sie ihm gegenüberstand. Es berührte sie merkwürdig, ihn hier zu sehen, auf ihrem Territorium.

Er kam lächelnd auf sie zu, lässig und unbeschwert. Die Füße in Turnschuhen, den Kopf in den Wolken. Das Leben war ein saftiger Braten, es kam nur darauf an, sich ein möglichst großes Stück zu sichern. Sein ständiger Optimismus konnte einen in die Depression treiben.

»Hallo, Katie.«

Jungenhaftes Grinsen der Marke Bin-ich-nicht-unwiderstehlich?

»Hallo, Bernd.«

»Wie geht's, kommst du klar?«

Tak-tarak. Blöde Frage.

»Danke, bestens. Kein Mann ist schließlich besser als der falsche!« sagte sie, honigsüß lächelnd.

Die Verlegenheit war ihm anzusehen.

»Äh ... also, ich muß dann wieder, macht's gut, ihr beiden.«

Er trat den Rückzug an, im Vorbeigehen strich er Samuel linkisch übers Haar. Er warf einen abschätzigen Blick auf das Haus und flüchtete auf die Straße, wo aufreizend sein roter Porsche stand.

Kate kniff die Augen zusammen. Saß da nicht jemand auf dem Beifahrersitz?

Als Bernd außer Hörweite war, fragte Kate: »War sie dabei?«

Samuel nickte und lief rot an wie ein Kind, das beim Klauen ertappt worden ist.

»Und, ist sie nett?«

Samuel nickte wieder. »Ja, sie ist nett.«

»Wie heißt sie eigentlich?«

»Ramona.«

Ramona. Klang, als wäre sie höchstens sechzehn.

Kate räusperte sich. »Hunger?« fragte sie, und es kam unfreundlicher rüber, als sie wollte.

Beim Essen erzählte sie Samuel so schonend wie möglich von der toten Frau. Das war besser, als wenn er es von seinen Schulfreunden erführe. Von ihren Selbstvorwürfen erzählte sie nichts. Darüber konnte sie nicht sprechen. Mit niemandem. Und schon gar nicht mit Lander.

VIER

Eigentlich war es ein schönes Dorf. Die Hauptstraße wand sich vom Ortseingang aus in zwei langgezogenen Kurven, bevor sie sich verengte und zwischen hohen, alten Bäumen hindurch zum Schloß anstieg. Zu beiden Seiten der Straße erstreckten sich große Bauernhöfe, der älteste über vierhundert Jahre alt, und viele neuere Häuser. Es gab einen Schuster, einen Blumenladen, einen Bäcker und einen Metzger; außerdem einen Getränkemarkt, einen Schreibwarenladen, zwei Gasthöfe, eine Apotheke, einen praktischen Arzt und den Friseur. Wenn man nichts Ausgefallenes brauchte, mußte man den Ort nicht verlassen.

Seit sie angekommen war, hatte Kate nur zweimal die knapp einstündige Fahrt in die Stadt unternommen. Einmal, um ihr Holzlager zu kündigen, und einmal, um Olga zu treffen.

Die Stadt war ihr unwirtlich erschienen; laut und eng und abgasgeschwängert. All die Häuser ohne Grün drum herum, randvoll gefüllt mit Menschen, die Wand an Wand ihr Leben lebten, einander nah und doch als Fremde. Obwohl sie erst kurz weg war, konnte Kate sich kaum noch vorstellen, daß sie ebenfalls hier gelebt hatte. Sie fühlte sich viel wohler auf dem Land, inmitten der Weite und der Natur.

Leider wollte Samuel nach wie vor nicht hiersein. Er war bockig und unglücklich; Tag für Tag jammerte er, er wolle zurück in die Stadt.

Auch Kate fragte sich natürlich, ob sie als Fremde hier wirklich Fuß fassen würde. Sie stieß nicht auf direkte Ablehnung, wenn man von Malises merkwürdigem Verhalten einmal absah. Die meisten Leute behandelten sie freundlich, trotzdem spürte sie, daß sie nicht dazugehörte. Wenn sie ein Geschäft betrat, wurde sie förmlich mit »Sie« angesprochen, während die Einheimischen sich untereinander duzten. Manchmal erstarben die Gespräche, wenn sie in die Nähe kam. Und sie wurde mit Blicken betrachtet, die ihr deutlich zeigten, daß sie als Außenseiterin empfunden wurde.

Sie sprach sich selbst Mut zu. Das dauerte eben. Man lebte sich nicht in ein paar Wochen in einer fremden Umgebung ein. Die Leute hier draußen waren ein besonderer Menschenschlag; man mußte sich ihr Vertrauen erst erwerben.

Trotzdem wollte sie auf keinen Fall in die Stadt zurück. In der Stadt war Bernd. Alle Freunde dort waren Bernds Freunde, alle Kneipen, die sie kannte, Bernds Stammkneipen, alle Orte angefüllt mit Erinnerungen an Bernd. Es war, als wäre dort kein Raum mehr für Kate, als hätte er jeden Winkel besetzt.

Tagsüber, solange sie beschäftigt war, kam Kate gut zurecht in ihrem neuen Leben. Voller Tatkraft widmete sie sich ihren Aufgaben, immer darauf bedacht, keine Zweifel oder Ängste hochkommen zu lassen. Aber nachts, wenn diese drückende Stille herrschte und die Welt um sie her nicht mehr zu existieren schien, kämpfte sie gegen allerhand Dämonen an.

Sie hatte ihr Lauftraining einige Wochen nach dem Mord wiederaufgenommen; in weitem Bogen umlief sie jetzt den Ort ihres grausigen Fundes. Sie bemühte sich, die Erinnerung an das Erlebte zu verdrängen. Immer wieder sagte sie sich vor, daß die Frau wahrscheinlich sowieso gestorben wäre. Daß sie nicht für ihren Tod verantwortlich wäre. Trotzdem holte die Erinnerung sie immer wieder ein.

Auch der Schmerz über die Trennung von Bernd kam immer nachts. Sie saß im Wohnzimmer und versuchte, die bohrenden Gedanken mit leiser Flötenmusik und dicken Wälzern, bevorzugt verschlungenen Familiensagas aus Indien oder Südamerika, zu bekämpfen. In den frühen Morgenstunden fiel sie erschöpft ins Bett und warf sich im Halbschlaf hin und her, bis um sieben das Piepen des Weckers der Quälerei ein Ende machte.

Nun hatte sie beschlossen, mit der chemischen Keule gegen ihre Schlaflosigkeit vorzugehen. Sie studierte den Beipackzettel der Tabletten, die sie sich mit einem vom Dorfarzt bereitwillig ausgeschriebenen Rezept besorgt hatte: »Schlafmittel für Einschlafstörungen, Wirkstoff: Chloralhydrat, sonstige Bestandteile: Macrogol, Glycerol, Mannitol, Sorbitan, Farbstoffe E 171 und E 124 …«

Klang vielversprechend. Kate nahm drei Pillen aus der Packung und spülte sie mit einem Schluck Baldriansaft hinunter. Das sollte einen Elefanten zum

Einschlafen bringen. Sie rollte sich auf ihrem Sessel zusammen, starrte in die Dunkelheit und wartete, daß die Wirkung einsetzte.

Wieder begann das lästige Karussell in ihrem Kopf zu kreisen. Gegen ihren Willen kehrten ihre Gedanken immer wieder an denselben Punkt zurück.

Ramona.

Jung, natürlich. Viel jünger als sie. Wie hatte er sie kennengelernt? Sicher eins von den Hühnchen, die überall auf den Redaktionsfluren seines Senders rumflatterten. Es wimmelte dort von Praktikantinnen, Aufnahmeleiterinnen, Scriptgirls, Casting-Miezen – ein Paradies für Machos und Aufreißer. War Bernd so einer? Und wenn ja, warum trauerte sie ihm dann nach? Trauerte sie überhaupt Bernd nach oder nur dem Zustand des Verheiratetseins, des Wissens-wohin-man-gehört?

Wie wenig sie über ihren Ex-Mann wußte, und wie wenig über ihre eigenen Gefühle, dachte Kate erstaunt. Sie war gar nicht auf die Idee gekommen, Bernd nach Einzelheiten zu fragen. Erst kurz vor dem Scheidungstermin hatte sie begriffen, daß er nicht in eine eigene Wohnung gezogen war, sondern zu seiner neuen Freundin.

Als sie daran dachte, fühlte sie die gleiche Mischung aus Wut, Verzweiflung und Scham, die sie früher nach einem verlorenen Wettkampf in sich gefühlt hatte. Dieser Verdacht, das Rennen sei nicht fair gewesen, weil man ihr eine gedopte Gegnerin vor die Nase gesetzt hatte.

Aber wie damals war sie entschlossen, keine Schwäche zu zeigen. Sie war Kate, sie war stark, und sie würde sich von einer lächerlichen Scheidung nicht aus der Fassung bringen lassen!

Ein angenehmes Schwindelgefühl bemächtigte sich ihrer, hüllte sie ein wie eine weiche Decke und ließ die quälenden Gedanken in den Hintergrund treten.

Sie stand auf und ging langsam, gegen das leichte Schwanken ankämpfend, die Treppe hoch. Wie jede Nacht schlich sie zu Samuel ins Zimmer, um zu kontrollieren, ob er zugedeckt war. Er lag auf dem Rükken, alle viere von sich gestreckt, die zerzausten Botticelli-Bob-Marley-Locken im Gesicht. Er sah aus wie sein Vater. Wenn er die Augen geschlossen hatte, war er Bernd so ähnlich, daß es weh tat.

Bis heute hatte Kate ein schlechtes Gewissen, weil sie das Kind eigentlich nicht gewollt hatte. Weil sie sich eingebildet hatte, unbedingt weiterlaufen zu müssen. Dabei war ihr Läuferschicksal längst besiegelt gewesen seit jenem Nachmittag im August. Seit damals wußte sie, daß ihr Herz über ihren Kopf gesiegt hatte, die Angst über die Vernunft.

Sie kauert im Startblock, reglos. Ein Raubtier. Die Atmung flach, die Augen halb geschlossen. Startschuß und Angriff sind eines. Wäre ihr Opfer ein Tier, sein Genick wäre schon jetzt gebrochen. Dreißig Schritte bis zum ersten Hindernis. Sie schluckt es, kaum unterbricht der Sprung ihren Schrittrhythmus. Wie eine Schere klappen ihre Beine bei jeder Hürde auseinander und zusammen. Kurz vor der achten Hürde der gefürchtete Moment. Die Schritte werden kürzer, der Rhythmus wird schneller. Jetzt bloß nicht denken. Oder zählen. Entweder es geht automatisch, oder es geht gar nicht. Der Kopf ist der größte Feind des Sprinters. Neun, zehn. Die letzte Hürde. Vierzig Meter Auslauf. Ende.

Gegen ihren Willen, fast ohne daß sie es bemerkte, stieg ein Schluchzen in Kate hoch. Wie ein schutzbedürftiges Tier kroch sie zu ihrem Sohn ins Bett, drängte sich an ihn und suchte die Wärme seines Körpers. Samuel schmatzte, murmelte etwas Unverständliches und warf ihr die Arme um den Hals. Ineinander verschlungen lagen sie da, und Sekunden später fiel Kate in einen bleiernen chemischen Schlaf.

»Super, wir haben verpennt!« ertönte Samuels Stimme, unscharf nahm Kate wahr, daß eine Armbanduhr vor ihrem Gesicht baumelte. Sie schoß hoch, das Uhrgehäuse knallte schmerzhaft gegen ihre Schläfe.

»Scheiße, verdammte!« schimpfte sie und versuchte, irgendwas zu begreifen. Ganz langsam kehrte ihr Bewußtsein zurück.

Sie starrte auf das Zifferblatt – kurz nach zehn, die Schule hatte vor zwei Stunden angefangen.

»Wieso hast du hier geschlafen?«

Samuel sandte ihr einen fragenden blauen Blick.

»Ich dachte, du fühlst dich einsam.«

Bob Marley, zwölfjährig, klein und sommersprossig, lächelte nachsichtig.

»Ich muß dich in der Schule entschuldigen«, brummte Kate und sprang aus dem Bett. Sie lief die Treppe hinunter zum Telefon.

Als sie zurückkam, grinste Samuel. »Und, was fehlt mir?«

»Magenverstimmung. Komm, laß uns eine Radtour machen!«

»Oh, super«, freute sich Samuel und warf ihr die Arme um den Hals.

Kate wurde ganz warm vor Zärtlichkeit.

Sie hatte bisher zuviel an sich gedacht und zuwenig an ihr Kind. Das würde jetzt anders werden, nahm sie sich vor.

Während sie über sonnige Feldwege und durch kühle Waldstücke strampelten, sprachen Kate und Samuel das erste Mal seit ihrer Ankunft richtig miteinander. Samuel gestand, daß er es hier draußen gar nicht so übel fände. Aber er litt unter dem Gefühl der Einsamkeit, bekam keinen Kontakt zu den Kindern im Dorf.

»Ich kann ja nicht mal richtig Bayerisch«, klagte er. »Die lachen mich immer aus.«

»Das wird schon«, tröstete ihn Kate. »Vetrag dich doch endlich mit Simon. Der ist so alt wie du und wohnt direkt neben uns.«

»Der mein Fahrrad klauen wollte?« fragte Samuel empört.

»Ach was. Wahrscheinlich wollte er's wirklich nur anschauen. Ich finde, er sieht nett aus.«

Samuel schwieg eine Weile.

»Ich trau' mich aber nicht«, sagte er dann leise, und Kate bedauerte, daß sich das Hoppla-jetzt-komm-ich-Gen seines Vaters bei ihm nicht durchgesetzt hatte.

Seit dem Abend bei Malise hatte Kate keine der Frauen wiedergesehen. Sie hatte immer mal Ausschau nach ihnen gehalten – beim Einkaufen, beim Spazierengehen, beim Laufen –, aber durch einen merkwürdigen Zufall waren sie verschwunden geblieben. Nur Malise hatte sie mal bei der Gartenarbeit entdeckt, aber die hatte so getan, als bemerke sie Kate nicht.

Kate hatte inzwischen einiges über die Frauen erfahren. So zum Beispiel, daß Rita und Inge ebenfalls Zugereiste waren, Malise hingegen aus der Gegend stammte. Über Malise wurde am meisten getuschelt.

Daß sie Männer vernasche wie andere Frauen Pralinen. Daß sie irgendwelche spiritistischen Spinnereien betreibe, statt in die Kirche zu gehen. Von Voodoo und Hexerei wurde gemunkelt und davon, daß sie vielleicht schlicht nicht alle Tassen im Schrank habe.

Über Rita war nicht viel bekannt; nur, daß sie eine etwas zweifelhafte Vergangenheit habe. Sogar im Knast sei sie schon gewesen, aber Genaueres wußte man nicht.

Von Inge erzählte man sich, sie habe eine höhere Position bei einem Pharmazieunternehmen bekleidet. Eine richtige Karrierefrau sei sie gewesen. Vielleicht sei ihr deshalb der Mann weggelaufen.

Kate hörte sich den Klatsch amüsiert an; sie vermutete, daß man, um der Wahrheit nahezukommen, mindestens die Hälfte abziehen müßte. Am besten von den dreien hatte ihr Inge gefallen; mit ihr hätte sie die Bekanntschaft gerne fortgesetzt. Eines Tages kam ihr dann der Zufall zu Hilfe.

Ein hagerer alter Mann lief aufgeregt auf Kate zu. »Haben Sie meine Frau gesehen?«

»Ihre Frau?« Kate schüttelte verwirrt den Kopf. »Nein, ich habe niemanden gesehen.«

Das Zusammentreffen fand auf der Straße vor dem Haus statt; Kate war gerade von ihrem Morgenlauf zurückgekommen, die Sonne brannte schon mit ziemlicher Kraft, obwohl es erst kurz nach neun war. Ratlos hob der Mann, der trotz der Hitze einen Hut trug, die Arme und ließ sie wieder fallen.

»Vielleicht ist sie schnell zum Einkaufen?« schlug Kate vor.

»Nein, nein, das Einkaufen übernehme meistens ich, wissen Sie, meine Frau hat ein Hüftleiden, ich muß ihr helfen.«

»Aber weit kann sie doch nicht sein«, tröstete Kate den aufgelösten Mann. »Hier im Dorf geht doch niemand verloren.«

Sein Gesicht zeigte den Ausdruck höchster Not.

»Was soll ich denn jetzt machen? Wir haben gerade erst geheiratet!«

»Sie haben gerade geheiratet?« Kate verstand gar nichts mehr.

»Ja, im letzten Jahr, Sommer vierundvierzig.« Sein Gesicht entspannte sich. »Es war eine wunderbare Hochzeit, mit einer Kutsche sind wir zur Kirche gefahren, und so schön hat sie ausgesehen, meine Hilde! Einen Schweinsbraten hat es zum Essen gegeben, und hinterher bayerische Creme.«

Kate hatte dem alten Herrn so fasziniert gelauscht, daß sie nicht bemerkte, wie Inge zu ihnen trat.

»So, Vater, jetzt kommst du mit, jetzt gehen wir wieder heim«, sagte sie und nahm seinen Arm.

Zu Kate gewandt fragte sie: »Hat er wieder nach seiner Frau gesucht?«

Kate nickte.

»Sie ist schon seit acht Jahren tot. Seither...« Sie machte eine Handbewegung vor dem Gesicht, die seine Verwirrung andeuten sollte.

Kate lächelte und gab dem alten Herrn die Hand.

»Ich heiße Kate. Es war nett, Sie kennenzulernen!«

Er deutete eine Verbeugung an und lüpfte galant seinen Hut.

»Seemann, Gustav. Das Vergnügen war ganz meinerseits.«

Vater und Tochter wandten sich zum Gehen.

Kate überlegte. Sollte sie Inge einfach ansprechen?

In diesem Moment drehte die sich noch mal um und sagte freundlich: »Komm doch morgen zum Kaffee! Wir wohnen da drüben, Nummer 8a.«

Nach zwei Anläufen gelang Kate am nächsten Tag ein Gebilde, das man mit etwas gutem Willen als Apfelkuchen bezeichnen konnte. Vorsichtig trug sie es vor sich her zum Haus von Inge und Gustav. Unterwegs lief sie Mattuschek in die Arme, der ihr Werk mit einem schnellen Blick taxierte.

»Bißchen weniger Butter in den Teig«, riet er, »dann fällt der Rand nicht so zusammen.« Sein Blick wurde intensiver. »Ich sehe, Sie leben sich ein, schließen die ersten Freundschaften, das ist schön!«

»Finde ich auch«, sagte Kate.

»Reizenden kleinen Jungen haben Sie übrigens. Haben uns schon kennengelernt.«

»Ach, ja? Hat er mir gar nicht erzählt. Also dann, ich muß weiter«, entschuldigte sich Kate und setzte ihren Weg fort.

»Ich hole ein paar Stauden für Ihren Garten«, hörte sie ihn hinter sich. »Wir können sie später zusammen einsetzen, wenn Sie wollen.«

»Ist gut, danke«, rief sie, ohne sich noch mal umzudrehen.

Mattuschek ließ wirklich keine Gelegenheit aus, sich in Erinnerung zu bringen. Kate konnte nicht anders, als in seinen Bemühungen eine Form der Werbung zu sehen. Sie wußte nicht recht, wie sie damit umgehen sollte; einerseits fand sie es ganz praktisch, andererseits war es ihr ein bißchen peinlich.

Was wollte er von ihr? Er war verheiratet, mindestens zwanzig Jahre älter als sie und so ziemlich das Gegenteil von dem, was sie sich unter einem attraktiven Mann vorstellte. Der schiere Gedanke, daß er sich irgendwelche Hoffnungen machen könnte, reizte sie zum Lachen.

»Mattuschek?« Inge lachte spöttisch auf. »Mattuschek ist ein Arschloch. Malise haßt ihn.«

»Und du?«

»Ich versuche, mich nicht nerven zu lassen.«

»Er bringt Schnecken um«, erzählte Kate schaudernd.

»Solange es nur Schnecken sind ...«

Inge ließ den Satz in der Luft hängen und führte ein unvornehm großes Stück Apfelkuchen zum Mund.

»Was willst du damit sagen?« fragte Kate.

»Ach, nichts. Manchen Leuten traut man einfach alles zu. Mattuschek ist so einer. Findest du ihn nicht ekelhaft?«

Kate schüttelte den Kopf. »Nein, eigentlich nicht. Zu mir ist er wahnsinnig nett.«

»Er prügelt seine Frau«, erzählte Inge nach dem nächsten Bissen weiter. »Aber welcher Mann tut das nicht.«

Kate lachte auf. »Jetzt übertreibst du aber!«

Inge ging nicht weiter auf das Thema ein.

»Mmmh, köstlich, dein Kuchen!« lobte sie statt dessen. »Von wegen eingefallener Rand – der wollte doch nur, daß du ihn einlädst.«

Sie saßen im Schatten einer Markise, Gustav wippte traumverloren in einem Schaukelstuhl und murmelte vor sich hin.

»Ich muß die Mülltonnen noch rausstellen«, sagte er plötzlich aufgeregt und wollte sich aus dem Stuhl erheben.

»Laß nur, Vater, der Müll wird erst Montag wieder abgeholt«, beruhigte ihn Inge und tätschelte liebevoll seine Hand.

»Wie lange pflegst du ihn schon?« fragte Kate.

»Seit dem Tod meiner Mutter. Er war immer schon zerstreut, aber seither ist es rapide schlimmer geworden. Seine Erinnerung ist ungefähr 1945 stehengeblieben. An die Zeit danach erinnert er sich wenig. Sein Kurzzeitgedächtnis funktioniert aber noch so einigermaßen.«

Tatsächlich hatte der alte Herr Kate erkannt. Sogar ihren Namen wußte er noch, aber nicht mehr, wo sie sich kennengelernt hatten.

»Ist es sehr anstrengend?« fragte Kate.

Sie konnte sich absolut nicht vorstellen, ihren Vater bei sich aufzunehmen.

»Es geht. Meine Ehe ist darüber kaputtgegangen. Aber ich habe festgestellt, ein Mann ist so gut wie der andere. Ehemann, Vater, eigentlich ist es egal.«

»Na ja, nicht ganz, oder?« Kate lächelte verlegen.

»Du meinst Sex?« fragte Inge unverblümt.

Kate nickte, überrascht von dieser Direktheit.

»Die wenigsten Leute haben Sex mit ihren Ehepartnern«, erklärte Inge sachlich. »Übrigens läßt das Bedürfnis mit zunehmendem Alter nach. Gott sei Dank, man spart so viel Zeit!« Sie grinste verschmitzt.

Ein Rascheln ertönte. Mitten durch die Büsche, die Inges kleinen Garten vom Nachbargarten trennten, kam Rita, verheult und verrotzt, das Baby im Arm.

»Kannst du bitte den Weg entlanggehen, wie andere Menschen auch«, sagte Inge in einem Tonfall, als hätte sie diesen Satz schon unzählige Male gesagt und wüßte ohnehin, daß er keine Wirkung haben würde.

»Was ist denn mit dir los?« fragte Kate erschrocken.

»Na, was schon?« heulte Rita auf. »Der Scheißkerl macht wieder Überstunden!«

Kate wußte nicht, von wem sie sprach, tippte aber auf Ritas Mann. Rita war ja, wenn Kate sich richtig erinnerte, die einzige, die einen hatte.

»Noch«, wie Malise freundlicherweise bemerkt hatte.

»Na, dann ist ja alles wie immer«, sagte Inge ungerührt. »Willst du 'n Stück Kuchen?«

Rita antwortete nicht, drückte Kate das Baby in den Arm, und zog ein Taschentuch aus der Rocktasche, um sich zu schneuzen.

»Ich fahre ins Studio. Könnt ihr euch um das Monster kümmern?«

Ohne eine Antwort abzuwarten, verschwand sie. Natürlich wieder durch die Büsche.

»Wohin geht sie?« fragte Kate erstaunt.

»Ins Fitness-Studio. Da vertrimmt sie Punching-Bälle. Dabei stellt sie sich vor, daß es ihr Typ ist.«

Kate betrachtete das Baby auf ihrem Schoß. Es sah sie freundlich an und sabberte.

»Kriegt wohl gerade Zähne, das Monster. Was ist es überhaupt, Junge oder Mädchen?« erkundigte sie sich.

»Weiß nicht genau«, sagte Inge abwesend. »Mädchen, glaube ich.«

Sie beobachtete den Flug einer Wespe; als das Insekt sich auf ihrer Stuhllehne niedergelassen hatte, erledigte sie es mit einem gezielten Schlag ihrer Kuchengabel.

»Warum ist Malise eigentlich so komisch?« nahm Kate das Gespräch wieder auf.

»Komisch? Ich finde sie nicht komisch. Nicht komischer als dich oder Rita.«

»Ich meine, sie ist so kühl, so abweisend. Als hätte ich ihr was getan.«

»Ach, Quatsch. Die ist zu allen so pampig, das meint sie nicht persönlich. Aber wenn sie dich liebt, geht sie für dich durchs Feuer.«

Einer von Kates Kunden hatte sich gemeldet, er brauche eine Alt-Flöte in höchster Qualität.

Endlich ein Auftrag! Kate atmete auf.

Die Sache mit den Flötenstunden hatte sich zwar ganz gut entwickelt; sie unterrichtete inzwischen sechs Mädchen, aber zum Leben reichte das noch lange nicht. Voller Tatendrang betrat Kate deshalb ihre Werkstatt. Heute würde sie sich an die Arbeit machen!

Vor ein paar Tagen hatte Nellis angerufen, und sie hatte ihm von Mattuscheks Besuch und der Sache mit der Nutzungsänderung erzählt.

»Das ist doch wieder typisch!« hatte Nellis sich aufgeregt, »der versucht immer, Ärger zu machen. Habe ich dich nicht vor ihm gewarnt?«

Kate war aus allen Wolken gefallen. »Ach, das bezog sich auf Mattuschek? Ich dachte, du meintest Malise! Mit der bin ich gleich am ersten Tag zusammengerasselt.«

»Aber nein, Malise ist in Ordnung. Sie ist ein bißchen spröde, aber das ist nur Show.«

»Mattuschek ist sehr hilfsbereit«, erzählte Kate, »ich hatte eigentlich das Gefühl, er will mir unnötigen Ärger ersparen.«

»Du wirst überhaupt keinen Ärger kriegen, wenn *er* dir keinen macht«, hatte Nellis sie beruhigt. »Ich schicke dir einen Untermietvertrag mit der ausdrücklichen Erlaubnis, den Schuppen als Werkstatt zu benutzen. Kümmere dich nicht um Mattuscheks Gerede, und halte dich nach Möglichkeit von ihm fern.«

Kate hatte es versprochen, und Nellis hatte ihr noch mal bestätigt, daß sie bis auf weiteres im

Haus bleiben könnte. Nachdenklich hatte sie aufgelegt.

Sie betrachtete ihre Hände. Ein paar Sommersprossen auf der hellen Haut des Handrückens, knochige Finger mit kurzgeschnittenen Nägeln. Schmale Handgelenke, kräftige Unterarme. Sie spannte die Muskeln, versuchte zu fühlen, ob sie schon wieder die Kraft und die Ruhe hätte, eine makellose Bohrung ins Holz zu treiben. Das war der härteste Teil der Arbeit; man mußte dem Druck der Maschine standhalten, durfte keinen Millimeter abweichen. Danach schmerzten ihre Arme oft tagelang.

Sie prüfte das Holz, legte die Konstruktionszeichnung zurecht, bestückte die Drehbank mit dem Bohrer. Mit jedem Handgriff fühlte sie sich besser; die alte Sicherheit kam zurück. Es war, als sei sie nach langer Zeit in ein Haus zurückgekehrt, in dem sie sich zu ihrer eigenen Überraschung gleich wieder zurechtfand.

Der Vormittag verging, ohne daß sie das Verstreichen der Zeit wahrnahm. Sie war in einem Zustand der völligen Konzentration, ja Kontemplation, den sie sonst nur beim Laufen erreichte.

Erschrocken zuckte sie zusammen, als die Schuppentür aufflog und Samuel reinstürmte. Das Holz rutschte ab, der Bohrer drehte ins Leere, eine häßliche Scharte verunzierte das Holz. Aufgebracht feuerte sie das verdorbene Stück in die Ecke.

»Schau her, was du angerichtet hast! Das war die Arbeit von drei Stunden!« schrie sie.

»Tut mir leid, Mam«, murmelte der Junge und wich erschrocken zurück.

Im gleichen Moment bedauerte Kate ihren Ausbruch. Sie streckte die Hand aus.

»Komm her! Was hast du denn da?«

Samuel kam zögernd näher. Er hielt etwas auf dem Arm. Kate sah genauer hin. Es war eine kleine, rauchgraue Katze.

»Die ist aber hübsch! Woher hast du sie?«

Kate strich mit zwei Fingern über das winzige Köpfchen; die Katze streckte sich und gähnte, was ungemein putzig aussah.

»Einer von den Bauernjungen hat sie mir gegeben. Er hat gesagt, sie haben sechs und wenn keiner sie nimmt, ersäuft er sie im Waldweiher.«

Kate sah ihn erschrocken an. »Das ist ja schrecklich! Möchtest du sie behalten?«

Ein heftiges Nicken, ein Lächeln in seinem Gesicht.

»Wenn ich darf?«

Sie strich ihm übers Haar. »Natürlich darfst du.«

»Ich nenne ihn Bobitt.«

»Bist du sicher, daß es ein Kater ist?«

»Der Junge hat gesagt: 's ist a Bua.«

Mühsam bildete Samuel die bayerischen Silben nach. Kate lachte auf und nahm sein Gesicht in die Hände.

»Junger Mann, haben wir uns heute schon geküßt?«

Ein Sonnenstrahl, der ihr Gesicht kitzelte, ein feuchter Kinderkuß, ein kurzer Moment des Angekommenseins.

»Aaaah, oooooh, ja, oh ja …« Es war ein Uhr morgens, Kate hockte wach im Bett, durch das weit geöffnete Fenster drang lautes Stöhnen. Es kam eindeutig aus dem Nachbarhaus, genauer gesagt aus Malises Schlafzimmer. Halb amüsiert, halb genervt lauschte sie den Geräuschen, die mal lauter wurden, dann wieder abebbten. Sie stellte sich vor, was Malise und ihr unbekannter Liebhaber trieben, und der Gedanke erregte sie.

Plötzlich fielen ihr Bernd und Ramona ein.

Abrupt stand sie auf und stellte sich ans Fenster, um die kühle Nachtluft einzuatmen. Die Erregung wich der Wut. Sex war einfach Scheiße. Machte nur Ärger und zerstörte alles. Hoffentlich hatte Inge recht und der Wunsch danach verschwand mit dem Alter.

Das Gestöhn schwoll an und steuerte offensichtlich seinem Höhepunkt zu. Plötzlich zerriß eine wütende Männerstimme die Nacht: »Ruhe, verdammt noch mal, sonst rufe ich die Polizei!«

Es war Mattuschek, der im Schlafanzug auf dem Balkon stand und brüllte. Kurz darauf erschien Malise am Fenster, sie war nackt, ihr Haar zerwühlt. »Halt die Klappe, du Scheißer«, sagte sie mit schneidender Stimme.

Kate wich ein Stück zurück. Aber Mattuschek hatte sie schon entdeckt und rief rüber: »Sagen Sie mal was, Frau Moor, das ist doch eine Zumutung!«

Kate fand, daß seine indiskrete Brüllerei die weitaus größere Zumutung war, und sagte kühl: »Nur kein Neid, wer hat, der hat.«

Sie hörte Malises höhnisches Gelächter und das Zuknallen von Mattuscheks Balkontür.

Kate fühlte sich wie erschlagen am anderen Morgen, aber darin unterschied dieser Morgen sich nicht von anderen. Die Schlaflosigkeit machte ihr weiterhin zu schaffen, sie traute sich aber nicht, Nacht für Nacht Tabletten zu nehmen.

So taumelte sie benommen durch den Tag, arbeitete weiter an ihrer Auftrags-Flöte und kämpfte gegen die Müdigkeit an.

Als sie zwischendurch die Werkstatt verließ, um sich neuen Kaffee zu holen, hörte sie einen leisen Pfiff aus dem Nachbargarten. Dort stand Malise. Ihre silberne Kette blitzte in der Sonne.

»Du mußt mir helfen«, sagte sie. Kein »Bitte«, kein »Könntest du vielleicht?«. Ein Befehl.

In Kate stieg Ärger hoch. Was bildete sich diese Person eigentlich ein? Gleichzeitig wurde sie neugierig.

Nach kurzem Zögern ging sie auf die Straße, umrundete ihr Grundstück und betrat den Garten ihrer Nachbarin.

Malise winkte sie über die Terrasse ins Wohnzimmer.

Kate folgte ihr, dann hielt sie den Atem an. Es war, als hätte sie mit einem Schritt eine völlig fremde Welt betreten.

Die Wände waren erdfarben gespachtelt, überall hingen Masken und Speere, der Boden war mit Bastmatten und gewebten Teppichen bedeckt. Der Raum war kaum möbliert; die wenigen Stücke waren allesamt nicht europäischen Ursprungs. Sie sah keinen einzigen normalen Stuhl oder irgend etwas, das man in einem deutschen Einrichtungshaus hätte erwerben können. Wären die Wände nicht so regelmäßig gewesen, Kate hätte sich im Inneren einer afrikanischen Lehmhütte gewähnt.

»Das ist ja phantastisch! Woher kommen all diese Dinge?«

»Niger«, gab Malise knapp zurück.

»Nigeria?«

»Nein, Niger«, sagte Malise ungeduldig, »schon mal von den Tuareg gehört?«

Kate nickte. Ja, sie hatte mal eine Dokumentation gesehen über das schöne Nomadenvolk. Ihr war in Erinnerung geblieben, daß dort die Männer verschleiert waren statt, wie sonst, die Frauen.

»Komm mit«, forderte Malise sie auf und ging vor ihr her die Treppe hoch.

Oben setzte sich die fremdartige Einrichtung fort, nur in den beiden Kinderzimmern fanden sich vertraute Gegenstände wie Regale, Schreibtische und Spielzeug.

»Wie kommt es, daß du ...«

»Ich habe sechs Jahre dort gelebt«, beantwortete Malise die noch nicht zu Ende gestellte Frage.

Kate half ihr, einen tonnenschweren Schrank zu verrücken.

»Hast du nicht einen Freund für solche Jobs?« japste sie, mit Blick auf den zweimarkstückgroßen Knutschfleck, der unübersehbar auf Malises Hals prangte.

»Kerle brauche ich zum Vögeln, zu sonst gar nichts«, kam die knappe Antwort.

Sie setzten den Schrank ab.

»Danke«, sagte Malise, und es blieb offen, ob sie

Kates Hilfe oder ihren nächtlichen Beistand meinte. »Tasse Tee?«

Kate nahm die Einladung überrascht an. Während Malise in der Küche hantierte, schlenderte sie durch den Garten. Er hatte den Grad gepflegter Verwilderung, den sie mochte. Rosen, Ginster, Johannisbeeren und ein paar andere Büsche, deren Namen sie nicht kannte, waren in lockeren Abständen gepflanzt. Einige Terrakotta-Töpfe mit Hibiskus, Hyazinthen und Geranien zierten die Terrasse, an der Außenwand rankten Kletterwicken und wilder Wein. Das Ganze hatte etwas Beiläufiges. Nicht jene zwanghafte Ordnung wie auf der anderen Seites des Zauns, wo die Blumen aufgereiht standen wie bei einer Militärparade.

Kate stutzte. Was war denn das?

Sie trat näher. *JAKOB * 17.7.90* stand auf dem kleinen Holzschild, das am Stamm eines Rosenbäumchens befestigt war.

Was bedeutete das?

Sie dachte an eine Grabinschrift, bis sie bemerkte, daß vor dem Datum ein Sternchen stand, kein Kreuz. Ein Geburtsdatum also, offensichtlich das von Malises mittlerem Sohn.

Kate schaute sich suchend um. Tatsächlich, ein Stück weiter entdeckte sie ein zweites Schild und schließlich ein drittes; sie waren mit den Namen und Geburtsdaten von Simon und David beschriftet. Ein viertes, sehr viel kleineres Schild irritierte sie. Es stand nur ein einziger Buchstabe darauf, ein »J«.

Das konnte nicht dazugehören; vielleicht war es das Grab eines Vogels oder eines Igels, das die Kinder angelegt hatten.

»Das sind die Kraftorte meiner Kinder«, erklärte Malise, die, ein Tablett mit Teegeschirr in den Händen, in den Garten getreten war. Zwischen ihren Lippen hing ein halbgerauchter Zigarillo.

»Kraftorte?«

»Ihre Plazenta liegt dort vergraben. Das Organ, das ihnen die Kraft zum Leben gegeben hat.«

»Im Ernst?«

Kate fühlte eine Mischung aus Abscheu und Belustigung. Sie stellte sich vor, wie Malise nach jeder Geburt einen blutigen Fleischklumpen in einem Tupperwarebehälter aus der Klinik nach Hause getragen und vergraben hatte.

»Ich habe die Kinder hier bekommen«, sagte Malise, als hätte sie Kates Gedanken gelesen. »Den richtigen Platz habe ich vorher ausgependelt. Wenn einem der Kindern heute etwas fehlt, muß ich nur ein bestimmtes Ritual dort ausführen, dann wird das Kind wieder gesund.«

Malise reichte Kate eine Tasse, der ein fremdartiger Duft entströmte. Kate schnupperte.

»Tuareg-Tee?«

»Genau.« Malise lächelte spöttisch. »Aus getrockneter Kamelscheiße.«

Das Gebräu roch tatsächlich leicht nach Dung, aber der Geschmack war nicht schlecht. Schweigend schlürften die Frauen einige Schlucke. Kate stellte ihre Tasse ab. Ihr gingen eine Menge Fragen durch den Kopf, aber Malise hatte sich bisher nicht besonders gesprächig gezeigt.

»Wie bist du ausgerechnet nach Afrika gekommen?« wagte sie schließlich zu fragen.

»So, wie die meisten Frauen irgendwohin kommen, durch einen Mann. Georg ist Ethnologe.«

»Und wo ist er jetzt?«

Malise machte eine Armbewegung, die soviel hieß wie: irgendwo auf der Welt, keine Ahnung.

»Du weißt nicht, wo er ist?« Kate sah sie überrascht an.

Malise drückte ihren Stumpen aus, und begann, das Geschirr aufs Tablett zurückzuräumen.

»Weißt du, Männer kommen und gehen«, erklärte sie. »Ich habe beschlossen, mich nicht mehr auf einen festzulegen.«

»Wie lernst du hier draußen neue Männer kennen?« fragte Kate erstaunt.«

»Die laufen mir zu«, behauptete Malise. »Na ja, und wenn sie nicht von alleine kommen, helfe ich mit ein bißchen Zauberei nach.«

»Zauberei?«

»Ich habe bei einem Marabout gelernt. Das sind die Heilkundigen bei den Tuareg. Eigentlich dürfen Frauen nicht in den Besitz dieses Geheimwissens kommen, aber weil ich ihm vorgemacht habe, daß ich im Stehen pinkeln kann, war ich für ihn ein Kerl.«

Kate starrte Malise ungläubig an. »Du hast was?«

»Kennst du das nicht? Du mußt nur das Becken fest nach vorne drücken und die Muskeln anspannen, dann pinkelst du einen hübschen gebogenen Strahl.«

Kate kicherte. »Und worin besteht dieser Liebeszauber?« fragte sie neugierig.

Malise sah sie mit hochgezogenen Augenbrauen an.

»Du glaubst doch nicht im Ernst, daß ich dir das verrate?«

»Aber woher weiß ich dann, daß du mich nicht auf den Arm nimmst?«

»Seh' ich so aus?« Malise zog eine Augenbraue hoch.

»Na ja, bei dir weiß man nie. Laut Inge bist du ja berühmt für deine Geschichten.«

»Mußt du selbst wissen, was du glaubst und was nicht«, sagte Malise gleichmütig.

Kate zögerte einen Moment, dann fragte sie: »Sag mal, warum warst du eigentlich die ganze Zeit so komisch zu mir? War es wegen dem Fahrrad?«

Malise richtete ihre dunklen Augen direkt auf sie.

Es war, als würde sie Kate zum ersten Mal wirklich ansehen.

»Nimm dich in acht vor Mattuschek«, sagte sie unvermittelt.

Kate wurde ganz aufgeregt.

»Warum? Was weißt du über ihn?«

»Er ist eine Ratte.«

FÜNF

Die Hitze war schier unerträglich. Schon morgens war es so drückend, daß Kate aufs Laufen verzichten mußte; tagsüber unterbrach sie mehrmals ihre Arbeit, um sich unter der eiskalten Dusche zu erfrischen. Endlich kündigte sich ein Gewitter an, und Kate beschloß, die zu erwartende Abkühlung zum Laufen zu nutzen.

Der Himmel hatte sich zugezogen, ein heftiger Wind trieb dunkelgraue Wolken vor sich her. Kate wartete den ersten heftigen Regenschauer ab, dann startete sie.

Es fühlte sich herrlich an, wenn das kühle Wasser auf ihrer Haut auftraf, sich leicht erwärmte und in kleinen Bächen über ihren Körper rann. In Sekundenschnelle waren ihre Schuhe durchgeweicht und gaben bei jedem Schritt ein quietschendes Geräusch von sich. Es war ihr egal, sie hatte sich mehrere Tage kaum bewegt und fühlte sich wie ein Junkie, der endlich die ersehnte Dosis in seine Adern pumpt.

Mit hohem Tempo lief sie Richtung Wald; solange es blitzte, fühlte sie sich in Gesellschaft der Bäume sicherer als auf freiem Feld.

In Gedanken versuchte sie, eine kleine Bilanz zu ziehen. Alles schien sich zum Guten zu wenden. Sie hatte Schülerinnen, sie hatte den Auftrag. Langsam entstand der Kontakt zu den drei Frauen; auch Malise schien ihre feindselige Haltung abgelegt zu haben. Und, was das schönste war: Vor ein paar Tagen war Samuel gemeinsam mit Simon aus der Schule gekommen; den ganzen Nachmittag hatten sie zusammen gespielt.

»Simon ist jetzt mein Freund«, hatte Samuel verkündet, und Kate hatte gerührt in sein freudestrahlendes Gesicht geblickt. Vielleicht würden sie doch heimisch werden hier draußen.

Der Regen hatte sich wieder verstärkt, nicht einmal die Bäume konnten die Fluten bremsen, die vom Himmel strömten.

Der Weg vor Kate hatte sich in einen Bach verwandelt. Plötzlich blitzte es zweimal hintereinander, und ein tosender Donner rollte heran.

Kate erschrak heftig. Sollte sie sich unter einen Baum stellen? Wie war das noch, Buchen sollst du suchen, Eichen sollst du weichen? Sie entdeckte weder Eiche noch Buche, sondern nur jede Menge Fichten.

Der Weg wurde zu einer Art Hohlweg; auf der einen Seite war der Wald, auf der anderen lag ein Maisfeld. Wieder blitzte es, danach ein wütender Donner, noch lauter als der letzte. Kate beschloß, auf dem schnellsten Weg nach Hause zu laufen. Auch wenn sie an der Stelle vorbeikäme, wo sie die tote Frau gefunden hatte.

Sie lief, die Augen auf den Boden gerichtet, um angeschwemmtem Schotter auszuweichen. Schlagartig war es finster geworden. Der Regen peitschte ihr ins Gesicht, der starke Wind erschwerte das Fortkommen.

Als sie aufblickte, sah sie einen Wagen, der mit aufgeblendeten Scheinwerfern direkt auf sie zukam. Sie stutzte. War ihr nicht kürzlich schon mal ein Auto aufgefallen, das sich merkwürdig lange in ihrer Nähe aufgehalten hatte?

Tak-tarak, tak-tarak. Ihr Herz hämmerte, nervös sah Kate sich nach einem Fluchtweg um. Links von ihr war dichtes Unterholz, dort würde sie keine drei Meter weit kommen, rechts von ihr standen die Maispflanzen über einen Meter hoch. Reflexartig bog sie nach rechts und kämpfte sich durch den Wald aus Blättern und biegsamen Stämmen. Sie konnte kaum noch sehen, in welche Richtung sie lief; sie hoffte nur, daß sie auf der Straße landen würde.

Sie bog die letzten Pflanzen auseinander und machte einen Sprung auf den Asphalt; in der gleichen Sekunde sah sie den Wagen, der sich in hoher Geschwindigkeit näherte. Er mußte gewendet haben und versuchte nun, ihr den Weg abzuschneiden.

Wie ein gejagtes Kaninchen lief sie kopflos die Straße entlang, in der Hoffnung, der Wagen würde sie überholen und im Regen verschwinden. Aber er bremste ab und folgte ihr nun im Abstand von wenigen Metern. Der Fahrer betätigte Hupe und Lichthupe.

Plötzlich erhellte ein gewaltiger Blitz die Szenerie, gefolgt von ohrenbetäubendem Donnern. Kate schrie auf und stürzte zu Boden.

Auf dem Beifahrersitz des Wagens kam sie wieder zu sich.

»Alles in Ordnung, Frau Moor?« hörte sie Mattuscheks Stimme. Er reichte ihr ein Handtuch und musterte sie besorgt.

»Sie waren einen Moment bewußtlos«, stellte er fest. »Ganz schön schreckhaft, was?«

Kate trocknete sich mechanisch das Gesicht ab.

»Was ... was tun Sie hier?« fragte sie.

»Ich habe zufällig gesehen, wie Sie vorhin losgelaufen sind. Als das Gewitter so schlimm wurde, habe ich mir Sorgen gemacht und bin Ihnen nachgefahren.«

In Kate kämpften widerstreitende Empfindungen. Einerseits war sie dankbar, andererseits ärgerlich. Und sie schämte sich für ihr lächerliches Verhalten.

»Warum sind Sie denn vor mir weggelaufen?« fragte Mattuschek.

»Ich habe Sie gar nicht bemerkt«, sagte Kate unfreundlich.

Sie wollte auf keinen Fall, daß er glaubte, sie hätte Angst gehabt.

Wenig später hielt er vor ihrem Haus.

»Danke«, sagte Kate und stieg schnell aus.

Ein schwarzer Sportwagen bremste Millimeter neben Kates Gartenzaun. Die Fahrertür flog auf, und zwei schlanke Beine in hochhackigen Sandalen schwangen heraus. Ein schwarzes, enges Leinenkleid folgte; ein dunkler Pagenkopf im Stil der 20er Jahre und knallrote Lippen komplettierten das Bild von Olga.

Sie gehörte zu den Frauen, die das, was die Natur ihnen an Schönheit versagt hat, durch Stil wettmachen. Sie wußte genau, was ihr stand. Niemals hatte sie eine Laufmasche im Strumpf oder einen Fleck auf dem Kleid. Sie verkörperte die perfekte Eleganz. Dazu war sie selbstbewußt und extravertiert, frei von Zweifeln und Ängsten.

Kate beneidete sie manchmal. Sie selbst war so ziemlich das Gegenteil davon. Aber vielleicht war gerade ihre Gegensätzlichkeit die Ursache ihrer gegenseitigen Zuneigung.

Es war ein Sonntag ohne Samuel. Kate war dankbar, daß Olga gekommen war. Die Frauen umarmten sich.

»Wie ist der Bollmann-Fall ausgegangen?« erkundigte sich Kate, und Olga grinste.

»Die Firma mußte für drei Jahre Gehalt nachzahlen«, sagte sie zufrieden. »Wenigstens die sind nicht ungeschoren davongekommen.«

Mit zwei Anwaltskollegen betrieb Olga eine florierende Kanzlei; sie befaßte sich überwiegend mit Arbeitsrecht; gelegentlich auch mit Mietwucher und illegalen Entmietungen.

Etwas storchenhaft stakste sie in ihren hohen Schuhen über die Wiese, um Kates neues Heim in Augenschein zu nehmen.

»Schön geworden, der Garten«, lobte sie und ließ sich auf der Bank nieder. »Ich war lange nicht mehr hier, aber wenn ich mich recht entsinne, sah es immer aus wie im Dschungel.«

Sie schloß genießerisch die Augen und bot ihr Gesicht der Sonne dar.

Auf Mattuscheks Terrasse waren hektische Vorbereitungen im Gange. Gudrun deckte und dekorierte den Kaffeetisch, während Willi alle paar Minuten in einem neuen Outfit auftauchte, das er begutachtet haben wollte. Er stolzierte auf der Terrasse hin und her, man hörte Gudrun »Das ist doch schön!« ausrufen und »Was soll man machen?« murmeln, wenn Willi im Haus verschwand, um sich erneut umzuziehen.

Kate stieß Olga an, und amüsiert beobachteten die beiden Frauen die Szene.

»Das muß der bekloppte Nachbar sein, von dem Nellis mir mal erzählt hat.« Olga grinste.

»Ach ja? Was hat er dir denn erzählt?« fragte Kate.

»Daß er sich in alles reinhängt, was ihn nichts angeht. Ist so'n Herr Wichtig, du weißt schon, einer von den Typen, die zuviel Zeit haben.«

Das fand Kate allerdings auch. Noch immer war es ihr peinlich, daß er sie in dem aufgelösten Zustand erlebt hatte; naß, verdreckt und zitternd vor Angst. In den Tagen nach dem Gewitter hatte sie vermieden, ihn zu treffen.

»Hoffentlich läßt er dich zufrieden«, fuhr Olga fort. »Es gibt nichts Lästigeres als aufdringliche Nachbarn.«

»Na ja, ein bißchen zutraulich ist er schon. Pflanzt mir Blumen, schneidet die Bäume, rettet mich aus Unwettern. Ehrlich gesagt, ich glaube, er ist in mich verschossen.«

»Na, herzlichen Glückwunsch!« Olga lächelte spöttisch.

Wie aufs Stichwort winkte Mattuschek rüber und

rief: »Wie geht's Ihnen? Alles gut überstanden? Sie werden staunen, wen wir zu Besuch kriegen! Wenn Sie nicht auch bald mal kommen, sind wir wirklich beleidigt!«

Er hob einen Fotoapparat ans Auge und schoß schnell einige Bilder.

»Sie bieten einen bezaubernden Anblick!« sagte er entschuldigend.

Mit Blick auf Olga fügte er schnell an: »Ihre Freundin dürfen Sie natürlich mitbringen!«

Olga rief: »Danke für die Einladung!« und schnitt, unsichtbar für Mattuschek, eine Grimasse.

Sie stand auf. »Laß uns schwimmen gehen, Kate! Ich löse mich allmählich in meine Bestandteile auf.«

Der Waldweiher hatte nichts von der beschaulichen Ruhe, die frühmorgens dort herrschte. Die Liegewiese war überfüllt, kreischende Kinder sprangen von einem Steg ins Wasser, junge Väter schwenkten ihre Babys durch die Fluten.

»Idyllisch!« bemerkte Olga und zog eine Augenbraue hoch.

»Ich war noch nie am Sonntag hier«, entschuldigte sich Kate, selbst erschrocken über den Rummel.

»Egal«, beschloß Olga und zog mit einer energischen Bewegung das Kleid über den Kopf. Ein schwarzer Badeanzug kam zum Vorschein, ebenso schlicht wie teuer, vermutete Kate.

Sie folgte ihrer Freundin ins dunkle Wasser des Moorsees, das schwer, fast ölig wirkte und angeblich unheimlich gesund war für die Haut.

»Herrlich!« prustete Olga, auf dem Rücken liegend.

Sie paddelte mit den Beinen und spritzte dabei wie ein übermütiger Teenager. Dann drehte sie sich auf den Bauch und schwamm mit langen Zügen neben Kate her.

»Was tut sich an der Geschlechterfront?« erkundigte sie sich.

»Wovon sprichst du bitte?« gab Kate zurück. »Ich habe Männer aus meinem Leben gestrichen. Vielleicht nicht für immer, aber sicher für die nächsten hundert Jahre.«

»Das glaubst du doch selbst nicht«, entgegnete Olga trocken. »Du mußt dich nur von der Vorstellung verabschieden, daß irgendwo Mr. Right auf dich wartet. Dann kannst du jede Menge Spaß haben.«

»Und, hast du Spaß?«

»Mehr als genug. Die ersten Scheidungsopfer kommen jetzt auf den Markt, da ist immer was dabei. Nicht fürs Leben, davon sind die geheilt. Aber für 'ne kleine Affäre langt's.«

Kate blinzelte zwischen zwei Zügen zu Olga hinüber.

»Danke, Scheidungsopfer bin ich selbst.«

»Ach, richtig«, Olga lachte, »habe ich ja ganz vergessen.«

Sie holte Luft, tauchte in die Tiefe des Sees und blieb so lange verschwunden, daß Kate unruhig wurde. Endlich kam sie, einige Meter entfernt, wieder an die Oberfläche.

»Wenigstens hast du's mal ausprobiert. Das Heiraten, meine ich.«

Im Nachbargarten waren die Gäste eingetroffen.

Ein dicker, ungepflegt wirkender Typ in einem Hawaii-Hemd fläzte sich in Gesellschaft eines vollbusigen Pamela-Anderson-Verschnitts am Kaffeetisch, der unter der Last von unzähligen Kuchenplatten fast zusammenbrach.

Mattuschek dienerte in einem viel zu warmen Anzug um den Tisch herum und machte pausenlos Fotos, Gudrun servierte ihren Gästen gerade ein Bier.

»Sag mal, ist das nicht...« Olga kniff die Augen ein bißchen zusammen; sie war kurzsichtig, trug aber aus Eitelkeit keine Brille. »Das ist doch dieser abgewrackte Schlagerheini, wie heißt er noch...«

Kate sah ebenfalls angestrengt rüber. »Du meinst Sky König?«

»Genau! Ist er doch, oder?«

Kate nickte. Ja, der Typ sah wirklich so aus, nur noch fetter und unsympathischer als im Fernsehen.

»Komm heut nacht zu mir...«, trällerte Olga die erste Zeile des berühmtesten Sky-König-Hits.

»Daß dein Nachbar solche Leute kennt!« Sie kicherte. »Schau dir bloß mal die Blonde an, echt der Hammer!«

Kate kochte Kaffee und servierte Eis und Obstsalat.

Olgas Anwesenheit entspannte sie. Man konnte mit ihr so schön über die Schwächen anderer lästern und dabei vergessen, daß man selbst nicht perfekt war.

Die Party nebenan begann, aus dem Ruder zu laufen. König hatte wohl zuviel Bier gekippt und schlug mit der Faust auf den Tisch, daß die Kuchenplatten tanzten.

»Die ham doch alle keine Ahnung…«, grölte er, »… vierzehn goldene Schallplatten, ist das vielleicht nichts?«

Willi redete mit großer Geste auf König ein, der viel zu betrunken war, um zuzuhören.

Bobitt kam angelaufen und strich den Frauen schnurrend um die Beine. Kate erinnerte sich, daß er gefüttert werden mußte. Sonst kümmerte sich Samuel in vorbildlicher Weise um das Tier, sie hatte fast keine Arbeit mit ihm.

Beim Abschied erkundigte sich Olga: »Und wie lange willst du noch in diesem Kaff sitzen und deine Wunden lecken?«

»Ich lecke nicht meine Wunden«, verteidigte sich Kate. »Es geht mir wirklich gut hier draußen. Eigentlich immer besser.«

»Hier versauerst du doch«, widersprach Olga. »Männer lernst du auch keine kennen. Komm zurück in die Stadt, ich helfe dir bei der Wohnungssuche!«

»Ich will aber nicht. Mir gefällt's hier.« Trotzig verschränkte Kate die Arme.

»Und der bekloppte Typ da drüben?«

»Ach, der ist doch ganz nett. Außerdem, irgendwann muß ich mir sowieso was Eigenes suchen, Nellis wird ja nicht ewig wegbleiben.«

»Na, dann … Aber sag später nicht, du hättest deine besten Jahre in diesem Mistloch vertrödelt.«

Kate winkte Olga nach, die ihren Sportwagen in rasantem Tempo Richtung Stadt lenkte. Der völlig betrunkene Sky König schwankte am Arm seiner Begleiterin um die Ecke.

»Willi ist ein Trottel«, lallte er.

»Seine Alte ist noch schlimmer«, bemerkte Pamela Anderson und schob ihn auf den Beifahrersitz seines Wagens. »Müssen wir noch mal hierher?«

»Was soll ich denn machen, wenn er uns fuffzichmal einlädt?« fuhr er sie an. »Bin schließlich kein Unmensch.«

Pamela knallte die Tür zu. Gleich darauf brauste sie, eine Staubwolke zurücklassend, aus dem Dorf.

Als Kate sich umdrehte, um ins Haus zurückzugehen, tauchte Gustav auf. Er zerrte eine riesige Mülltonne hinter sich her. Kate eilte ihm zu Hilfe.

»Warten Sie, das Ding ist sicher schwer.«

»Keiner denkt an die Tonnen«, beschwerte sich der alte Mann. »Gut, daß ich mich darum kümmere.«

Sie stellten die Tonne an ihren Platz. Gustav bedankte sich. Armer Kerl, dachte Kate und ging zurück ins Haus. Es muß furchtbar sein, wenn man nicht mehr gebraucht wird.

Draußen ertönte eine wütende Stimme. Kate hörte, wie Mattuschek den hilflosen Gustav anfuhr, weil er die falsche Tonne rausgestellt habe. Gleich darauf stand er mit einer Torte in ihrer Küche.

»Hier, Frau Nachbarin, schönen Gruß von Gudrun!« sagte er und stellte das Sahnemonstrum auf den Tisch.

»Warum sind Sie denn so unfreundlich zu dem alten Mann?« fragte Kate reserviert.

»Ach, der senile Depp!« Mattuschek machte eine abfällige Handbewegung. »Heute haben Sie was verpaßt!« prahlte er dann. »Haben Sie ihn erkannt? Sky König, der König des deutschen Schlagers persönlich!«

Kate verkniff sich einen Kommentar.

»Ein großer Künstler«, schwärmte Mattuschek. »Wir sind seit langem befreundet. Leider ist er so beschäftigt, daß wir uns selten sehen.«

»Danke für den Kuchen«, sagte Kate und hoffte, er würde wieder gehen.

»Bitte, bitte. Und nächsten Sonntag kommen Sie zu uns zum Mittagessen«, fuhr Mattuschek in einem Tonfall fort, der keinen Widerspruch duldete. »Ihren Jungen bringen Sie mit. Gudrun freut sich schon!«

Kate brachte es nicht übers Herz, die Einladung abzulehnen.

Statt dessen hörte sie sich sagen: »Ja, gerne, das ist aber nett.«

Sie verfluchte ihre gute Kinderstube.

Als er weg war, probierte sie von der Torte. Pfui Teufel, viel zu süß. Sie schnitt ein Stück für Samuel ab, der so was liebte, und spülte den Rest ins Klo.

Abends kuschelten sie auf dem Sofa. Kate hatte Samuel im Arm, und Samuel hatte Bobitt im Arm. Kate spürte nicht, wo sie aufhörte und Samuel anfing.

Sie fragte sich, wie er zusammengesetzt war. Welche Teile von ihr stammten, welche von Bernd, welche von ihren Eltern und Großeltern. Sie suchte seit dem Tag seiner Geburt das Vertraute in ihm. Das, was einen Zusammenhang mit ihr hatte. Und war jedesmal überrascht, daß ihr Sohn ein ganz und gar eigenständiges Wesen war. Ein Wesen, das in diesem Moment gnädig ihre Umarmung zuließ, eine große Ausnahme, sternschnuppenselten.

»Mam, bist du eigentlich gern alleine?« fragte Samuel in die Stille hinein.

»Es geht so«, antwortete Kate wahrheitsgemäß.

»Bist du manchmal einsam?«

»Was ist der Unterschied?« wollte Kate erstaunt wissen.

»Na ja, alleine sein kann ja ganz schön sein. Aber einsam ist man, wenn man sich alleine *fühlt.*«

Es gab Kate einen Stich. Wie war es möglich, daß ein Zwölfjähriger solche Gedanken hatte? Sie wünschte, er wäre kindlicher, unbelasteter. Aber spätestens seit der Scheidung war es damit endgültig vorbei.

»Warum liebt ihr euch eigentlich nicht mehr, Bernd und du?« fragte er weiter.

Kate war überrascht. Monatelang war Samuel Gesprächen über die Trennung ausgewichen, sie hatte begonnen, sich in diesem Schweigen einzurichten. Und nun, plötzlich, wollte er eine Antwort? Sie holte tief Luft.

»Das ist schwer zu erklären, Sammy. Vielleicht haben wir von Anfang an nicht richtig zusammengepaßt.«

»Und warum habt ihr das nicht gleich gemerkt?«

»Weil wir verliebt waren. Wenn man verliebt ist, übersieht man gerne die Fehler des anderen.«

Kate drehte eine Bob-Marley-Locke zwischen den Fingern. Sie konnte das Gesicht ihres Sohnes nicht sehen. Er saß noch immer mit dem Rücken zu ihr, eng an sie geschmiegt, und kraulte die kleine Katze, die leise schnurrte. Ihre Barthaare zitterten, hin und wieder zuckte eine ihrer winzigen Pfoten. Vermutlich fing sie im Traum Mäuse. Winzig kleine Mäuse.

»Woran merkt man, daß man verliebt ist?« nahm Samuel den Faden wieder auf.

Kate überlegte. Ja, woran merkte man es eigentlich? Es war schon so lange her, daß sie sich kaum noch an das Gefühl erinnerte.

Sie ist im tiefsten Tief ihres Lebens. Einundzwanzig und schon am Ende. Die Öffentlichkeit nimmt regen Anteil an ihrem Schicksal, teils mitleidig, teils hämisch, wie immer, wenn ein Idol gestürzt ist. Die Presse rennt ihr die Bude ein, ständig sind Kameras und Mikrophone auf sie gerichtet.

Dann plötzlich dieser Reporter, der so ganz anders ist. Unbekümmert, heiter, unaufgeregt. Der aus der Menge der Gesichter auftaucht, ihr Halt gibt mit seinen Fragen, sie nicht demütigt und bloßstellt. Sie merkt sich sein Gesicht, bei einem Sportler-Empfang treffen sie sich zufällig wieder. Wenig später sind sie ein Paar.

»Man spürt den anderen, obwohl er nicht da ist«, versuchte Kate, die Gefühle des Anfangs zu beschreiben. »Man fühlt sich, als hätte man zuviel Cola getrunken, zittrig und aufgeregt. Manche Leute können nichts mehr essen. Man sehnt sich nach dem anderen, als wäre er die zweite Hälfte von einem selbst und als wäre man nicht vollständig ohne ihn.«

Samuel hörte schweigend zu. Kate betrachtete seine Hand, die jetzt ruhig auf der Katze lag und sie zur Hälfte bedeckte. Sie sah die gleiche helle Haut mit den Sommersprossen wie an ihren eigenen Händen. Die Finger waren kürzer, kräftiger. Die Nägel runder.

»Und woran merkt man, daß man nicht mehr verliebt ist?«

»Wenn die Aufregung nachläßt. Wenn man nicht mehr unablässig an den anderen denkt. Wenn er einem auch mal auf den Wecker geht.«

Samuels Hand hatte ihre Tätigkeit wieder aufgenommen. Sanft bewegten sich seine Finger durch das Fell.

»Und was ist der Unterschied zwischen verliebt sein und lieben?« setzte er die Fragestunde mit der Ernsthaftigkeit eines Schülers fort, der sich auf eine Prüfung vorbereitet.

Kate lächelte in sich hinein.

»Na ja, wenn man Glück hat, wird aus der Verliebtheit Liebe. Wenn man Pech hat, hört sie auf, und es bleibt nichts zurück.«

»Ist mir alles zu kompliziert«, sagte Samuel und richtete sich auf. »Ich glaube, das ist nichts für mich.«

Ihre Vorderseite fühlte sich plötzlich kühl an, da, wo gerade noch sein Rücken an ihr gelehnt hatte. Sie wollte die Arme ausstrecken, ihn wieder zu sich heranziehen. Sie tat es nicht.

»Und das mit dem Küssen ist echt ein Problem«, sagte er mit gerunzelter Stirn. »Da steckt man sich doch gegenseitig die Zunge in den Mund, oder?«

Sein Gesicht drückte derartigen Abscheu aus, daß Kate laut auflachte.

»Das kommt dir jetzt komisch vor, aber wenn du erst mal verliebt bist, wirst du es verstehen, glaub mir!«

Er blickte zweifelnd. »Ich find's echt ekelhaft, wie Bernd und Ramona sich immer abknutschen.«

Kate spürte einen Stich in der Magengrube. Ruhig sagte sie: »Die beiden sind eben verliebt. Sicher passen sie viel besser zusammen als Bernd und ich. Aber wichtig ist doch, daß wir deine Eltern bleiben, auch wenn wir kein Paar mehr sind.«

Bob Marley, zwölfjährig, klein und sommersprossig, warf ihr einen Blick zu. Kate begriff, daß sie ihm nichts erklären mußte. Er hatte sie längst durchschaut.

Der Rohling ihrer Auftragsflöte hatte tagelang im Ölbad gelegen; jetzt holte Kate ihn heraus, trocknete und prüfte ihn. Der vertraute Geruch von Leinöl erfüllte den Raum, und Kate hatte allmählich das Gefühl, zu ihrer früheren Kunstfertigkeit zurückgefunden zu haben.

Das Holz hatte einen leicht honigfarbenen Ton angenommen, der die Maserung stärker heraustreten ließ. Kate drehte das Rohr in den Händen, untersuchte jeden Quadratzentimeter auf Risse oder Unebenheiten. Nein, es sah gut aus, alles in Ordnung. Sie beschloß, aufs Beizen zu verzichten. Ihr Kunde, ein russischer Flötist, hatte ihr freie Hand gelassen.

»Sie werden es machen rrrichtig«, hatte er gesagt. »Sie haben bisher immer gemacht rrrichtig.«

Sie schnitt das Labium ins Holz, den Windkanal, durch den später der Atem in die Flöte geblasen würde. Mit hauchdünnem Sandpapier schliff sie die

Kanten, entfernte den Holzstaub mit einem Pinsel. Jede noch so kleine Faser, jeder winzige Vorsprung würde den Klang beeinträchtigen.

Das Bohren der Löcher trieb ihr den Schweiß ins Gesicht. Es kam auf Nuancen an; ein zu groß geratenes Loch würde ihre ganze Arbeit ruinieren. Mit Reibahlen schliff sie die leicht konisch zulaufenden Ränder. Der genaue Winkel war eines ihrer Geheimnisse, das die besondere Klangqualität ihrer Instrumente mitbestimmte.

Kates Gedanken kamen zur Ruhe, ihr Kopf leerte sich. Sie entfernte sich aus der Welt, oder vielleicht war es die Welt, die sich von ihr entfernte.

Ihr Lehrmeister, der allzeit grantige Johannser, hatte ihr die Augen geöffnet über das Geheimnis des Zufalls: Es gibt ihn nicht. Nichts ist zufällig. So, wie jedes noch so winzige Staubkorn im Inneren einer Flöte den Klang beeinflußt, beeinflußt jedes noch so leichte Schlagen eines Schmetterlingsflügels den Gang der Dinge. Die Welt ist ein hochvernetzter Organismus, der bestimmt wird von Ursache und Wirkung. Jede Wirkung wird erneut zur Ursache und ruft weitere Wirkungen hervor.

Diese Einsicht hatte Kate gleichzeitig beruhigt und alarmiert. Einerseits fühlte sie sich seither weniger verloren, vielmehr zugehörig zu diesem großen Ganzen. Andererseits lastete das Gefühl der Verantwortung auf ihr. Was immer sie tat, hatte eine Auswirkung. Also galt es, alles so sorgfältig und überlegt wie möglich zu tun.

Aus einem Stück Zedernholz entstand der Block. Millimeter für Millimeter schabte Kate ihn ab, paßte ihn ein, klopfte ihn mit dem Griff des Stecheisens vorsichtig wieder heraus und bearbeitete ihn weiter.

Es dauerte drei volle Tage, bis sie zufrieden war.

Zuletzt brachte sie den Einschnitt am Flötenkopf an und schliff die feinen Rillen für die Gewindewicklung. Dann schlug sie die Flöte in ein Tuch ein, um sie aufzubewahren, bis der richtige Moment fürs Stimmen gekommen wäre.

SECHS

Der Sonntag der Essenseinladung. Kate hatte die ganze Woche überlegt, wie sie sich am besten drücken könnte, aber ihr war nichts eingefallen. Jede Entschuldigung hätte nur einen Aufschub zur Folge gehabt, also hatte sie beschlossen, es hinter sich zu bringen. Dieses eine Mal würde sie hingehen. Danach wollte sie sich ihren Nachbarn freundlich, aber bestimmt vom Leib halten.

Mattuschek stand schon in der Tür.

»Das wurde aber auch Zeit, daß Sie uns endlich mal beehren!« begrüßte er sie und fuhr, zu Samuel gewandt, fort: »Wir zwei kennen uns ja schon, nicht wahr?«

»Ach ja, woher eigentlich?« fragte Kate.

»Wir sind uns im Wald begegnet.« Mattuschek lachte. »War eine ziemlich peinliche Situation!«

Kate sah vom einen zum anderen. Was sollte das denn heißen?

»Willi hatte eine Reifenpanne«, erklärte Samuel, »ich hab' ihm beim Flicken geholfen.«

»Willi?«

»Ich habe Samuel das »Du« angeboten. Ist unter Radfahrern so üblich.«

Kate wurde unbehaglich zumute. Es lag in der Luft, daß ihr leutseliger Nachbar auch sie zum Duzen auffordern würde; sie war entschlossen, ihm keine Gelegenheit zu geben.

»Sie fahren also auch Rad? Das wußte ich gar nicht«, setzte sie die Konversation fort.

»Sie wissen vieles nicht, liebe Nachbarin.« Er lächelte. »Folgen Sie mir bitte unauffällig!«

Er lotste Kate und Samuel ins Wohnzimmer, das ziemlich genau Kates Erwartungen entsprach.

Schrankwand in Eiche, Sitzgarnitur mit altrosa Samt, Kissen aus Makramee, beiger Teppichboden, gemusterte Vorhänge über weißen Stores. Auf dem Fensterbrett Kakteengewächse in farbig glasierten Übertöpfen, an der Wand Landschaften und Hinterglasmalerei. Ein Kruzifix. Ein Aquarium. Der ganze Raum blitzsauber und penibel aufgeräumt. Sogar die Fernbedienungen für Fernseher und Videorecorder lagen ordentlich aufgereiht nebeneinander.

Gudrun gehörte garantiert zu den Frauen, die Geschenkpapier zusammenfalten und wiederverwenden; die ein Stück Würfelzucker zum Käse legen, um ihn frisch zu halten; die ihr Silberbesteck mit Zahnpasta polieren und wissen, daß matt gewordene Lederschuhe nach dem Einreiben mit einer Zwiebel wieder glänzen.

Sie kam aus der Küche, pummelig, blond und unterwürfig. Insgeheim suchte Kate nach Spuren von Mißhandlungen, aber sie konnte nichts entdecken.

Auffällig war höchstens, daß Gudrun trotz des heißen Wetters eine langärmelige Bluse trug.

»Wie schön, daß Sie gekommen sind«, sagte sie herzlich, »und der nette Bub ist auch dabei! Was darf ich Ihnen zu trinken bringen?«

Kate bat um Limonade.

»Und du kommst jetzt mit mir!« befahl Mattuschek und zog Samuel zur Tür hinaus.

Gudrun stellte Gläser und eine Flasche »Frizzi«-Limonade auf den Tisch. Kate schauderte. Für das Zeug hatte sie mal Werbung gemacht, schmeckte wie aufgelöste Gummibärchen.

Gudrun lächelte. »Ich hoffe, Sie mögen diese Sorte.«

»Ja, natürlich, sehr gerne«, sagte Kate mit künstlichem Lächeln und nahm einen Schluck. Brrr.

Samuel tauchte strahlend auf, einen gebogenen Gegenstand aus Metall in der Hand.

»Schau mal, Mam, Willi hat mir einen Rennlenker geschenkt! Und im Keller ist eine richtige Fahrradwerkstatt.«

»Aber das geht doch nicht«, wehrte Kate ab, »so ein teures Geschenk können wir nicht annehmen, Herr Mattuschek.«

»Bitte, Mam!« Samuels Blick wurde flehend.

»So schrecklich teuer war es nicht«, sagte Gudrun.

Kate glaubte, eine winzige Spur von Sarkasmus herauszuhören, als sei die Annahme, ihr Mann würde teure Geschenke machen, völlig absurd.

Kate nestelte ihre Geldbörse heraus. »Dann will ich Ihnen jetzt aber das Geld für die Stauden geben.«

»Aber, nicht doch!« Mattuschek hob abwehrend beide Hände.

Gudrun bekam den Mund nicht mehr zu. Großzügigkeit dieser Art schien sie von ihrem Gatten nicht gewöhnt zu sein.

»Nein, Herr Mattuschek«, sagte Kate mit fester Stimme, »das geht entschieden zu weit. Diese Stauden werde ich bezahlen, darauf bestehe ich!«

»Na, gut«, lenkte Mattuschek schnell ein, verließ das Zimmer und kehrte mit einem Umschlag zurück, in dem er fein säuberlich die Kassenzettel seiner Einkäufe im Gartencenter gesammelt hatte.

»Ach, übrigens, hier sind die Bilder von Ihnen und Ihrer Freundin!« Er reichte Kate ein paar Abzüge.

Sie war überrascht, wie groß Olga und sie darauf zu sehen waren; er mußte ein Teleobjektiv mit extrem langer Brennweite besitzen. Eines der Bilder machte sie stutzig. Sie war alleine darauf, ohne Olga. Es konnte nicht am gleichen Tag aufgenommen worden sein; sie trug ein anderes Kleid.

Argwöhnisch sah sie ihn an, aber seine Miene verriet keinerlei Schuldbewußtsein. Sie schaffte es nicht, ihn darauf anzusprechen. Sicher hätte er eine harmlose Erklärung für das Bild, und sie wäre in Verlegenheit.

Das Essen war denkbar unpassend für einen schwülheißen Sommertag. Kalbsrahmbraten mit Spätzle und Apfelstrudel mit Vanillesahne war so ungefähr das letzte, worauf Kate Lust hatte. Samuel war begeistert.

»Ich finde, Gudrun kocht viel besser als du«, teilte er seiner Mutter mit. Kate lächelte gezwungen.

Mattuschek schenkte sich ständig Wein nach und bot auch Kate immer wieder welchen an. Sie lehnte dankend ab.

Je frivoler seine Anekdoten wurden, desto mehr verspannte sie sich. Gudrun saß, unaufhörlich lächelnd, dabei; Kate wunderte sich, daß sie die Anzüglichkeiten ihres Mannes widerspruchslos hinnahm.

»Wie kommt es bloß, daß so eine attraktive Frau wie Sie alleine lebt?« fragte er irgendwann und bohrte seine hellen Augen in sie. »Haben Sie denn keine Angst, so ohne Mann im Haus?«

»Ich bin doch da«, mischte sich Samuel ein, »ich beschütze meine Mam!«

Gudrun strich ihm mit der Hand übers Haar und lächelte.

»Sicher haben Sie jede Menge Verehrer«, fuhr Mattuschek fort, »erst neulich habe ich gesehen, daß Sie Männerbesuch hatten!« Er drohte ihr scherzhaft mit dem Finger.

»Das war ein Kunde«, sagte Kate und merkte im gleichen Moment, wie zweideutig das klang. »Ich meine, jemand, der eine Flöte gekauft hat«, fügte sie schnell hinzu.

»Für uns ist das ja sehr angenehm, eine hübsche, junge Frau im Nachbargarten zu sehen, nicht wahr, Gudrun?« Er tätschelte seiner Frau die Wange. »Man war ja schließlich auch mal jung! Ist gar nicht mal so lange her!«

Plötzlich empfand Kate seinen Blick als ausgesprochen lüstern. Sie stellte sich vor, wie er sich an ihrem Anblick erregte und dann über die arme Gudrun herfiel.

»Laß doch«, murmelte Gudrun jetzt, »vielleicht ist Frau Moor das unangenehm.«

Damit hatte sie verdammt recht. Kate entschuldigte sich; sie wollte für einen Moment flüchten.

»Warten Sie, ich zeig Ihnen, wo's langgeht«, bot Mattuschek an und sprang auf.

»Nicht nötig«, wehrte Kate ab, aber er war schon aus der Tür.

Vor dem Gästeklo bremste er abrupt und drehte sich um, so daß Kate frontal gegen ihn prallte.

»Oh, Verzeihung!« stieß sie hervor, obwohl sie das Gefühl hatte, er habe die Kollision absichtlich herbeigeführt.

Als wolle er sie auffangen, packte er sie an den Hüften.

»Hoppla«, sagte er jovial, aber anstatt sie loszulassen, zog er sie an sich.

»Nehmen Sie Ihre Hände weg!« zischte Kate.

Er folgte ihrer Aufforderung, wobei er scheinbar unabsichtlich ihre Brüste streifte.

»Nun schauen Sie nicht so finster, ich tu Ihnen doch nichts.« Er lachte.

Kate schloß die Klotür mit einem Knall, drehte den Schlüssel um und lehnte sich schwer atmend gegen die Wand.

Sie ließ kaltes Wasser über ihre Handgelenke laufen und benetzte ihre Stirn. Sie versuchte, die Fassung wiederzugewinnen. Nach einer Weile machte sie sich auf den Rückweg, entschlossen, ihm die Meinung zu sagen.

Dazu kam es nicht. Im Eßzimmer blätterten Samuel und Mattuschek einträchtig in einem Bildband über die Tour de France, während Gudrun abräumte und gleichzeitig Kaffeegeschirr aufdeckte. Es erschien

Kate völlig unmöglich, jetzt eine Szene zu machen. Mattuschek würde den Unschuldigen mimen, Gudrun würde vor Scham in den Boden versinken, Samuel würde einen Schock bekommen.

Schweigend setzte Kate sich wieder an den Tisch und beschloß, sofort nach dem Kaffee aufzubrechen.

Die Unterhaltung drehte sich um Techniken der Beschleunigung, Übersetzungsprobleme am Berg und den Einfluß von Regen auf den Rennverlauf.

Irgendwann sagte Mattuschek unvermittelt: »Was ich Sie schon lange mal fragen wollte, Kate, was ist damals eigentlich genau passiert?«

Kate verstand nicht. »Was meinen Sie?«

»Ich meine 1984. Los Angeles.«

»Darüber möchte ich nicht sprechen«, sagte Kate schroff. Sie stand auf. »Samuel, wir gehen jetzt.«

Samuel sah seine Mutter überrascht an. »Ich will aber noch nicht gehen.«

»Du kommst jetzt mit!« Ihre Stimme wurde schrill.

Sie fühlte sich hintergangen. Die ganze Zeit hatten Mattuschek und seine Frau den Eindruck erweckt, sie wüßten nicht, wer Kate war. Jetzt fühlte sie sich bloßgestellt und ausgeliefert, als hätte jemand in ihrem Tagebuch gelesen.

»Schade, ich wollte Ihnen eigentlich noch was zeigen«, sagte Mattuschek und sah sie auf eine Weise an, die in Kate den Wunsch zu gehen, übermächtig werden ließ.

»Ein andermal«, preßte sie hervor. »Danke für die Einladung.«

Sie fühlte eine Beklemmung im Brustraum, die sie am Atmen zu hindern drohte. *Tak-tarak, tak-tarak-*

tak. Schnell und unregelmäßig spürte sie ihren Herzschlag. Sie packte Samuel und zog ihn mit sich, getrieben von einem Gefühl der Panik, das ihr selbst lächerlich erschien.

Zurück im Haus ließ Kate sich aufs Sofa fallen und schloß die Augen. Sie fühlte sich, als wäre sie einer großen Gefahr entronnen.

»Bitte, geh spielen, Samuel«, bat sie mit erstickter Stimme, »laß mich ein bißchen allein.«

Samuel nickte stumm und verließ das Zimmer.

Was war damals eigentlich genau passiert? Wie oft sie das gefragt worden war. Wie oft sie sich diese Frage selbst gestellt hatte. Sie haßte diese Frage. Und noch mehr haßte sie die Antwort.

8. August 1984. Der Tag, an dem sie endgültig zum Weltstar werden wird. Schon ihr Qualifikationslauf war eine Sensation. Und heute wird sie der Welt beweisen, daß sie die Beste ist.

Die Beste sein. Das ist es, worauf es ankommt im Leben. Was ihre Eltern ihr unermüdlich eingebleut haben. Was sie sich tagtäglich beim Training vorsagt. Nichts anderes zählt für sie, seit Jahren.

Sie startet auf Bahn drei. Links von ihr die Jamaikanerin Sandra, daneben Debbie aus Australien. Rechts von ihr die Schwedin Ann-Louise, ihre schärfste Rivalin seit der WM im vergangenen Jahr, sowie Judy, Cristina und Tuija, alles Läuferinnen, die sie bisher mühelos hinter sich gelassen hat.

Die Marokkanerin ist neu. Grazil, das widerspenstige Haar im Nacken gebändigt, die Füße in Lauf-

schuhen einer völlig unbekannten Marke. Nicht besonders groß.

Kate versinkt im Startblock. Im Kopf Leere, im Körper die Anspannung eines Raubtiers vor dem tödlichen Biß. Der Schuß fällt. Nicht sie *läuft los,* etwas *in ihr läuft los. Sie bewegt sich synchron zu den anderen Läuferinnen, Teil einer Präzisionsmaschine.*

Kates Wahrnehmung entfernt sich vom Schauplatz, wie der Blick einer Kamera, die in rasender Fahrt nach oben gerissen wird. Unter ihr das Stadion, Tausende auf den Rängen, darunter auch Nellis, ihr Liebhaber. Die vielbeinige Maschine bewegt sich im Inneren des Ovals.

Plötzlich läuft die Maschine nicht mehr rund, eine winzige Irritation entsteht. Die Kamera rast zurück in die Nahaufnahme, Kate sieht ihr eigenes Gesicht, verzerrt vor Anstrengung. Die Geräusche sind überlebensgroß, wie durch einen riesigen Verstärker gejagt. Tschok, tschok, tschok … Sprung … tschok, tschok, tschok … Der Rhythmus der Maschine hämmert erbarmungslos, das Pumpen der Atemgeräusche übertönt alles.

Die achte Hürde naht, die Maschine beginnt zu stottern. Tak-tak-tak-tak-tak … Kates Herz gerät aus dem Takt, ihr Kopf schaltet sich ein. Es ist die Tausendstelsekunde, in der sich ihr Schicksal entscheidet. Rechts schiebt sich Judy vorbei, dicht gefolgt von Cristina. Die neunte Hürde. Ein leichtes Schlingern. Aus den Augenwinkeln sieht Kate einen Schatten auf der Außenbahn. Ein minimales Zucken des Kopfes, ungläubiges Staunen, die Marokkanerin schwebt über die zehnte Hürde, scheint in der Luft zu verharren und nach kurzer Verzögerung wie mit Zeitraffer ins Ziel zu schießen.

Der Stoß kommt unausweichlich, trotzdem überraschend.

Die zehnte Hürde kippt und, mit ihr verknotet, Kate.

Ihr Körper knallt auf die heiße Kunststoffbahn, sie fühlt nichts als einen blutpumpenden Preßlufthammer in der Brust und Schwärze in den Augen. Unter der Have-a-nice-day-fröhlichen Sonne Kaliforniens verglüht ein Traum.

Kate begegnete Kommissar Lander an der Tankstelle. Sie war dabei, Benzin in den Tank ihres Wagens zu füllen, als er gemächlich die Straße überquerte und auf sie zukam.

»Hallo, wie geht's?« rief er ihr schon von weitem zu.

Sein Anblick erfüllte sie mit plötzlicher Unruhe.

Zehn Tage zuvor war ein Mann aus dem Dorf verhaftet worden; ein Verwandter der ermordeten Frau. Seither hatte sich die Aufregung der Menschen gelegt. Auch Kate war wie befreit gewesen; endlich schien alles vorbei zu sein. Was also hatte Lander hier zu suchen?

»Ist wieder was passiert?« fragte sie besorgt.

»Nein, nein, alles in Ordnung«, sagte Lander, »wir haben den Mann. Ich versuche nur, ein paar Ungereimtheiten in seiner Aussage zu klären.«

Kate hoffte inständig, daß er die Wahrheit sagte. Seit der Fall geklärt zu sein schien, schlief sie endlich wieder ruhiger.

»Haben Sie sich gut eingelebt?« Landers braune Augen ruhten einen Moment zu lange auf ihrem Gesicht.

Kate errötete leicht. »Na ja, eigentlich schon. Ich habe einen etwas sonderbaren Nachbarn. Aber sonst geht es gut.«

»Ach ja? Wer ist das?«

»Willi Mattuschek. Wohnt mit seiner Frau in einem von den Doppelhäusern.«

Lander nickte bedächtig. »Hm. Hab' von ihm gehört. Belästigt er Sie?«

Kate hängte den Einfüllstutzen zurück an die Zapfsäule und schraubte den Tankdeckel zu. Dabei verzog sie das Gesicht. »Wenn ich das nur genau sagen könnte! Vielleicht kennen Sie das, es gibt Situationen, die nicht so eindeutig sind. Man hat das Gefühl, daß etwas nicht stimmt, aber man ist nicht sicher, was es ist.«

Lander hörte aufmerksam zu, die Hände in den Taschen seines Sakkos.

»Ich glaube, ich verstehe, was Sie meinen. Sollten Sie Hilfe brauchen, sagen Sie's mir, versprochen?«

Kate bedankte sich. Komisch, sie mochte den Mann. Mit seinen unmöglichen Anzügen, den melancholischen Augen und der angenehm unsoliden Ausstrahlung. Unschlüssig blieb sie stehen. Eigentlich war das Gespräch beendet, sie hätte sich verabschieden und losfahren können.

»Sagen Sie ...«, Lander sah sich suchend um, »kann man hier irgendwo Kaffee trinken?«

»Na ja, beim Bäcker gibt's Kaffee an Stehtischen.

Die Dorfschenke ist um diese Zeit noch nicht geöffnet.«

»Außerdem schmeckt der Kaffee dort wie Spülwasser«, sagte Lander und schüttelte sich. »Da war ich neulich schon.«

Kate überlegte, ob sie ihn zu sich nach Hause einladen sollte, aber irgendwie erschien es ihr unpassend. Immerhin war er ein Hauptkommissar im Dienst.

Plötzlich sagte Lander: »Ich kenne einen Gasthof in der Nähe! Dort kann man sogar draußen sitzen. Kommen Sie mit?«

»Äh ... ich weiß nicht ...« Kate wurde verlegen.

»Wenn Sie nicht freiwillig mitkommen, bestelle ich Sie aufs Revier.« Landers Miene blieb todernst.

»Ach, soll das ein Verhör werden?«

»Ganz genau.«

»Also gut.« Kate lächelte, »aber dann nehmen wir mein Auto. Ich will nicht in Ihrer Bullenschleuder gesehen werden.« Sie zeigte auf das grün-weiße Polizeiauto, das Lander unvorschriftsmäßig in einer Kurve der Hauptstraße abgestellt hatte.

Er setzte sich auf den Beifahrersitz und dirigierte Kate in einen Nachbarort. Auf der Terrasse einer Ausflugswirtschaft, die an diesem Werktag nur spärlich besetzt war, nahmen sie Platz. Vor ihnen lag ein atemberaubendes Bergpanorama.

»Also, worüber wollen wir reden?« fragte Kate herausfordernd.

»Worüber Sie wollen.«

»Ich? *Sie* haben mich hierher entführt!«

»Also gut.« Er lehnte sich zurück und fuhr mit beiden Händen durch sein Haar. »Warum haben Sie mir verschwiegen, daß Sie zwanzig Minuten ohnmächtig waren?«

»Woher wissen Sie das?« Kate war verblüfft.

Lander grinste. »Also, warum?«

Sie schwieg.

»Ich sag's Ihnen. Weil Sie sich für eine starke Frau halten. Und starke Frauen fallen nicht in Ohnmacht, stimmt's?«

»Blödmann«, dachte Kate bei sich.

»Stimmt also«, sagte Lander zufrieden.

»Und wenn schon!« fuhr Kate ihn plötzlich an. »Ist das nicht meine Sache?«

»Klar ist das Ihre Sache, solange es sich nicht um einen Mordfall handelt.«

Er durchsuchte die Taschen seines Sakkos, bis er einen Kugelschreiber gefunden hatte. Dann begann er, den Rand eines Bierdeckels zu bekritzeln.

»Ich wüßte wirklich gern, wie Sie das herausgefunden haben«, insistierte Kate.

»Weil Ihr Luxuskörper einen prima Abdruck im Gras hinterlassen hat, kaum einen Meter neben der verletzten Frau«, Lander lächelte.

Kate senkte beschämt den Blick.

»So, und worüber reden wir jetzt?« Landers Lächeln wurde noch breiter.

Es gab einiges, worüber Kate gerne geredet hätte. Darüber, mit wem er sonst Kaffee trank, zum Beispiel. Warum seine Frau ihn verlassen hatte. Was er nach Dienstschluß machte. Aber irgend etwas hielt sie zurück.

Sie stellte ein paar unverfängliche Fragen nach seiner Arbeit. Er beantwortete sie, während er eine

Reihe winziger Elefanten auf den Bierdeckel zeichnete.

Irgendwann hielt er inne.

»Was das Faszinierende an der Polizeiarbeit ist?« wiederholte er Kates Frage.

Sie nickte.

»Daß man eine Ahnung von der menschlichen Seele bekommt. Und von ihren Abgründen.«

Kate verglich seine Schilderungen von Kriminalität, sozialer Härte und öder Alltagsroutine mit ihren Erfahrungen.

»Ich glaube, daß ich ein ziemlich weltfremdes Leben führe«, sagte sie nachdenklich. »Als Sportlerin wurde ich rumgereicht wie ein edles Schmuckstück. Und heute baue ich Instrumente, was zwar schön ist, aber doch auch verzichtbar für die meisten Menschen.«

»Irgend jemand muß ja das Schöne in die Welt bringen. Vielleicht können Sie das besser als andere.«

»Danke«, sagte Kate und lächelte verlegen. »Das haben Sie nett gesagt.«

»Ich finde sogar«, sagte er weiter und beugte sich vor, »daß Sie besonders viel Schönes in die Welt bringen. Man kann sich kaum vorstellen, daß auch Ihnen so was Schnödes wie eine Scheidung zustößt.«

»Die ist mir nicht zugestoßen, die hab' ich schon mit zu verantworten«, sagte Kate spöttisch. »Das wird bei Ihnen nicht anders gewesen sein, nehme ich an.«

Diese Direktheit schien Lander zu irritieren.

»Da liegen Sie richtig, schöne Frau«, sagte er leicht reserviert und erhob sich. »Und jetzt muß ich leider wieder an die Arbeit.«

Die Schlaflosigkeit war zurückgekehrt. Die übliche Menge Schlafmittel wirkte nicht mehr, aber Kate traute sich nicht, eine höhere Dosis zu nehmen. Sie fürchtete, ihr Herz würde streiken, wenn sie weiterhin versuchte, den Schlaf zu erzwingen.

Ruhelos und mit hohlen Augen lief sie eines Nachts herum; zuerst im Haus, dann draußen im Garten. Es war eine dieser finsteren Nächte ohne Mondschein; Kate überlegte kurz, ob sie eine Taschenlampe holen sollte, ließ es dann aber sein. Auf dem Nachbargrundstück war alles ruhig, kein Schneckenmassaker, kein Feuerzauber. Sie kauerte sich in die Hängematte unter dem Apfelbaum, lauschte den Geräuschen der Nacht und spürte den kühlen Wind auf ihrer fiebrigheißen Haut.

Seit der Essenseinladung war über eine Woche vergangen; Kate hatte sorgfältig darauf geachtet, Matuschek nicht über den Weg zu laufen. Sie hatte auch nicht angerufen, um sich zu bedanken, wie sie es sonst nach Einladungen tat.

Die Sache mit dem Foto ließ ihr keine Ruhe. Sie hatte sofort ein blickdichtes Rollo im Bad aufgehängt, aber das Unbehagen war geblieben. Wer weiß, in welchen Situationen er sie noch beobachtet hatte? Sein Interesse an ihr war eindeutig sexueller Natur, das war ihr inzwischen klar.

»Der kriegt doch schon lange keinen mehr hoch«, hatte Inge gelästert, als Kate den Frauen von seinem Annäherungsversuch erzählt hatte.

»Von wegen«, hatte Rita sich eingeschaltet, »neulich stand er hinter einem Busch und hat mich beobachtet, als ich oben ohne im Garten lag. Ich könnte schwören, er hat sich dabei einen runtergeholt.«

Malise hatte mit den Fingern die Bewegungen einer Schere vollführt, um zu zeigen, wie sie in einem solchen Fall mit dem Nachbarn verfahren würde.

Bei dieser Erinnerung mußte Kate grinsen. Malise war schon ein hartes Kaliber, aber Kate hatte begonnen, die spröde Person gerne zu haben.

Sie schaukelte in der Hängematte auf und ab; die monotone Bewegung wirkte angenehm beruhigend. Fast wäre sie eingeschlafen. Plötzlich schreckte sie hoch. Was war das? Mehr, als etwas gesehen oder gehört zu haben, hatte sie etwas gespürt. Sie konnte nicht sagen, ob es ein Gedanke war, ein Geräusch, oder die Anwesenheit einer Person.

Beunruhigt richtete Kate sich auf, versuchte vergeblich, mit den Augen die Finsternis zu durchdringen. Etwas in ihr zog sich ängstlich zusammen. Was, wenn die Polizei sich geirrt und den falschen Mann eingesperrt hatte?

Sie beschloß, ins Haus zu gehen, und ließ sich aus der Hängematte fallen. Vorsichtig setzte sie einen Fuß vor den anderen. Plötzlich glaubte sie, vor sich eine Bewegung wahrzunehmen. Erschrocken wich sie zurück – und spürte, wie sich zwei Arme um ihren Körper legten.

Ein gellender Schrei zerriß die Nacht.

Bevor Kate begriff, daß sie selbst es war, die geschrien hatte, verlor sie das Bewußtsein.

Noch bevor Kate ganz zu sich gekommen war, stieg ihr ein vertrauter Duft in die Nase. Dieses Rasierwasser kannte sie. Sie öffnete die Augen.

»Was, zum Teufel, tust du hier?« fragte sie entgeistert.

»Ich wohne hier, falls du das vergessen hast«, erwiderte Nellis freundlich.

»Ja, aber du bist doch in Australien!«

»Ich *war* in Australien«, verbesserte er. »Ich fahre auch wieder hin. Aber jetzt bin ich hier.«

Kate richtete sich auf. Sie saß auf der Gartenliege, neben ihr Nellis, dessen plötzliches Auftauchen sie erst mal verdauen mußte.

»Warum hast du nicht angerufen?«

»Hab' dich nie erreicht. Von der segensreichen Erfindung des Anrufbeantworters hast du ja offensichtlich noch nichts gehört!«

Staunend betrachtete sie ihren Freund, und es schien ihr, als hätte sie dieses Gesicht bisher nur von Fotos gekannt und betrachte zum ersten Mal die dazugehörige Person. Er wirkte jung, voller Leben. Sein braunes Haar stand wirr vom Kopf ab. In den Spitzen war es ausgebleicht von der Sonne und ein bißchen strohig. Seine letzte Rasur lag ein paar Tage zurück; Kate wunderte sich, warum er trotzdem nach Vetiver roch. Seine Augen, leicht asiatisch im Schnitt, hatten den Farbton reifer Kastanien.

Er trug ein naturfarbenes Leinenhemd und altmodische Hosenträger aus Leder, die mit Knöpfen an der Hose befestigt waren. Er hatte Gürtel schon immer gehaßt; Kate kannte ihn nur mit Hosenträgern.

Plötzlich fröstelte sie in der kühlen Nachtluft. Nellis legte fürsorglich einen Arm um sie.

»Komm, laß uns reingehen.«

Sie erhoben sich und gingen Arm in Arm ins Haus. Kate lehnte ihren Kopf an Nellis' Schulter. Der geballte Ansturm von Erinnerungen machte sie schwindelig. Sie hielt sich an ihm fest und saugte seine Ausdünstungen ein; eine beunruhigende Mischung aus Rasierwasser, Staub, Schweiß und Körperwärme.

Es kam ihr gar nicht merkwürdig vor, als sie plötzlich seine Lippen auf ihrem Mund spürte. Kate schloß die Augen, und sie fielen zusammen aufs Sofa. Als sie seine Zungenspitze fühlte, fiel ihr die Unterhaltung mit Samuel übers Küssen ein. Sie lachte laut auf, Nellis hielt inne und warf ihr einen fragenden Blick zu. Sie zog ihn wieder an sich.

Nellis zu küssen war schon immer ein besonderes Vergnügen gewesen; er gehörte zu den Männern, für die das Küssen nicht nur eine Vorstufe zum Sex, sondern eine eigene Kunstform ist.

Jezt sah es allerdings so aus, als würden sie sich nicht allzu lange beim Küssen aufhalten. Kleidungsstücke flogen nach allen Seiten, eines davon auf eine brennende Kerze. Kates Oberteil aus einer pflegeleichten Viskose-Elasthan-Mischung fing Feuer, brennende Stoffetzen fielen auf den Tisch. Nellis, nackt bis auf die Unterhose, griff nach einem Sofakissen und schlug auf den Qualm ein, dabei fegte er den Kerzenhalter, eine Vase und ein paar andere zerbrechliche Kleinigkeiten vom Tisch.

Bobitt, der zusammengerollt auf dem Teppich geschlafen hatte, sprang maunzend hoch und schoß quer durch das ganze Chaos aus dem Zimmer.

Nellis sah dem Tier entgeistert nach.

Kate hockte barbusig auf dem Sofa und lachte, daß ihr die Tränen kamen.

»Das war wohl nichts«, japste sie.

Nellis erschlug das letzte Flämmchen, warf das Kissen auf den Boden und wandte sich ihr wieder zu.

»Im Gegenteil, die Flammen der Leidenschaft schlagen hoch, wie du siehst.«

Er entledigte Kate ihrer restlichen Kleidung. Im fahlen Licht der Morgendämmerung glänzte seine Haut silbern, als er sich über sie beugte und begann, mit der Zunge über ihren Körper zu wandern.

Stück für Stück fiel der unsichtbare Panzer von Kate ab, mit dem sie sich in den letzten Monaten gewappnet hatte. Nur beim Laufen hatte sie ihren Körper gespürt, aber die Anstrengung hatte auch dem Zweck gedient, jede sexuelle Regung zu ersticken. Sex war untrennbar mit Bernd verbunden gewesen, und der Gedanke an Bernd schmerzte. Also hatte sie nicht mal an Sex denken wollen. Nun drängte die unterdrückte Leidenschaft mit aller Macht zurück in ihren Körper.

Es war kurz vor sieben, als Nellis, übermüdet von der Reise und Jet-lag-geschwächt, auf dem Sofa einschlief.

Kate deckte ihn zu, stieg vorsichtig über die Scherben hinweg und schloß leise die Wohnzimmertür. Beschwingt und glücklich, todmüde und hellwach zugleich, lief sie die Treppe hoch, um ihren Sohn wachzuküssen.

Später am Tag wußte Kate plötzlich, daß der Moment gekommen war, die Flöte zu stimmen.

Das Stimmen war für Kate ein Initiationsritus, mit dem die Flöte aufgenommen wurde in die Welt der beseelten Instrumente. Der Vorgang war gleichermaßen physisch wie metaphysisch; es kam darauf an, millimetergenau zu arbeiten, aber es war mehr als nur ein technischer Ablauf.

Sie stellte das Stimmgerät auf 440 Hertz ein und blies ein A. Der Zeiger schlug aus. Sie variierte den Luftdruck, spielte eine Folge von Tönen. Je nachdem, was das Gerät anzeigte und was ihr Ohr wahrnahm, korrigierte sie Form und Größe der Tonlöcher. Immer wieder überprüfte sie die kaum wahrnehmbaren Veränderungen im Klang.

Sie geriet in jenen tranceartigen Zustand, den sie sonst nur beim Laufen erreichte. Nicht *sie* hörte die Töne, *etwas* in ihr hörte sie. Alles ging gut, solange sie sich ihrer Intuition überließ. Die einzige Gefahr war, daß ihr Kopf sich einschaltete.

Als sie an jenem 8. August 1984 begonnen hatte, über den Rhythmus ihres Herzschlags nachzudenken, war ihre Niederlage besiegelt gewesen. Es war der Moment, in dem die Intuition sie verlassen hatte. Und mit ihr war das Vertrauen in ihre Fähigkeiten verschwunden.

Sie würde wieder mehr auf ihre Intuition vertrauen, nahm Kate sich vor.

SIEBEN

Sie genoß den Sex mit Nellis jetzt viel mehr als früher. Es war nicht mehr der erbitterte Kampf um Bestätigung, den sie sich in ihrer Jugend geliefert hatten. Damals diente Sex dazu, sich des anderen zu versichern, den eigenen Marktwert unter Beweis zu stellen, Macht auszüben durch Hingabe oder Verweigerung. Heute war es der pure Genuß.

Mit einem Seufzer des Wohlbefindens rollte Kate sich von Nellis herunter.

»Wo hast du das alles gelernt?« kicherte sie. »Bei den Aborigines?«

Nellis hatte den Arm um Kate gelegt und wühlte mit der Hand gedankenverloren in ihrem Haar.

»Kate, was hältst du davon, hierzubleiben?«

Überrascht stützte Kate sich auf die Ellbogen und sah ihn an. Sie hatte nicht erwartet, daß er sie das fragen würde. Jedenfalls nicht so bald.

»Ähm, wie meinst du das?« fragte sie vorsichtig.

»Ich meine, würdest du gerne weiter in diesem Haus wohnen?«

»Du meinst ... mit dir zusammen?«

»Nein, das meine ich nicht. Ich werde von hier weggehen. Ich will dir das Haus verkaufen.«

Kate setzte sich auf. Sie fror plötzlich und zog die Decke über der Brust zusammen.

»Ich verstehe nicht ... Wo gehst du hin?«

»Zurück zu den Aborigines.« Nellis lächelte.

»Aber warum? Habe ich irgendwas falsch gemacht?«

Er lachte. »Aber nein! Es ist wunderbar mit dir. Die Entscheidung, wegzugehen, habe ich schon lange getroffen. Ich habe in Sydney ein tolles Jobangebot, nebenbei kann ich weiter schreiben, und außerdem ...«

»... hast du die Frau deines Lebens kennengelernt«, vollendete Kate bitter seinen Satz.

»So kann man es nicht sagen«, wehrte Nellis ab, »aber alles ist möglich.« Sein Blick wurde verträumt.

Kate fühlte Zorn in sich aufsteigen. Hätte er nicht mal einen Ton sagen können, statt sie in der Illusion zu wiegen, das, was zwischen ihnen geschehen war, hätte irgendeine Bedeutung?

Nach kurzer Zeit war es so gewesen, als hätten sie schon immer in diesem Haus zusammengelebt. Tagsüber schrieb Nellis an seinem Reisebericht, Kate arbeitete in der Werkstatt und empfing ihre Schülerinnen. Abends kochten sie zusammen oder machten Ausflüge in nahegelegene Biergärten. Nachts schliefen sie zusammen.

Samuel hatte die Spielregeln sofort begriffen. Er stellte keine Fragen und sagte nichts, was sie dazu gezwungen hätte, sich mit der Situation auseinanderzusetzen. Sogar Bobitt war Teil des Szenarios geworden; nach anfänglichem Mißtrauen gegen den feuerspeienden Gast hatte er sich am zweiten Abend auf Nellis' Schoß zusammengerollt und sich kraulen lassen.

Irgendwann begann Kate zu glauben, sie beide hätten eine Zukunft. Warum sollte nicht einfach alles so weitergehen? Es fühlte sich gut an, nicht mehr alleine zu sein. Auch Nellis hatte so gewirkt, als sei er zufrieden. Und jetzt das.

Fast hätte Kate ihrer Enttäuschung Luft gemacht, aber sie wollte sich keine Blöße geben. Wenn ein Typ ein paarmal mit einer Frau schlief, bedeutete das bekanntlich noch lange nicht, daß er irgendwas von ihr wollte. Mit fünfunddreißig hätte sie das wissen müssen.

Sie drehte sich schweigend weg.

Seine Hand tastete nach der ihren. »Ich wollte dir nicht weh tun. Ich dachte, zwischen uns sei alles klar.«

»Dachte ich auch«, murmelte Kate.

Er hielt ihre Hand gedrückt. Dann sagte er munter: »Also, wie sieht's aus, willst du das Haus kaufen?«

»Wovon denn?« schnaubte Kate. »Ich bin völlig pleite.«

Nellis sah sie überrascht an. Er war zu Recht davon ausgegangen, daß Kate einiges auf der hohen Kante haben müßte.

»Die Zinsen sind zur Zeit so günstig wie seit Jahren nicht. Wenn du jetzt einen Kredit aufnimmst, zahlst du monatlich auch nicht mehr als das, was du sonst für die Miete hinlegen würdest.«

Kates Gesicht bekam einen nachdenklichen Ausdruck.

Ein eigenes Haus. Endlich wieder irgendwo hingehören. Ihre Werkstatt behalten. Nicht mehr umziehen müssen. Die Vorstellung war verlockend. Äußerst verlockend.

Sie sah Nellis eindringlich an und sagte: »Bist du ganz bestimmt ehrlich zu mir, wenn ich dich jetzt was frage?«

»Ich werde mich bemühen. Was willst du denn wissen?«

»Stimmt es, daß in diesem Haus vor fünfzig Jahren eine Familie umgebracht wurde?«

Nellis sah sie entgeistert an, dann brach er in Gelächter aus. »Das hast du von Malise, richtig?«

Kate nickte.

»Das hat sie mir damals auch erzählt, als ich eingezogen bin.«

»Dann ist es also wahr?«

»Eben nicht. Später hat sie zugegeben, daß es Quatsch war. Sie fand mich blöd und wollte mich vertreiben.«

Kate schüttelte den Kopf. Diese Frau war doch unglaublich!

»Also gut, Nellis, ich überleg's mir«, sagte sie dann und begann, heimlich die Knöpfe am Bettbezug zu zählen. Gerade hieß: Kaufen. Ungerade hieß: Nicht kaufen.

»Überleg nicht zu lange, sonst steigt der Preis«, scherzte Nellis.

»Bedenken Sie, es ist ein Liebhaberobjekt!« sagte Kate und bedachte ihr Gegenüber mit ihrem verführerischsten Lächeln.

Alfons Petz, langjähriger Leiter der Kreditabteilung, blieb unbeeindruckt.

»Für Sie vielleicht. Für mich ist es ein baufälliger, alter Kasten.«

»Das kann nicht Ihr Ernst sein«, empörte sich Kate. »Haben Sie sich das Haus mal genau angesehen?«

»Das seh' ich auf den ersten Blick«, erwiderte Herr Petz und ließ die Daumen seiner verschränkten Hände kreisen.

Kate sprang auf. »Wissen Sie was? Ich zeige Ihnen jetzt das Haus. Und danach sagen Sie mir, ob es Ihnen als Sicherheit genügt oder nicht!«

Während des kurzen Spaziergangs durchs Dorf redete Kate mit Engelszungen auf den Bankmann ein. Sie wollte das Haus. Sie brauchte den Kredit.

Zwei Tage und Nächte hatte es gedauert, bis Kate sich entschieden hatte, den Kauf zu wagen. Ihr war klargeworden, daß es stetig bergauf gegangen war, seit sie in diesem Haus lebte. Sie liebte das Leben auf dem Dorf, sie liebte die Landschaft. Und sie wollte endlich ein Zuhause.

Auch Samuel hatte begonnen, sich richtig einzuleben. Er war Mitglied im Radsportverein geworden und vor kurzem ins Organisationskomitee für das große Radrennen gewählt worden, das im nächsten Jahr stattfinden sollte. Durch Simon hatte er den ersehnten Kontakt zu den einheimischen Jugendlichen bekommen, und er hatte sich sogar mit einigen Jungen angefreundet.

Blieb Mattuschek. Kate hatte lange überlegt, ob sie ihn auch zukünftig als Nachbarn wollte. Sie war zu dem Schluß gekommen, daß es an ihr läge, ihn in seine Schranken zu weisen. Als Hausbesitzerin würde ihr das zweifellos leichterfallen als bisher.

Außerdem, was war denn schon passiert? Er hatte in angeschickertem Zustand ein paar anzügliche Bemerkungen gemacht. Und es gab dieses Foto, das er irgendwann von ihr gemacht hatte, weil er in sie verschossen war. Hätte er es ihr gezeigt, wenn er etwas zu verbergen gehabt hätte?

Kate war zu der Einsicht gekommen, daß sie überreagiert hatte. Die Mattuscheks waren spießig und ein bißchen aufdringlich, aber wirklich vorwerfen konnte sie ihnen nichts.

»So, da wären wir.«

Einladend hielt Kate das Gartentor auf und ließ ihren Begleiter eintreten. Sie führte ihn durch den Garten, zeigte ihm die Werkstatt und machte anschließend eine Hausführung.

»Ganz nett«, gab der Kreditheini schließlich zu. »Der Herr März hat einiges gemacht, seit er hier wohnt. Trotzdem würde jeder vernünftige Käufer das Haus abreißen und neu bauen.«

»Aber es ist doch wichtig, daß alte Bausubstanz erhalten bleibt! Wie würde denn Ihr Dorf aussehen, wenn man alle alten Häuser einfach abreißen würde?« ereiferte sich Kate von neuem.

»Schon gut«, Petz lächelte, »ich versteh' Sie ja! Die Sache ist ganz einfach. Wenn Sie zwanzig Prozent Eigenkapital auf den Tisch legen, gebe ich Ihnen den Kredit. Auch wenn meine Kollegen mich auslachen werden.«

Kate riß entsetzt die Augen auf. »Zwanzig Prozent? Wo soll ich die denn hernehmen?«

»Das müssen Sie schon selbst wissen, liebe Frau Moor«, sagte Petz liebenswürdig und verabschiedete sich.

Betroffen blieb Kate zurück. Sie hatte also keine Wahl. Sie mußte das tun, was sie um jeden Preis hatte vermeiden wollen ...

»Ich finde es toll von dir, daß du mich angerufen hast!« sagte Bernd und tätschelte Kates Hand. »Es gibt eine Menge, worüber wir reden sollten.«

»Laß dein gönnerhaftes Getue«, gab Kate zurück. »Ich will nur die Kohle, die mir gehört.«

»Hast du nicht immer verkündet, Geld und Liebe hätten nichts miteinander zu tun?« Bernd hob in gespieltem Erstaunen seine Augenbrauen.

Das mußte ja kommen! Natürlich ließ er die Gelegenheit nicht aus, ihr die eigene Blödheit unter die Nase zu reiben.

Kate bemühte sich, ruhig zu bleiben. Es gab keine andere Möglichkeit.

»Also, was soll das für Geld sein?« fragte Bernd.

»Das hab' ich dir doch schon dreimal erklärt: Dieser Bausparvertrag, den du damals abgeschlossen hast.«

»Ja, aber den habe ja *ich* abgeschlossen, wie du richtig bemerkt hast.«

»Schon, aber die Beiträge wurden von meinem Geld bezahlt, das weißt du ganz genau«, erklärte Kate geduldig.

»Darling, wir hatten gemeinsame Kasse, erinnerst du dich nicht mehr?«

»Darling, in dieser Kasse war hauptsächlich mein Geld, erinnerst du dich nicht mehr?« äffte Kate seinen Tonfall nach. »Du hast damals kaum was verdient und sehr gut von *meinem* Geld gelebt, wie ich inzwischen weiß.«

»Das ist alles schon so lange her«, winkte Bernd mit gelangweilter Geste ab, »ich kann mich an diese Kleinigkeiten nicht mehr erinnern.«

»Es handelt sich hier um die Kleinigkeit von sechzigtausend Mark«, fauchte Kate, kurz vor dem Platzen. »Ich brauche das Geld, und ich rate dir dringend, es freiwillig rauszurücken. Sonst könnte es sein, daß ich mich an die eine oder andere Unregelmäßigkeit in deinen Steuererklärungen erinnere.«

Das war ein Schuß ins Blaue. In den letzten Jahren hatte Bernd häufig im Ausland gearbeitet; Kate vermutete, daß er seine Einkünfte nur teilweise versteuert hatte. Aber weder wußte sie es, noch hätte sie es beweisen können.

Nun war sie offenbar zu weit gegangen. Bernd sprang auf und sah sie kalt an. »So nicht, Kate, nicht mit mir. Ich hab's wirklich nicht nötig, wegen ein paar Mark mit dir rumzustreiten. Mach's gut.«

Er stand auf und verließ das Café, in dem sie sich getroffen hatten.

Wütend sah Kate ihm nach.

»Wegen ein paar Mark.« So ein versnobtes Arschloch! Und diesem Kerl hatte sie die besten Jahre ihres Lebens geopfert.

Das war's dann also. Kein Bausparvertrag, kein Kredit; kein Kredit, kein Haus.

Niedergeschlagen fuhr sie zurück ins Dorf. Sie hatte sich alles so schön ausgemalt. Im Geiste hatte sie das Haus schon entrümpelt, neu gestrichen und mit eigenen Möbeln eingerichtet. Der Gedanke an ein eigenes Heim hatte sich unwiderruflich in ihr festgesetzt.

»Könntest du mir das Haus nicht erst mal vermieten?« bat sie Nellis. »Vielleicht erbe ich demnächst was oder so.«

»Tut mir leid«, sagte Nellis bedauernd. »Ich brauche das Geld.«

»Auf die Hausbesitzerin!«

Inge hob ihr Glas; Rita, Malise und Nellis folgten ihrem Beispiel. Kate errötete vor Freude.

»Ich danke euch! Auf gute Nachbarschaft!« sagte sie gerührt und stieß reihum mit allen an.

Drei Tage nach ihrem Treffen mit Bernd war ein Brief gekommen: der Bausparvertrag. Sie hatte ihn also richtig eingeschätzt, ihren Ex! Offenbar mußte man zum Schwein werden, wenn der Gegner selbst eins war.

Mit Hilfe eines Kochbuches hatte sie ein respektables Menü zustande gebracht, aber ihre drei Nachbarinnen zeigten deutlich größeres Interesse am Wein als am Essen. Schon während des Hauptganges stieg die Stimmung unaufhaltsam; der ehemalige Hausherr blickte mit gemischten Gefühlen auf die glänzenden Augen, lachenden Münder und sich auflösenden Frisuren der weiblichen Gäste.

Ganz offensichtlich animierte die Anwesenheit eines attraktiven Mannes die sonst so spröden Damen, deren gemeinsames Schicksal ein gewisser Mangel an männlicher Präsenz war. Ein alter Vater, ein nestflüchtiger Ehemann, ein paar wechselnde Liebhaber – darin bestand das nicht eben überwältigende maskuline Personal ihres Lebens.

Rita gab einen Witz zum besten: »Was wird aus einem Glühwürmchen, nachdem es Viagra genommen hat?

Erwartungsvolles Schweigen.

»Eine Stehlampe!« prustete sie.

Inge wedelte hektisch mit den Armen, um sich Gehör zu verschaffen.

»Kommt ein Matrose ins Krankenhaus. Eine Schwester verbindet seine Oberschenkelverletzung. Den Kolleginnen erzählt sie, der Mann habe auf seinem Penis das Worte »Rumbalot« eintätowiert. »Stimmt gar nicht«, sagt die Schwesternschülerin, als sie aus seinem Zimmer kommt. »Es heißt: »Ruhm und Ehre der baltischen Flotte!«

Großes Gelächter. Nellis sah kopfschüttelnd in die Runde.

»Ihr seid echt härter drauf als die meisten Männerstammtische.«

Rita schlug ihm auf die Schultern, daß er hustete.

»Sei nicht so empfindlich! Erzählt man sich bei den Pygmäen keine Witze?«

Sie war dazu übergegangen, den Wein direkt aus der Flasche zu trinken.

»Du meinst Aborigines«, korrigierte Nellis, »nicht Pygmäen.«

»Ist doch ganz egal. Wann haust du denn nun ab?«

»Morgen früh.«

Es gab Kate einen Stich. Schon wieder wurde sie verlassen. Warum hielt es eigentlich keiner mit ihr aus?

Inge versuchte, Rita die Flasche zu entwinden, aber Rita setzte sich erfolgreich zur Wehr.

»Wo ist eigentlich Alex?« erkundigte sich Nellis, dem offenbar nach männlicher Verstärkung zumute war.

»Hütet sein Kind, einmal in fünf Monaten«, sagte Rita. »Wenn ich geahnt hätte, was auf mich zukommt, wäre ich nicht so wild aufs Heiraten gewesen«.

»Was hast du eigentlich früher gemacht?« fragte Kate, die neugierig war, ob all die Gerüchte über Rita stimmten.

»So eine Art Überlebenstraining«, erklärte Rita ausweichend.

»Warst du wirklich im Gefängnis?«

»Wer hat dir das denn gesteckt?« Rita war sichtlich überrascht.

»Na ja, wird so rumerzählt im Dorf.«

»Tja, dann wird es wohl stimmen.«

»Was hast du denn ausgefressen?« fragte Kate interessiert. Sie kannte niemanden, der schon mal im Gefängnis gewesen war.

»Ach, Kleinkram. Ladendiebstahl, Betrug, Einbruch ... nichts Ernstes.«

Kate hörte staunend zu.

»Bist du jetzt geschockt?« fragte Rita mit Kleinmädchenstimme, und Kate spürte plötzlich ihre Angst vor Zurückweisung.

»Na ja, vielleicht eher überrascht. Wie ist das denn passiert? Ich meine ... du wirkst gar nicht so ...«

Als wolle sie Rita schützen, schaltete Inge sich ein.

»Wie man halt in so was reinrutscht. Die falschen Vorbilder, der falsche Umgang, geht doch ganz schnell!«

»Und Alex …«, setzte Kate an.

»… hat mich da rausgeholt, ja«, sagte Rita trotzig. »Ich wollte auch so 'n nettes bürgerliches Leben haben wie ihr alle. Mann, Kinder, eigene vier Wände, ist ja wohl nicht zuviel verlangt!«

Aber ganz so einfach, wie Rita sich das erträumt hatte, war es wohl doch nicht gewesen, dachte Kate. Jetzt hockte sie hier auf dem Land, hatte ein Baby und einen Mann, der nie zu Hause war.

»Wie lange willst du dir die Schweinereien von Alex eigentlich noch gefallen lassen?« fragte Malise.

Rita nahm einen kräftigen Schluck. Ihre Augenlider hingen auf halbmast, ihre Zunge war schwer.

»Keine Ahnung. Weißt du was Besseres?«

»Rausschmeißen«, befand Malise kategorisch. »Das ist immer noch besser, als am ausgestreckten Arm zu verhungern.«

»Vielleicht liebt sie ihn?« wagte Kate einzuwenden.

»Vielleicht vögelt er gut?« fragte Inge.

»Vielleicht verdient er gut?« echote Malise.

»Haltet die Klappe«, lallte Rita.

»Ich hole noch ein bißchen Wein«, schlug Nellis vor und stand auf. Die unerwarteten Einblicke ins weibliche Seelenleben schienen ihm zu gefallen. Offenbar glaubte er, durch weiteres Verabreichen von Alkohol an noch aufschlußreichere Informationen zu kommen.

»Wir sollten um ihn pokern«, schlug Malise vor, als Nellis außer Hörweite war.

»Gute Idee«, stimmte Rita zu.

Inge nickte. »In Ordnung. Wo sind die Karten?«

Kate stand auf, um ein Kartenspiel aus dem Schrank zu holen.

»Könntest du bei der Gelegenheit richtige Musik auflegen?« rief Inge ihr nach.

Kate tauschte die Barocksonaten von Frans Brüggen gegen eine Doors-Platte aus.

»Oh, show me the way to the next Whiskey-Bar, oh, don't ask why, oh, don't ask why …«, grölten die Damen im Chor.

Malise mischte mit geübten Bewegungen. Die Karten flogen durch die Luft und sammelten sich auf unerklärliche Weise wieder in ihrer Hand.

»Wo hast du denn das gelernt?« Kate staunte.

»Afrika. Die Schwarzen zocken den lieben langen Tag.«

Sie verteilte die Karten in rasender Geschwindigkeit.

Nellis kehrte zurück und schenkte die Gläser wieder voll.

»Könntest du vielleicht einen anständigen Joint drehen, solange wir spielen?« bat Malise.

»Klar.« Nellis verschwand erneut.

Die erste Runde ging an Inge. Gelangweilt notierte sie das Ergebnis. In der zweiten Runde lieferten sich Rita und Malise ein gewagtes Duell; sie boten immer höher – wie sich schließlich rausstellte, hatten beide geblufft.

Kate siegte in der dritten Runde mit einem Full House; die vierte Runde ging an Malise.

Nellis tauchte mit einem Bilderbuch-Joint in der Hand wieder auf.

»Um was spielt ihr?«

»Um dich natürlich, Dummerchen.«

Malises Stimme hatte einen eigentümlichen Klang.

Kate bemerkte den Blickwechsel zwischen den beiden und begriff, daß sie mehr verband als ein nachbarschaftliches Verhältnis. Auch wenn es eine Weile her sein mochte, die beiden waren todsicher zusammen in der Kiste gewesen.

»Sagt mir morgen Bescheid, wer gewonnen hat«, sagte Nellis und entzündete den Joint. Er zog einige Male kräftig, dann gab er ihn an Malise weiter.

»Macht's gut, ich gehe ins Bett.«

»Feigling«, schimpfte Rita und feuerte ihre Karten auf den Boden.

Malise lächelte spöttisch. »Dann müssen wir uns eben alleine weiter amüsieren«, stellte sie fest.

Alle vier hoben erneut die Gläser.

»Ohne Männer ist es sowieso viel lustiger«, sagte Rita mit Grabesstimme. »Wir könnten Flaschendrehen spielen.«

Inge und Malise brachen in Gekicher aus.

Gegen zwei klingelte das Telefon. Malise hob ab, lauschte kurz und sagte: »Halt's Maul.« Dann legte sie auf.

»Wer war das denn?« fragte Kate perplex.

»Na, wer schon? Unser Lieblingsnachbar.«

»Und was wollte er?«

»Sich beschweren natürlich. Wir sind zu laut.«

Malise beugte sich zu Rita. »Hey, Süße, dreh mal die Musik ein bißchen lauter!«

Rita stand folgsam auf und schwankte zum Verstärker.

»This is the end, my only friend, the end...«, stimmte der Damenchor ein.

Eine Viertelstunde später hämmerte es gegen die Haustür.

»Na, warte!«

Angriffslustig machte sich Malise auf den Weg, riß die Tür auf und brüllte: »Du Arschloch...« Sie brach ab.

Draußen standen zwei Polizisten.

Kate, Rita und Inge waren Malise gefolgt.

»Wie nett«, rief Rita begeistert aus, »kommt doch rein!«

Malise gab ihr einen Rippenstoß; drin lagen die Reste des Joints im Aschenbecher.

Der jüngere Beamte grinste verlegen; man sah ihm an, daß er größte Lust hatte, Ritas Einladung zu folgen. Der ältere setzte eine strenge Miene auf.

»Es handelt sich hier um Ruhestörung. Drehen Sie bitte die Musik auf Zimmerlautstärke, ich muß sonst eine kostenpflichtige Verwarnung aussprechen!«

»Eine was?« Die bekiffte Rita bekam einen Lachanfall. »Eine kostenwarnige Verpflichtung! Eine pflichtige Verwarnkostung! Das ist ja zum Piepen!«

Sie kippte um, landete in den Armen von Inge und bekam Schluckauf.

Der ältere Polizist schaute zweifelnd zu den anderen drei Frauen.

»Haben Sie die Situation im Griff?«

»Alles unter Kontrolle!« sagte Malise und salutierte. »Schönen Abend noch, Herr Polizeioberinspektor.«

Der ältere holte Luft, vermutlich, um Malise zu informieren, welchen Rang er in Wahrheit bekleidete. Aber dann ließ er von seinem Vorhaben ab. Er grüßte kurz und wandte sich zum Gehen.

Der jüngere folgte ihm, nicht ohne einen bedauernden Blick auf Rita zu werfen.

Als das Polizeiauto verschwunden war, sahen die vier sich an und brachen in kreischendes Gelächter aus.

Am nächsten Morgen in aller Frühe brach Nellis auf.

Obwohl Kate nur zwei Stunden geschlafen hatte und völlig verkatert war, quälte sie sich aus dem Bett.

Im grauen Morgenlicht standen sie zusammen vor dem Haus und hielten sich lange umarmt. Nellis wühlte mit der Hand in ihren Locken. Kate stiegen Tränen in die Augen.

»Hau schon ab, sonst heul' ich noch«, schniefte sie ärgerlich.

»Bin schon weg«, sagte er und küßte sie auf die geschwollenen Augenlider.

Er packte seinen Seesack und wuchtete ihn über die Schulter. Auf der Straße stand ein Taxi mit laufendem Motor. Am Gartentor drehte er sich um.

»Hey, weißt du, was ich die ganze Zeit vergessen habe, dir zu sagen? Du solltest nicht alleine im Garten schlafen. Man weiß nie …« Er winkte ihr zu, drehte sich um und stieg in den Wagen.

»Warte, was meinst du?« rief Kate.

Nellis kurbelte die Scheibe runter. »In der Nacht, als ich ankam. Ich fand dich schlafend auf der Terrasse.«

Kate versuchte, sich zu erinnern. Richtig, als sie aus ihrer Bewußtlosigkeit erwachte, lag sie auf der Gartenliege, den Kopf in Nellis' Schoß gebettet.

»Ich dachte ... ich dachte, *du* hättest mich dort hingelegt?«

Nellis schüttelte erstaunt den Kopf. »Nein, du hast schon dort gelegen. Ich habe mich zu dir gesetzt, und dann bist du aufgewacht.«

Der Taxifahrer ließ ungeduldig den Motor aufheulen. Nellis winkte ein letztes Mal und war gleich darauf verschwunden.

»Aber ... aber wie bin ich dann auf die Liege gekommen«, murmelte Kate verwirrt.

Sie erinnerte sich genau, wie sie plötzlich die Arme um den Körper gespürt und das Bewußtsein verloren hatte. Es war mitten im Garten gewesen, in der Nähe des Apfelbaums, weit weg von der Terrasse. Wenn es also nicht Nellis gewesen war, der sie von dort auf die Liege getragen hatte, dann mußte in dieser Nacht noch jemand im Garten gewesen sein.

ACHT

Der Brief war mit Schreibmaschine geschrieben und Kate per Einschreiben zugestellt worden.

»Sehr geehrte Frau Moor, hiermit teile ich Ihnen mit, daß ich die am 24.1.1985 erteilte Duldung der Überbauung meines Grundstücksanteils Fl. Nr. 716/5 zurückziehe. Ich fordere Sie hiermit auf, bis zum 30.9. diesen Jahres den unrechtmäßig errichteten Schuppen an Ihrer Grundstücksgrenze zu entfernen. Hochachtungsvoll, Wilfried Mattuschek.«

Kates Hand zitterte leicht. Sie las den Brief ein zweites, dann ein drittes Mal.

Er machte seine Drohung also wahr.

Sie erinnerte sich an den Morgen nach dem Fest.

Wie in Trance war sie ins Haus zurückgekehrt, war ziellos auf und ab gegangen, mit einer dröhnenden Leere im Kopf. Die immer gleichen Fragen bohrten in ihr: Was war in dieser Nacht geschehen? Wieviel Zeit war zwischen ihrer Ohnmacht und ihrem Erwachen vergangen? Und wer, außer Nellis, war noch im Garten gewesen?

Irgendwann hatte sie sich mit dem letzten Rest ihrer Energie aufgerafft und das Geschirr gespült, den Müll rausgebracht und die Flaschen entsorgt.

Am Glascontainer ertönte plötzlich eine Stimme neben ihr: »Das war aber gar nicht nett von Ihnen.«

Erschrocken hatte sie aufgesehen.

Mattuschek hatte sie angestiert, mit dem Blick eines angeschossenen Tieres, das jeden Moment wütend zubeißen würde.

»Was wollen Sie von mir?« hatte Kate angriffslustig gefragt und eine Flasche mit voller Wucht in den Container geschleudert, so daß sie klirrend zerplatzte.

»Was ich von Ihnen will?« Seine Stimme war leise, schneidend. »Nichts. Sie haben mir ja deutlich gezeigt, daß Sie auch nichts von mir wollen. Manche Nachbarn sind eben nicht fein genug, wenn man Katharina Moor heißt.«

Kate waren der Schneckenmatsch auf dem Kompost und die abgesägten Äste des Apfelbaums eingefallen, die klebrige Torte, seine penetrante Freundlichkeit, das gräßliche Mittagessen, das heimlich aufgenommene Foto. Und ihr Entsetzen, als zwei Arme aus der Dunkelheit sie plötzlich umschlangen.

Eine unbändige Wut hatte sie gepackt, sie hatte begonnen zu schreien. »Lassen Sie mich endlich in Ruhe, Sie widerlicher Kerl! Ich will nichts mit Ihnen zu tun haben, verstehen Sie!«

Keuchend, mit geballten Fäusten stand sie vor ihm, bereit, auf ihn einzuschlagen, wenn er sich nur einen Millimeter auf sie zubewegen würde.

Er hatte sich nicht gerührt, nur seine Augen hatten sich langsam zu schmalen Schlitzen verengt. Und dann hatte er einen einzigen Satz gesagt, mit dieser gefährlich leisen Stimme: »Das wird Ihnen leid tun, Frau Moor, sehr leid!«

Dann hatte er sich umgedreht und war gegangen.

Kate hatte sich mit geschlossenen Augen an den Glascontainer gelehnt und gegen den Schwindel angekämpft. Es waren mehrere Minuten vergangen, bis sie sich wieder in der Gewalt hatte. Kalkweiß im Gesicht, mit schweißnasser Stirn, war sie ins Haus zurückgekehrt und hatte sich für den Rest des Tages ins Bett geflüchtet.

Und nun verlangte Mattuschek also, daß sie ihre Werkstatt abreißen sollte. Als sie sich einigermaßen gefaßt hatte, rief sie Olga an.

»Fax mir den Wisch rüber«, forderte sie Kate auf.

»Ich habe kein Fax.«

»Es gibt doch ein Postamt in deinem famosen Dorf, versuch's da.«

Kate gehorchte. Wenig später hatte sie Olga erneut an der Strippe.

»Also, wie ich das verstehe, ist der Schuppen auf deinem Grund ein Schwarzbau, der zum Teil auf dem Grund von Mattuschek steht. Vielleicht hängt auch nur das Dach über, das macht keinen Unterschied. Offenbar gibt es irgendeine Vereinbarung zwischen ihm und dem Vorbesitzer, also Nellis, daß dieser Zustand von ihm geduldet wird. Tja, und nun zieht er diese Duldung zurück.«

»Davon hat mir Nellis kein Wort gesagt«, wunderte sich Kate.

»Muß er ja auch nicht; das steht alles im Grundbuch und im Kaufvertrag. Hast du den Kram denn nicht gelesen?«

»Nicht so richtig. Ich verstehe dieses Juristenkauderwelsch ja sowieso nicht.«

»Du hättest mich vielleicht mal ein bißchen früher zu Rate ziehen sollen«, rügte Olga.

»Muß ich wirklich meine Werkstatt abreißen?« fragte Kate.

»Keine Angst, so schnell schießen die Preußen nicht. Ich brauche erst mal alles, was es an Papierkram dazu gibt.«

»Ich habe eine ganze Kiste davon.«

»Schick sie mir. Oder, noch besser, bring sie vorbei.«

»Was für ein Chaos!« stöhnte Olga.

Sie saßen zusammen in ihrer Wohnung und versuchten, den Wust aus Papieren zu ordnen, den Nellis hinterlassen hatte. Die Unterlagen reichten zurück bis ins Baujahr des Hauses, 1932. Kate studierte die alten Stempel, verblaßten Schriftzüge und altertümlichen Formulierungen, bis Olga sie aus ihren Gedanken riß.

»He, hallo, wo bist du? Wir suchen etwas, erinnerst du dich?«

»O ja, entschuldige bitte.«

Die Frauen nahmen die Schriftstücke nacheinander in die Hand, überflogen sie und hefteten sie in chronologischer Reihenfolge ab.

»Heureka«, sagte Olga schließlich und schwenkte ein Papier.

»Duldungsvereinbarung« stand da, und darunter befanden sich fünf eng beschriebene Absätze sowie das Datum 24. 1. 85 und die Unterschriften von Nellis und Mattuschek.

Olga vertiefte sich in den Text. »Mmh, mmh«, murmelte sie zwischendurch, und Kate versuchte, aus ihren Gesichtszügen eine Botschaft zu lesen.

»Und?« wollte Kate wissen.

»Ich kann dazu noch nichts sagen. Ich muß mich erst mal in die Thematik einarbeiten. Grenzstreitigkeiten sind ein eigenes Gebiet, darüber gibt es endlos Literatur.«

»Und was soll ich inzwischen machen?«

»Gar nichts. Oder versuchen, mit dem Typen zu reden. Vielleicht kannst du ihn ja umstimmen, wenn du ihn zu einem netten Abendessen einlädst. So, wie du es dargestellt hast, ist er doch nur beleidigt, weil du seine Liebe nicht erwiderst.«

Kate schaute zweifelnd.

»Nach meinem Ausbruch neulich wird er sich wohl kaum versöhnen lassen.«

»Laß es auf einen Versuch ankommen. Männer lieben es, wenn man zu Kreuze kriecht.«

Kate suchte die Nähe zu Malise. Sie war sicher, daß ihre Nachbarin etwas über Mattuschek wußte. Vielleicht etwas, das ihr nutzen könnte.

»Hilf mir, Malise«, bat sie. »Ich weiß nicht, was ich machen soll.«

»Ich hab' dich gewarnt«, sagte Malise in einem Tonfall, als sei sie es leid, Kate immer wieder von neuem zu belehren.

»Erst hast du ihm Hoffnungen gemacht, jetzt ist er natürlich beleidigt.«

»Ich? Hoffnungen?« Kate war empört.

»Warst du nicht bei ihm zum Essen? Und hing er nicht ständig bei dir rum, hat dir den Garten gemacht und was weiß ich noch alles?«

»Also, was-weiß-ich-noch-alles schon gar nicht«, sagte Kate heftig. »Und wenn er sich jemals irgendwas eingebildet hat, dann bestimmt nicht, weil ich ihn dazu ermutigt hätte.«

»Ich hab' dich gewarnt«, wiederholte Malise.

Jetzt platzte Kate der Kragen. »Was sollen diese ewigen Andeutungen? Warum sagst du mir nicht, was du über ihn weißt? Man könnte denken, *du* hättest was mit ihm gehabt!«

Malise schnaubte verächtlich auf.

Dann wurde ihre Stimme plötzlich weich. »Was tust du, wenn eine Ratte in deinem Keller ist? Du sperrst sie in einen Raum, kümmerst dich nicht um sie und hoffst, daß sie verhungert. Oder du legst Gift aus.«

»Du spinnst«, sagte Kate.

Malise nahm Kates Hand und sah ihr in die Augen.

»Was kann er dir tun?«

»Na ja, er kann erreichen, daß meine Werkstatt abgerissen wird.«

»Und das macht dir solche Angst?«

»Das macht mir keine Angst«, widersprach Kate, »das macht mich wütend!«

»Du hast Angst. Ich sehe es.«

Kate zögerte. Sollte sie Malise von der Sache erzählen? Es klang zu absurd; außerdem schämte sie sich wegen ihrer blöden Ohnmachtsanfälle.

»Was hat er dir getan?« fragte Malise eindringlich.

Endlich gab Kate sich einen Ruck. »Ach ... ich weiß nicht. Neulich nachts war jemand bei mir im Garten. Ich hab' gefühlt, wie jemand mich von hinten umfaßt. Ich hab' so einen Schock bekommen, daß ich ... umgekippt bin. Als ich aufwachte, war Nellis da, und ich lag auf der Gartenliege. Ich dachte, er hätte mich dort hingetragen. Später habe ich erfahren, daß er mich dort gefunden hat.«

Malise hatte aufmerksam gelauscht, blieb aber stumm.

»Verstehst du, ich hab' keine Ahnung, ob er es wirklich war«, sagte Kate heftig, »aber ...«

»... dein Gefühl sagt dir: Er war es«, ergänzte Malise.

»Genau. Ich muß über eine halbe Stunde ohnmächtig gewesen sein, und ich frage mich ununterbrochen ... was hat er in dieser Zeit mit mir gemacht?«

Malise nickte. »Ich verstehe dich genau«, sagte sie, und ihre Stimme klang gepreßt.

Kate sprang auf und lief nervös im Zimmer auf und ab.

Mit fahrigen Bewegungen fuhr sie sich durchs Haar.

»Vielleicht hat er mich nur angesehen ... vielleicht hat er mich aber auch angefaßt ...« Sie schüttelte sich vor Abscheu. »Es ist so ... demütigend!«

Sie hob beide Hände in einer hilflosen Bewegung und unterdrückte ein Schluchzen. Malise war aufgestanden und nahm sie in den Arm. Tröstend streichelte sie ihr übers Haar.

»Ganz ruhig. Er wird dir nichts tun. Wir werden dich beschützen.«

Sie saßen zu viert auf dem Steg, zwei Frauen auf jeder Seite, Rücken an Rücken. Schweigend hielten sie ihre Angeln ins Wasser, lauschten dem Rauschen der Zweige und dem leisen Plätschern der kleinen Wellen, die gegen das Ufer schwappten.

»Du darfst ihm auf keinen Fall in den Arsch kriechen«, sagte Inge in das Schweigen hinein. »Vielleicht läßt er dann deinen Schuppen stehen, aber ich schwöre dir, der findet immer was, womit er dich nerven kann.«

Rita pflichtete ihr bei.

»Wißt ihr noch, was er für ein Theater gemacht hat, weil der Weg zwischen den Häusern nicht genau so verlief, wie er auf dem Plan eingezeichnet war? Da ging's um eine Abweichung von einem halben Quadratmeter oder so, fast nicht meßbar. Er hat zwei Jahre prozessiert.«

»Im Ernst?« Kate war entsetzt. »Das bedeutet ja wohl, daß er auch in diesem Fall nicht nachgeben wird.«

»Worauf du einen lassen kannst«, sagte Malise und stieß den Rauch ihres Zigarillos heftig durch die Nase. »Hast du eigentlich eine Rechtsschutzversicherung?«

Kate verneinte. »Vielleicht kann ich schnell eine abschließen?«

»Zu spät. Wenn der Ärger mal angefangen hat, zahlen sie nicht mehr.«

Inge überlegte. »Du könntest mit Gudrun reden. Manchmal bringt sie ihn zur Vernunft.«

»Das bezweifle ich«, sagte Rita. »Wenn's hart auf hart geht, hält sie immer zu ihm.«

»Weil er sie sonst windelweich prügelt«, vermutete Inge.

Kate versteckte sich hinter einem riesigen Blumenstrauß, als sie an Mattuscheks Tür klingelte. Es blieb ruhig.

Kate klopfte und rief.

»Hallo? Ist jemand da?«

Die Tür wurde einen Spaltbreit geöffnet. Gudrun sah heraus, die Augen ängstlich geweitet.

»Gehen Sie weg«, flüsterte sie, »ich will nicht mit Ihnen reden.«

Kate stellte unauffällig einen Fuß in den Türspalt und wollte ihr den Blumenstrauß in die Hand drükken. Frau Mattuschek versteckte wie ein trotziges Kind die Hände auf dem Rücken.

»Gudrun, hören Sie mir bitte kurz zu! Das Ganze tut mir leid! Ich habe das alles nicht so gemeint. Und natürlich möchte ich Sie und Ihren Mann mal extra einladen, nur Sie beide!«

Aus dem Keller kam die gedämpfte Stimme von Mattuschek.

»Gudrun, wer ist da?«

Gudrun versuchte, die Tür zuzuschlagen. Kates Fuß war im Weg.

»Bitte sprechen Sie mit Ihrem Mann«, bat sie, »wenn er mich zwingt, meine Werkstatt abzureißen, zerstört er meine berufliche Existenz. Das können Sie doch nicht wollen!«

Die Stimme wurde lauter. »Gudrun! Antworte gefälligst! Wer ist da an der Tür?«

»Niemand, Willi«, rief Gudrun.

Kate zog den Fuß zurück. Die Tür fiel ins Schloß.

Von innen hörte sie einen heftigen Wortwechsel.

Kate fühlte sich zum Kotzen. Warum mußte sie sich so demütigen? Sie verachtete sich für ihre Schwäche. Und sie haßte Mattuschek dafür, daß er sie in diese Situation gebracht hatte.

Wütend wollte sie den Blumenstrauß in die Mülltonne pfeffern, aber dann besann sie sich eines Besseren. Sie brachte die Blumen zu Inge. Die hatte bestimmt schon lange keine mehr geschenkt bekommen.

Als Samuel an diesem Wochenende von Bernd zurückkam, wirkte er bedrückt.

Kate beobachtete eine Weile, wie er unruhig hin und her ging, gedankenlos mit der Fernbedienung spielte und offenbar ein Problem wälzte.

Er hatte seinen dreizehnten Geburtstag mit Bernd gefeiert; Kate war sehr gekränkt gewesen, als er ihr diesen Entschluß mitgeteilt hatte. Sie hatte versucht, es sich nicht anmerken zu lassen, glaubte allerdings nicht, daß es ihr gelungen war. Jetzt hatte sie ein schlechtes Gewissen. Sie wollte ihrem Jungen doch keine Schuldgefühle machen, das hatte sie sich fest vorgenommen.

»Was ist mit dir, Sammy?« erkundigte Kate sich vorsichtig.

»Nichts«, sagte er erwartungsgemäß.

»Hast du dich über mich geärgert?«

»Nein, nein. Alles in Ordnung.«

»Über Bernd?«

Er verneinte. Um weiteren Fragen auszuweichen, verließ er das Zimmer. Kate hörte, daß er in den Garten lief.

Das Telefon klingelte. Olga.

»Paß auf, Kate, ich habe einen freundlichen Brief an deinen Nachbarn geschrieben, in dem ich die Rechtswirksamkeit der Vereinbarung anzweifle und ihm deine Absicht mitteile, auf keinen Fall den Schuppen zu entfernen. Ich habe die Möglichkeit angedeutet, ihm mit einer kleinen Zahlung entgegenzukommen. Nehmen wir an, es handelt sich um vier Quadratmeter, die überbaut sind. Bei den derzeitigen Grundstückspreisen in eurem Landkreis wären das ungefähr vier mal vierhundert Mark, mit denen du ihm das Nutzungsrecht sozusagen ablösen könntest. Im Gegenzug würde er sich – diesmal vor einem Notar – zum Verzicht auf weitere Forderungen verpflichten.«

»Klingt gut«, sagte Kate, »ich weiß nur nicht, ob ihm das genügen wird. Ich glaube, es geht ihm nicht um Geld oder um die paar Quadratmeter. Ich glaube, es geht ihm darum, mich zu ärgern.«

»Wart's ab. Wenn Bargeld lacht, sind die meisten Leute schnell zufrieden.«

Kate bedankte sich und legte auf. Seit Olga die Sache in die Hand genommen hatte, fühlte sie sich besser. Ihre Freundin war eine erfahrene Anwältin, die würde die Sache schon regeln.

Als das Abendessen fertig war, rief Kate nach Samuel.

Sie bekam keine Antwort. Rufend lief sie durchs Haus und in den Garten – nichts.

»Samuel! Sammy, wo bist du?« rief sie, so laut sie konnte.

Plötzlich war ihr, als hörte sie aus dem Schuppen ein Geräusch. Sie riß die Tür zu ihrer Werkstatt auf.

Leises Schluchzen drang zu ihr.

»Sammy?« Suchend ließ sie ihren Blick durch den Raum schweifen, bis sie begriff, daß das Weinen von oben kam. Sie entdeckte eine Luke in der Decke. Schnell stieg sie auf einen Stuhl und drückte dagegen. Die Luke ließ sich leicht öffnen, Kate steckte den Kopf hindurch und sah in eine niedrige Kammer, höchstens achtzig Zentimeter hoch und von schrägen Dachbalken begrenzt. Hier hatte Samuel sich eine Art Lager gebaut; Kate entdeckte eine Matratze und ein paar alte Decken, die sie ausgemistet hatte.

»Samuel, Schätzchen, was machst du denn hier oben?« rief Kate aus, erleichtert, ihn wohlbehalten vorzufinden.

Samuel schluchzte. Kate zog sich mit einem Ruck in die Höhe und kauerte sich neben ihn. Schweigend streichelte sie seinen Rücken, bis sie spürte, daß er sich langsam beruhigte.

»Wenn … wenn Bernd Ramona heiraten würde, wäre sie dann meine … Stiefmutter?« fragte er stockend.

Kate schluckte.

»Hat er das gesagt? Ich meine … will er sie heiraten?«

»Ich weiß nicht. Aber wenn zwei Leute ein Kind kriegen, heiraten sie doch meistens.«

Kate nahm seinen Kopf in die Hände und drehte sein Gesicht zu ihr.

»Heißt das, Ramona ist schwanger?«

Samuel nickte. Kate spürte, wie ihr die Tränen in die Augen schossen. Sie hatte sich so sehr ein zweites Kind mit Bernd gewünscht. Und nun kriegte er es mit einer anderen. Sie verbarg das Gesicht in den Händen.

»Mam! Mam, wein doch nicht! Oh, Scheiße, es tut mir so leid!«

Aufschluchzend warf Samuel seine Arme um ihren Hals, und eng aneinandergeschmiegt blieben sie liegen, jeder in seinen Kummer vertieft. Irgendwann bewegte sich Kate.

»Komm, laß uns rübergehen«, sagte sie sanft.

Samuel ließ eine schmale Holzleiter durch die Luke auf den Boden. Vorsichtig kletterte Kate hinter ihm her. Hand in Hand gingen sie über den Rasen.

»Du kannst doch auch noch ein Kind haben, du bist doch noch nicht so alt«, versuchte er, Kate aufzumuntern.

Sie lächelte. »Danke, Sammy, lieb von dir, aber das ist es nicht. Es ist nur ...« Sie brach ab.

Bob Marley, inzwischen dreizehnjährig, nicht mehr ganz so klein und sommersprossig, blieb stehen und sah sie ernst an. »Ich weiß schon, Mam. Du mußt es mir nicht erklären.«

Gegen ihren Willen nahm Kate in den folgenden Tagen Kilo um Kilo ab. Sie wußte, daß es ihr nicht guttat, wenn sie Gewicht verlor, daß ihre Nerven nur um so mehr flatterten, aber sie konnte es nicht verhindern. Sie zwang sich zum Essen, so gut es ging, aber nichts davon hinterließ eine Spur an ihrem Körper.

»Du siehst ja selten beschissen aus«, begrüßte Olga sie bei ihrem nächsten Besuch im Dorf. »Nimmt dich die Sache mit dem Schuppen echt so mit?«

Kate erzählte, was sie bedrückte. Olga hörte schweigend zu.

»Das war doch eigentlich zu erwarten, oder nicht?« fragte sie mit dem ihr eigenen Pragmatismus.

»Ja, schon. Aber wenn's dann so konkret wird, tut es ganz schön weh.«

»Wahrscheinlich hast du recht. Es ist schwierig für mich, mir das vorzustellen. Wenn man keine Kinder hat ...«

»Hättest du eigentlich gerne welche?«

Sie hatten noch nie darüber gesprochen. Kate hatte Olga immer als die toughe Karrierefrau gesehen, der Kinder ein Greuel waren und die auch gut ohne Ehemann auskam.

»Ich weiß nicht«, sagte Olga nachdenklich. »Ehrlich gesagt glaube ich, daß in mein Leben keine Kinder passen. Ich überlege mir nur manchmal, wie das wird, wenn ich alt bin. Ich hoffe, ich werde nicht so bescheuert wie dein Nachbar da drüben. Wenn der 'ne Familie hätte, würde er seine Zeit doch nicht mit so einem Schwachsinn verplempern.«

Der Gedanke war Kate noch gar nicht gekommen. Aber war Einsamkeit eine Entschuldigung dafür, daß man seine Mitmenschen quälte?

»Paß auf, Kate, ich muß am Schuppen etwas nachmessen. Ich will aber nicht, daß der Typ mich sieht. Könntest du nachsehen, ob die Luft rein ist?«

Kate nickte und ging zur Hintertür, in deren obere Hälfte eine Glascheibe eingelassen war. Unauffällig blickte sie in den Nachbargarten. Es war niemand zu sehen, die Terrassentür war geschlossen.

»Alles klar«, rief sie Olga zu, die daraufhin,

bewaffnet mit einem Meterstab, einem Taschenrechner und einem Plan, energisch Richtung Schuppen schritt.

Kate hielt den Blick in Mattuscheks Garten gerichtet, wo sich weiterhin nichts rührte. Einmal hatte sie kurz das Gefühl, ein Vorhang im ersten Stock habe sich bewegt. Aber sicher war sie nicht.

Nach ein paar Minuten kam Olga zurück.

»Fertig. Ich habe gut geschätzt, es sind knapp vier Quadratmeter. Genauer gesagt: Drei Komma acht sieben. Macht also ...«, sie tippte auf dem Rechner herum, »... macht genau eintausendfünfhundertachtundvierzig Mark. Ist dir dein Seelenfrieden soviel wert?«

»Pfff«, machte Kate wegwerfend. Sie konnte sich aber des Gefühls nicht erwehren, daß die Sache teurer werden würde. Viel teurer.

NEUN

Die Geräusche des Morgens bohrten sich unnachgiebig in Kates Bewußtsein. Langsam tauchte sie aus dem Tiefschlaf auf, als käme sie vom Grunde des Meeres. Erst öffnete sie ein Auge, dann das zweite. Schnell klappte sie beide wieder zu.

Das mußte ein Traum sein. Ein ziemlich blöder Traum, wie Kate fand. Vorsichtig versuchte sie es erneut. Es hatte sich nichts verändert. Sie befand sich tatsächlich im Schlafzimmer einer kleinen, ziemlich aufgeräumten Junggesellenbude unter dem Dach. Neben ihr schnarchte ein Mann, von dem Kate nur eine nackte Schulter und ein Haarbüschel sehen konnte. Dennoch bestand kein Zweifel: Es handelte sich um den Bäckermeister persönlich.

Oh, verdammt. Zwei Männer in zwei Monaten, das grenzte an Don-Juanismus, oder wie hieß das noch bei Frauen? Kate beschloß, sich später ausgiebig zu schämen. Jetzt wollte sie erst mal raus hier. Während sie so leise wie möglich ihre Klamotten zusammensuchte, fiel ihr Stück für Stück der Verlauf des Abends und der Nacht wieder ein.

Es ist Leonharditag, der höchste Feiertag der Gemeinde, an dem alles gesegnet wird, was Ähnlichkeit mit einem Pferd hat. In bunt geschmückten Wagen, angetan mit ihren festlichsten Trachten, fahren oder reiten die Pferdebesitzer zu den Klängen mehrerer Blaskapellen durchs Dorf, umrunden die Sankt-Leonhard-Kapelle, wo der Pfarrer mit Hilfe eines Weihwasserbesens seinen Segen verteilt, und begeben sich anschließend ins Festzelt, um sich ausgiebig zu besaufen. Ein schöner Brauch, findet Kate und schließt sich, gemeinsam mit ihren Nachbarinnen, dem Treiben an.

Malise läßt es sich nicht nehmen, anstelle eines Dirndls eine Tuareg-Tracht anzulegen. Rita und Inge kleiden sich alpenländisch. Kate besitzt aus ihrer frühen Jugend noch ein Dirndl, das ihr aufgrund des jüngsten Gewichtsverlustes wieder paßt, allerdings nur in der Weite. Der Rock endet zwei Handbreit über den Knien, was irgendwie kindisch aussieht.

»Egal«, bestimmt Inge, »du kannst es dir leisten.«

Und so zieht Kate, die mißbilligenden Blicke der Bauersfrauen auf ihren nackten Beinen spürend, mit durchs Dorf und landet schließlich im Bierzelt, an einem der langen Holztische. Dort verflüchtigt sich das Interesse an ihrem Aufzug schnell, denn eine weitaus skandalösere Figur zieht die Aufmerksamkeit auf sich: Armin, der Friseur mit der Pudelfrisur, tanzt ausgelassen zur Blasmusik – im Dirndl!

»Das macht er jedes Jahr«, erzählt Malise unter dem Gekicher der Anwesenden. »Er behauptet, Lederhosen stünden ihm einfach nicht!«

»Der is scho als Bub in Kleidern ganga«, ergänzt ein Bauer vom Nebentisch. »A bißl verdraht is er scho, aber er duat ja keim was.«

Schnell ist die ausgelassene Weiberrunde umringt von jungen Burschen in Lederhosen und Wollstrümpfen, die sich mit auf die Bänke quetschen, bis niemand sich mehr rühren kann.

Malise läuft zu Hochform auf. Die älteren Leute im Zelt bedenken sie mit mißtrauischen Blicken; auf die jüngeren wirkt ihr schlechter Ruf wie ein Aphrodisiakum. Sie wird von Männern auf der Suche nach einem Abenteuer umschwärmt, wie die unzähligen gesegneten Pferdeäpfel draußen auf der Wiese von den Fliegen.

Fabian, der Schreiner, mit dem sie derzeit das Bett teilt, wird immer wortkarger. Um sein Gesicht zu wahren, versucht er einen Flirt mit Rita. Die schaukelt ihr Baby, das benommen von den Bierdämpfen und der Hitze in ihrem Arm hängt; dabei himmelt sie ihren eigenen Mann an. Alex ist, wie Kate zugeben muß, ein hübscher, wenn auch ziemlich nichtssagender Typ, der in seinem Zweireiher zwischen den Trachten etwas deplaziert wirkt.

Gustav berichtet wieder von seiner Hochzeit mit Hilde, während Inge versucht, sich den Avancen eines verwitweten Großbauern zu widersetzen, der sie unbedingt heiraten und auf seinen Hof verschleppen will.

»Geh, Wastl, du Depp, laß die Dame in Ruhe«, übernimmt einer der Männer Inges Verteidigung, aber Wastl-du-Depp ist hartnäckig.

»Hunnert Rinder un hunnertswansig Schafe«, lallt er, »un ein Mersedes kriegsu auch.«

Dann schläft er über seinem Maßkrug ein.

Kate ist so aufgekratzt wie lange nicht mehr.

»Ich hab' einen Liebeszauber für dich gemacht«, flüstert Malise ihr ins Ohr und kitzelte sie dabei mit der Zunge.

Kate kichert verlegen.

»Na, da bin ich ja gespannt.«

Sie tanzen bayerische Volkstänze, bis sie kaum noch können. Irgendwann findet sich Kate in den Armen von Franz wieder, der ihr vage bekannt vorkommt, sie weiß aber nicht, woher. In einer Musikpause begleitet er sie zum Zwecke der Frischluftzufuhr ins Freie.

»Stimmt das jetzt eigentlich, daß ihr alle was miteinander habt?« fragt er flüsternd, während sie versucht, herauszufinden, welcher von den beiden Monden am Himmel der echte ist.

»Wer soll was mit wem haben?« fragt sie verwirrt.

»Na, du mit deinen Nachbarinnen.«

Kate prustet vor Lachen.

»Du bist es«, nuschelt Kate und zeigt auf den rechten der beiden Monde.

Blitzartig tauschen die zwei die Plätze, und wieder weiß Kate nicht, welcher der richtige ist.

»Was redest du denn da?« fragt Franz amüsiert und lehnt sie gegen die Zeltwand.

Kate sieht ihm direkt ins Gesicht. Zwei freundliche Augen mustern sie interessiert, unter einem Trachtenhut quillt dichtes, dunkles Haar hervor, zwei warme Hände halten sie an den Hüften fest.

Ohne nachzudenken, schlingt sie die Arme um den Mann und lehnt ihr Gesicht an seines. Er erwidert die Umarmung; erst ein bißchen schüchtern, dann immer energischer. Seine Hände streichen über ihren Rücken, die Finger graben sich in ihr Gesäß. Sie spürt unter dem kräftigen Leder der Trachtenhose seine Erektion, neugierig folgt sie mit dem Finger der Wölbung.

»Komm«, sagt er und zieht sie mit sich.

Kate stolpert hinter ihm her und versucht, den Pferdeäpfeln auszuweichen, die überall herumliegen. Im Dunkeln hört sie die Tiere schnauben, die da und dort angebunden sind oder angeschirrt vor ihren Kutschen stehen und aus einem umgehängten Beutel Hafer fressen. Bei einem großen Pferd mit langer Mähne bleibt Franz stehen.

»Und hopp!« sagt er, packt Kate und setzt sie in den Sattel.

»Aaah!« Kate schreit entsetzt auf und krallt sich in der Mähne des Tieres fest.

Im nächsten Moment sitzt Franz hinter ihr. Er nimmt die Zügel in eine Hand und treibt das Pferd an, das sich gemächlich in Bewegung setzt. Mit der anderen Hand preßt Franz Kate an sich, nun spürt sie die vielversprechende Wölbung an ihrem Hintern. Seine Hand schiebt sich unter ihren Rock, wandert ihren Oberschenkel entlang und landet in ihrem Slip. Kate stöhnt auf.

Die Situation ist vollkommen unwirklich: Auf einem Pferd sitzend, die Hand eines Fremden zwischen ihren Beinen, bewegt sie sich durch die mondhelle Nacht.

Das Pferd schnaubt, dann verfällt es in einen leichten Trab. Die Hand reibt im Rhythmus gegen ihr Geschlecht, eine zweite Hand beginnt, ihre Brüste unter dem Dirndlstoff zu massieren. Kate keucht. Das Pferd beschleunigt, die Hand wird schneller, und während das Pferd durch das nächtliche Dorf galoppiert, schreit Kate ihre Lust hinaus.

Sie hatte die Einzelteile ihrer Garderobe eingesammelt und schlich auf Zehenspitzen aus dem Zimmer. An der Tür drehte sie sich noch mal um und warf einen letzten Blick auf den schlafenden Franz. Wie sollte sie jemals wieder bei ihm Brötchen kaufen?

Als sie das Haus verließ, schlug die Kirchturmuhr acht. Es war Sonntag, bis auf ein paar Kirchgänger war niemand zu sehen. Kate spazierte geistesabwesend die Straße entlang.

Zu Hause angekommen, ließ sie sich auf die Gartenbank fallen und hielt ihr Gesicht mit geschlossenen Augen den Strahlen der Morgensonne entgegen.

»Na, hat's gewirkt?«

Kate zuckte zusammen.

Malise lehnte an ihrem geöffneten Schlafzimmerfenster und grinste spöttisch zu ihr herunter.

»Was meinst du?« fragte Kate verständnislos. Dann dämmerte es ihr. »Ach so, du denkst …«

Malise lächelte wissend.

Quatsch, dachte Kate, die nimmt mich doch wieder auf den Arm!

Aber je länger sie Malises Blick auf sich spürte, desto unsicherer wurde sie.

Kate hatte beschlossen, Armin, den Pudel, nach Mattuschek zu fragen. Der Friseursalon war die Nachrichtenbörse des Dorfes; wenn man wissen wollte, was geredet wurde, war man dort richtig. Armin lag Kate zu Füßen, seit er erfahren hatte, daß sie berühmt war.

»Eigentlich am berühmtesten von allen meinen Kunden, denn Sie sind ja international bekannt, nicht so wie diese Fernsehnasen, die außerhalb von Deutschland kein Schwein kennt«, hatte er ehrfürchtig festgestellt.

Seit dem Leonharditag sah Kate auch ihn mit anderen Augen. Im Dirndl aufzutreten und das Getuschel der Leute auszuhalten, dazu gehörte eine Menge Mut. Sie fragte sich, wie Armin es als schwuler Mann hier draußen aushielt.

»Schauen Sie, Kate, was ich für Sie besorgt habe!« rief er ihr zu, als sie den Laden betrat.

Er winkte aufgeregt mit einer kleinen Plastikflasche, die sich als Spezialshampoo für rotes Haar entpuppte.

»Warum brauchen rote Haare ein anderes Shampoo als blonde oder braune?« erkundigte sich Kate, und sofort ergoß sich ein Schwall von Erklärungen über ihren Kopf, vermischten sich mit dem Spezialshampoo und hüllten Kate in diese wohltuende Wolke aus Fürsorge und Seifenschaum, die sie so liebte.

»Sie haben's ja ziemlich krachen lassen, am Leonharditag«, sagte Armin. Dabei lächelte er ihr anzüglich im Spiegel zu.

O Gott, hatte sie doch jemand auf dem Heimritt beobachtet? Das war ja grauenhaft. Sie würde das

Haus verkaufen und wegziehen müssen, wenn die Dörfler sie nicht ohnehin mit Schimpf und Schande davonjagten.

»Ähm ... wieso?« fragte sie blöde.

»Na ja, einen Schuhplattler haben S' hingelegt, daß einem schwindlig werden konnte. Und recht viel Bier haben S' auch getrunken, gell?«

Die Farbe in Kates Gesicht schwächte sich etwas ab.

»Ihr Auftritt war aber auch nicht ohne!« Sie lächelte.

Armin blieb todernst. »Wieso?«

»Na ja ...« Kate wurde unsicher, sie wollte ihn nicht in Verlegenheit bringen. »Also ... mir hat Ihr Dirndl gefallen. Sie haben schöne Waden!«

Nun zog eine leichte Röte über Armins Gesicht; er sah aus, als freute er sich.

Kate wollte dringend über etwas anderes sprechen, und weil sie gerade allein im Laden war, nutzte sie schnell die Gelegenheit.

»Sagen Sie, Armin, was erzählt man sich eigentlich über den Mattuschek, meinen Nachbarn?«

»Über den Oberst? Mei, daß er halt ein Streithammel ist.«

»Wieso nennt man ihn Oberst?« fragte Kate überrascht.

»Paßt doch zu ihm, oder nicht? Der hat so was Zackiges, wie ein Oberst halt. Ich finde ihn total unsympathisch. Die Frau kann einem leid tun.«

»Wieso?«

»Möchten Sie mit so einem verheiratet sein? Also ich nicht. Nach außen tut er immer so korrekt, aber der ist brutal. So was sieht man einfach, finden S' nicht?«

»Kennen Sie ihn näher?«

Armin winkte mit einer affektierten Bewegung ab. »Naa, wirklich nicht. Mit dem will ja von uns keiner was zu tun haben. Kleine Mandelmaske?« fragte er und griff nach einem Töpfchen.

»Nein, heute können Sie die Wimpern machen«, sagte Kate, weil sie vorhatte, ihm noch ein paar Fragen zu stellen. Wenn er eine Maske aufgelegt hatte, verbot Armin ihr immer, zu sprechen. »Sonst entspannen Sie sich nicht«, behauptete er, »und dann wirkt das teure Zeug nicht.«

Armin legte kleine Wattebäusche unter ihre Augen und bestrich die Wimpern mit einem Färbemittel. Kate bemühte sich, nicht mit den Lidern zu zucken. Wenn die Flüssigkeit in die Augen lief, brannte es wie verrückt.

»Mattuschek will, daß ich meine Werkstatt abreiße«, erzählte Kate in der Hoffnung, den Pudel zu weiteren Einzelheiten zu animieren.

Er stieß einen kleinen, spitzen Schrei aus. »Aah, dann können Sie sich auf was gefaßt machen! Der ist ein Prozeßhansel. Der prozessiert so lange, bis Sie in die Knie gehen.«

Kate schluckte. Das hörte sie nun schon zum zweiten Mal.

Die Tür wurde geöffnet, und jemand betrat den Laden. Kate wollte nicht weitersprechen, ohne zu wissen, wer mithören konnte. Fieberhaft überlegte sie, zu welchem Thema sie unverfänglich wechseln könnte.

»Und wie war's sonst bei Ihnen, Armin, hatten Sie Spaß beim Leonhardifest?« fragte sie munter.

»Total viel Spaß«, hörte sie Armins Stimme. »Ich hab' an der Losbude einen Mikrowellenherd gewonnen. Und als ich nachts heimgegangen bin, hab' ich doch tatsächlich zwei gesehen, die's auf einem Pferd getrieben haben!«

Fast täglich fand Kate in ihrem Briefkasten Beschwerden und Widerspruchsbriefe aus der Feder von Mattuschek, der offenbar den Abriß des Schuppens zu seinem Lebensziel erklärt hatte.

Kate hatte sich fast schon daran gewöhnt; meist las sie das Zeug gar nicht mehr, sondern schickte es postwendend an Olga weiter, die ihrerseits Briefe, Schriftsätze und Erwiderungen auf Schriftsätze verfaßte.

Mattuschek hatte sich, wie von Kate erwartet, nicht auf Olgas Vorschlag mit der Ablöse eingelassen und war vor Gericht gezogen. Es ging ihm nicht um Geld, es ging ihm vermutlich nicht mal ums Rechthaben, es ging ihm schlicht darum, Kate fertigzumachen.

Immer wieder legte Olga ihr nahe, über einen Verkauf des Hauses nachzudenken. »Glaub mir, der wird nicht aufhören! Der Typ ist ein Psychopath. Ich kenne die Sorte!«

»Verkaufen?« brauste Kate auf. »Ich denke nicht daran. Ich hab' mir ein Bein ausgerissen für das Haus. Ich lasse mich nicht vertreiben!«

»Bis so was entschieden wird, können Jahre vergehen«, gab Olga zu bedenken.

»Und wenn schon, das stehe ich durch!« verkündete Kate kämpferisch.

In Wahrheit belastete sie der schwelende Streit mehr, als sie sich eingestehen wollte. Manchmal überlegte sie, ob sie noch einen Vorstoß machen sollte, den grollenden Nachbarn zu versöhnen. Aber sie spürte, wie groß der Haß war, der sich bereits in ihr angestaut hatte.

Sie bemühte sich, wenigstens seine Frau nicht in ihren Ärger mit einzubeziehen, aber es gelang ihr nicht. Gudrun, die bisher immer so sanft und freundlich gewesen war, lief nun ebenfalls mit verbissener Miene herum und grüßte nicht mehr.

Kürzlich hatte Inge sich ihr in den Weg gestellt und gesagt: »Mensch, Gudrun, hör auf mit dem Theater. Bring deinen Alten zur Vernunft, der verpestet die Stimmung.«

»Wenn hier jemand die Stimmung verpestet, dann seid ihr das«, hatte Gudrun zurückgegiftet. »Ihr werdet euch noch wundern! Wundern werdet ihr euch!«

Damit waren die Fronten klar. Gudrun gehörte, egal, ob sie geprügelt wurde oder nicht, ab jetzt ins Feindeslager.

Eines Tages trat der Kampf in eine neue Phase.

Rita erhielt eine Aufforderung von Mattuschek, das Schreien des Babys auf die Zeit zwischen zehn und sechzehn Uhr zu beschränken. Malise bekam eine Tonbandkassette mit Liebesgestöhn – angeblich ihr eigenes. Inge hatte mitten auf der Straße eine lautstarke Auseinandersetzung mit Mattuschek, der Gustav erneut wegen der Mülltonnen angebrüllt hatte.

Kate erhielt eine Anzeige wegen fortgesetzter Ruhestörung. Beigefügt war ein Gutachten, in dem bestätigt wurde, daß das nachmittägliche Flötenspiel aus dem Nachbarhaus beim Anzeigensteller, Herrn Wilfried Mattuschek, schwere Migräneanfälle auslöse. Er beantrage daher das Verbot des Flötenspiels. Komplizierte Berechnungen der Dezibelstärke und der Frequenz der einzelnen Töne sowie ihre Auswirkungen auf den menschlichen Organismus vervollständigten das Schreiben.

Kate raste zum Telefon. Aufgelöst las sie Olga den Text der Anzeige und das Gutachten vor.

»Du weißt, wie ich darüber denke«, sagte Olga sanft. »Ich zieh' diese Sache für dich durch, wenn du willst. Aber erstens gibt es keine Garantie, daß wir es schaffen. Und zweitens glaube ich nicht, daß du diese Belastung auf Dauer aushältst.«

Wie früher, wenn sie es mit einem besonders starken Gegner zu tun hatte, brach Kates unbedingter Siegeswille durch. Sie konnte nicht aufgeben, auf gar keinen Fall. Sie mußte den Kampf kämpfen – und sie mußte ihn gewinnen. Sie ertrug einfach keine Niederlagen.

»Nein«, sagte sie mit fester Stimme. »Ich lasse mich von diesem Arschloch nicht kleinkriegen. Wenn er den Krieg will, kann er ihn haben.«

Auch die anderen Frauen waren aufgebracht.

»Jetzt dreht er völlig durch, dieser Schwachkopf!« tobte Rita. »Ich kann mein Kind schließlich nicht knebeln, damit es nicht brüllt!«

Inge hatte alle Hände voll zu tun, den aufgelösten Gustav zu beruhigen. Zwei Tage lag er mit Kreislaufbeschwerden und Atemnot im Bett, bis er anfing, den Vorfall zu vergessen.

»Irgendwann kriegt er noch einen Herzinfarkt«, befürchtete sie. »Ich finde, es reicht jetzt. Wir müssen uns endlich wehren!«

»Zucker in den Tank«, schlug Rita sofort vor, »dann geht sein Motor kaputt.«

»Schon mal was von abschließbaren Tankdeckeln gehört?«

Inge bedachte die jüngere mit einem nachsichtigen Blick.

»Pattex in die Türschlösser«, war Ritas nächster Vorschlag, aber auch der wurde als zu kindisch verworfen.

»Wir sollten ihm eine Karre Mist in den Garten kippen«, überlegte Kate.

»Dann stinkt's ja bis zu mir rüber«, protestierte Malise.

»Eins auf die Fresse«, sagte Inge lapidar. »Das ist die einzige Sprache, die so einer versteht.«

»Au ja«, ereiferte sich Rita, »ich könnte Ronald fragen, der ist bayerischer Mittelgewichtsmeister im Boxen. Der poliert ihm die Klappe, daß er danach keine Zähne mehr im Maul hat!« Mordlustig ballte sie die Fäuste.

»Vergiß nicht, daß dein Ex-Freund gern auch mal die Falschen verprügelt«, warf Inge ein.

Rita wurde blaß.

»Das ist alles Bullshit«, nahm Malise den Faden wieder auf. Versonnen fuhr sie fort: »Ich habe eine ganz andere Idee.«

»Willst du ihn verhexen?« fragte Kate.

»So ähnlich«, sagte Malise. »Laßt mich nur machen.«

ZEHN

Kate fand zwei Karten für ein Konzert des »Amsterdam Loeki Stardust Quartet« in ihrem Briefkasten.

»Oder willst du lieber ins Fußballstadion?« hatte Franz dazugeschrieben.

Kate lächelte in sich hinein. Insgeheim hatte sie gehofft, ihn wiederzusehen, aber nie hätte sie den ersten Schritt getan.

»Konzert geht in Ordung«, schrieb sie zurück, überrascht von seinem treffsicheren Geschmack. Hauptsache war sowieso, der Abend endete im Bett. Dafür wäre sie mit ihm auch zu einem Vortrag über Quantenphysik gegangen.

Am verabredeten Tag stand er Punkt sieben vor ihrer Tür. Nicht in Lederhosen, wie Kate mit leisem Bedauern feststellte, sondern in einem modischen Anzug. Er wollte ihr die Hand geben. Sie ignorierte seine ausgestreckte Rechte und drückte ihm einen Begrüßungskuß auf die Wange. Höflich hielt er ihr die Autotür auf.

»Nach dem Konzert könnten wir was essen«, schlug er vor. »Ich habe einen Tisch in einer sehr netten Trattoria reserviert.«

»Was du willst«, sagte Kate mit kokettem Augenaufschlag und hoffte, es klänge zweideutig.

Auf der Fahrt in die Stadt erzählte Franz, daß er geschieden sei und eine Tochter habe. Leider lebe sie mit ihrer Mutter weit entfernt und er könne sie selten sehen. Er hatte eine Bäckerlehre gemacht, aber immer davon geträumt, Entwicklungshelfer zu werden. Nach dem plötzlichen Tod des Vaters hatte er diese Pläne begraben. Nun führte er den Familienbetrieb.

Die vier Jungs vom »Stardust Quartet« erfüllten mühelos Kates Erwartungen; zuerst spielten sie eine Reihe Barocksonaten, am Schluß swingte das Publikum zu Hits wie »Misty« und »Pink Panther«.

Franz besorgte ihr ein Programmheft, brachte ihr in der Pause Champagner, und Kate begann, ihn so sexy zu finden, daß sie kaum an etwas anderes denken konnte, als so schnell wie möglich mit ihm zu schlafen.

Aber erst mußte gegessen werden. Im Restaurant erwies sich Franz als sympathischer Gesprächspartner, von dessen Fähigkeit zuzuhören sich die meisten Männer aus Kates Vergangenheit eine Scheibe hätten abschneiden können.

Kate war in weinseliger Stimmung, als sie das Lokal verließen. Leider endete der Abend anders, als sie gehofft hatte.

»Ich muß jetzt in die Backstube«, verkündete Franz, als sie zurück im Dorf waren.

»Was? Du fängst jetzt an zu backen, mitten in der Nacht?«

Franz lachte. »Ja, klar, wann denn sonst? Die Leute wollen morgens ihre Brötchen.«

Mist, dachte Kate bei sich. Laut sagte sie: »Darf ich mitkommen? Ich war noch nie in einer Backstube.«

Franz überlegte.

»Ich stör' dich nicht«, versprach Kate.

»Na, dann komm.«

In der Bäckerei tauschte Franz seinen Anzug gegen Arbeitskleidung und eine weiße Mütze. Kate reichte er eine Schürze und ein Tuch, mit dem sie die Haare zurückbinden sollte.

In Windeseile kippte er Zutaten in verschiedene Teigmaschinen und setzte sie in Gang. Er schaltete die computergesteuerten Öfen an und prüfte eine Liste mit Bestellungen für den nächsten Tag.

Bewundernd sah Kate zu, wie er sich behende zwischen den Geräten hin und her bewegte, da eine Zutat hinzufügte, dort eine Maschine an- oder abschaltete. Seine Bewegungen waren zielgerichtet und präzise; es schien, als werde er selbst Teil des summenden kleinen Maschinenparks.

»Hilfst du mir?«

Er schob Kate zwei mit Teig belegte Bleche und eine Schüssel Aprikosen hin. Sorgfältig entfernte Kate die Kerne und legte die Aprikosenhälften auf den Teig.

»Sehr begabt«, lobte Franz und zwinkerte ihr zu.

Als sie fertig war, gähnte Kate.

»Ich glaube, ich muß ins Bett«, stellte sie mit einem Blick auf die Uhr fest. Es war fast drei.

»Ich würde gerne mitkommen«, sagte Franz bedauernd.

»Das will ich hoffen«, sagte Kate und küßte ihn zum Abschied auf die mehlbestäubten Lippen.

Am nächsten Morgen, als sie schlaftrunken zum Briefkasten torkelte, um die Zeitung zu holen, stand eine Tüte vor der Tür. Neugierig sah sie hinein. Drei aus Brezenteig geformte Herzen, noch warm und knusprig, verströmten einen köstlichen Duft.

Bei Malise tat sich Geheimnisvolles.

Kate beobachtete, wie an zwei Abenden hintereinander junge Männer ihr Haus betraten und erst spät in der Nacht wieder gingen. Normalerweise waren die Vorhänge fast immer offen; diese beiden Zusammenkünfte spielten sich jedoch hinter geschlossenen Gardinen ab.

Es handelte sich um Vorbereitungen für den geplanten Vergeltungsschlag gegen Mattuschek, soviel erfuhr Kate von Rita und Inge. Mehr wußten aber auch die beiden nicht.

Rita hatte sowieso andere Sorgen; sie befand sich mal wieder mitten in einer heftigen Krise mit Alex. In einer seiner Manteltaschen hatte sie eine Hotelrechnung für ein Doppelzimmer gefunden, und seine Erklärung dafür war alles andere als befriedigend gewesen. Sie kochte vor Wut.

Dann kam der Marschbefehl von Malise.

»Morgen abend, zehn Uhr, bei mir«, sagte sie am Telefon.

»Was hast du vor?« wollte Kate wissen.

»Laß dich überraschen«, antwortete Malise. »Ich garantiere dir, du wirst deinen Spaß haben!«

Kate sah vor sich, wie sie diabolisch grinste.

Plötzlich war Kate gar nicht mehr wohl in ihrer Haut. Natürlich wünschte sie, Mattuschek würde eine Abreibung kriegen. Aber sie war alles andere als erpicht darauf, sich weiteren Ärger aufzuhalsen. Bei Malise wußte man nie, was sie aushecken würde, und es war nahezu unmöglich, sich ihr zu widersetzen. In ihrer Haltung war etwas Unerbittliches, und in ihren Augen blitzte eine Entschlossenheit, die jeglichen Widerspruch im Keim erstickte.

Zum vereinbarten Zeitpunkt traf Kate auf die anderen Frauen. Malise redete gerade leise, aber intensiv auf Rita ein. Die schüttelte abwehrend den Kopf. Malise verstärkte ihre Bemühungen. Plötzlich leuchteten Ritas Augen auf.

»Okay«, willigte sie ein, »ich mach's.«

»Hast du's wirklich verstanden?« vergewisserte sich Malise.

Rita nickte und verschwand.

Malise wandte sich Kate zu. »Können wir dein Auto nehmen? Bei meinem ist der Anlasser kaputt – muß ich erst wieder richten.«

»So was kannst du?« Kate war beeindruckt.

»Wenn ich das nicht könnte, würde ich längst als Skelett in der Sahara liegen«, gab Malise zurück.

Zu dritt stiegen sie in Kates alten Ford.

»Wohin soll ich fahren?« wollte Kate wissen.

»Zum Hochsitz«, sagte Malise ohne weitere Erklärungen.

»Und Rita?«

»Sorgt dafür, daß unser Freund in die richtigen Hände kommt.«

Kate hätte gerne weitergefragt, aber es war offensichtlich, daß sie nicht mehr aus Malise herauskriegen würde. Inge saß schweigend auf dem Rücksitz, sie schien mit ihren Gedanken weit weg zu sein.

»Kann ich die Kiste für ein paar Tage ausleihen?« fragte Malise, und Kate willigte ein. Sie brauchte den Wagen nur, um in die Stadt zu fahren, und das hatte sie derzeit nicht vor.

Sie parkten am Waldrand und gingen die letzten hundert Meter zu Fuß. Der Hochsitz befand sich auf dem Weg zum Waldweiher, am Rand einer großen Wiese, die still und vom Mond hell beschienen dalag.

Kate kletterte hinter Inge und Malise die roh gezimmerten Sprossen hinauf. In einer Höhe von ungefähr zweieinhalb Metern, gut versteckt zwischen den Ästen zweier Bäume, befand sich eine geräumige Fläche, auf der sie bequem Platz hatten.

Malise förderte aus den Tiefen ihrer Gewänder einen Flachmann hervor und ließ ihn kreisen.

»Was ist das?« keuchte Kate, nachdem sie einen kräftigen Schluck genommen hatte. Das Zeug brannte in ihrer Kehle.

»Passend zum Thema des heutigen Abends: Willi.« Malise grinste.

»Willi?«

»Williamsbirne«, erklärte Inge ungeduldig und nahm ihr die Flasche ab.

»Pssst«, machte Malise und legte den Finger an den Mund. Die drei lauschten. Aus der Ferne waren

Der neue Nachbar Willi Mattuschek (Axel Milberg) wird der frisch geschiedenen Kate (Lisa Martinek) zusehends unheimlicher.

Kate macht beim Joggen eine grauenvolle Entdeckung.

Mit dem eingeschworenen Frauentrio muß Kate erst warm werden. V.l.n.r.: Inge (Barbara-Magdalena Ahren), Malise (Andrea Sawatzki) und Rita (Eva Hassmann).

Die drei neuen Freundinnen lauschen gebannt Kates Erzählungen: v.l.n.r.: Rita (Eva Hassmann), Inge (Barabara-Magdalena Ahren) und Malise (Andrea Sawatzki).

Oben: »Die schöne Sprinterin« zeigt Kommissar Lander (Stephan Kampwirth) ihre abgebrannte Werkstatt.
Unten: Welche Rolle spielt Mattuschek in dieser Geschichte?

Männerstimmen und das Gebell von Hunden zu vernehmen.

»Ihm passiert aber nicht wirklich was?« fragte Kate plötzlich ängstlich.

Malises Blick ließ sie sofort verstummen.

Die Stimmen und das Gebell kamen näher. Eine Gruppe vermummter Gestalten, mit schweren Knüppeln bewaffnet, brach aus dem Wald. Vorneweg lief ein Mann, der als einziger unmaskiert war. Er versuchte verzweifelt, mit den Händen Kopf und Gesicht zu schützen. Zwei wütend bellende Schäferhunde flankierten die Gruppe; sie liefen vor und zurück und machten Anstalten, den Verfolgten anzufallen.

Malise war aufgesprungen, hielt sich mit den Händen an der Umrandung des Hochsitzes fest und verfolgte das Geschehen. Ihr Körper verriet höchste Anspannung, ihre Augen waren weit aufgerissen, ihre schwarzen Locken schlängelten sich wie kleine Nattern über den Rücken. Auf Kates Stirn bildeten sich kleine Schweißperlen. Ihre Handinnenflächen wurden feucht.

Inge saß seelenruhig auf ihrem Holzbrett und leerte den Flachmann. »Macht ihn fertig, den Mistkerl«, murmelte sie und sah mit leerem Gesichtsausdruck vor sich hin.

Die Männer waren noch ungefähr dreißig Meter entfernt, kamen aber direkt auf den Hochstand zu. Sie prügelten abwechselnd auf den Flüchtenden ein, stießen ihn zwischen sich hin und her, stellten ihm ein Bein, daß er stürzte, und rissen ihn wieder hoch, damit er weiterlief. Dazu stießen sie heftige Beschimpfungen aus.

In Kate stieg eine Erinnerung auf.

Nellis hatte ihr mal von einem »Haberfeldtreiben« erzählt. Das war eines der Rituale, mit dem früher unliebsame Dorfbewohner abgestraft wurden. Sie hatte keine Ahnung gehabt, daß es diesen Brauch noch gab.

Kate stellte sich vor, wie Mattuschek sich jetzt fühlte, und eine ekligsüße Schadenfreude kroch in ihr hoch. Ja, es geschieht ihm recht, dachte sie. Ich hoffe, sie machen ihn fertig!

Sie erschrak über sich selbst.

In diesem Moment ertönte ein wütender Schrei. Malise stand mit geballten Fäusten da und starrte nach unten, wo die Männer schwer atmend zum Stehen gekommen waren.

»Was ist das, verdammte Scheiße?«

Kate kniff die Augen zusammen. Was war los?

Da erklang Ritas Stimme.

»Das hast du davon, du mieser, kleiner Ehebrecher! Überleg's dir gut, bevor du dein Ding noch mal in eine andere steckst. Das nächste Mal hacke ich es dir ab!«

Kate und Malise fuhren herum, Inge glotzte verständnislos auf Rita, die plötzlich aus der Dunkelheit aufgetaucht war. Rasch nahm sie die letzten Sprossen und stand nun ebenfalls auf der Plattform des Hochsitzes.

Malise packte sie und schrie: »Was soll das, spinnst du?«

Zufrieden grinsend sah Rita auf den Mann herab, der wimmernd, mit zerrissenen Klamotten, Schrammen im Gesicht und Blutergüssen am ganzen Körper, auf dem Boden kniete und flehend zu seinen Peinigern aufsah. Es war Alex.

Malise stieß ein wütendes Knurren aus und stieß Rita von sich weg. Die torkelte gegen die Brüstung und wäre um ein Haar abgestürzt. Erschrokken kauerte sie sich neben Inge, die ihr tröstend über den Kopf strich.

»Dem hat es auch nicht geschadet«, sagte sie leise.

Von unten meldete sich einer der Männer.

»Was soll das jetzt heißen – hammer den Falschen derwischt oder was?«

»Ihr könnt nichts dafür. Schleichts euch!« befahl Malise.

Murrend trollten sich die Männer und verschwanden einer nach dem anderen in der Dunkelheit.

Die Frauen stiegen vom Hochsitz. Niemand sagte ein Wort. Unten warf Malise einen verächtlichen Blick auf Alex.

Im Auto brach Kate schließlich das Schweigen.

»Was ist eigentlich passiert, Malise?«

»Das kann ich dir sagen«, schnaubte Malise. »Heute abend war Handballtraining. Danach sollte Rita den Haberern zeigen, wen sie sich schnappen sollen. Und die blöde Kuh hat ihnen nicht Mattuschek gezeigt, sondern Alex!«

Gegen ihren Willen mußte Kate grinsen. Rita war doch gerissener, als sie gedacht hatte. Trotzdem ärgerte sie sich, daß Mattuschek auf diese Weise verschont geblieben war.

Wenige Tage nach dem mißglückten Haberfeldtreiben tauchte Mattuschek mit einem Gipsarm auf und schritt mit der Miene eines verletzten Kriegshelden den Gartenweg auf und ab, bis er Kate entdeckte.

»Das wird ein Nachspiel haben!« brüllte er und hob anklagend seinen bandagierten Arm.

Kate begriff nicht, was er meinte.

Malise erzählte ihr schließlich, wie sie Mattuschek auf einem einsamen Waldweg begegnet war; er auf dem Fahrrad, sie im Auto.

»Ganz allein, keine Zeugen, verstehst du? Ein kleiner Ruck am Lenkrad, und zack, schon lag er im Graben!«

Kate lachte.

»Aber warum beschuldigt er mich?« wollte sie wissen.

»Na, ich hatte doch dein Auto!«

Endlich begriff Kate.

»O Mann, mußte das wirklich sein?« sagte sie ärgerlich. »Als hätte ich nicht schon genug Ärger mit dem Kerl!«

Ihre Nachbarin musterte sie unbeeindruckt. »Stell dich nicht an. Er hat keinerlei Beweise. Wenn er dich anzeigt, steht Aussage gegen Aussage. Jeder Richter nimmt dir ab, daß es wieder eine seiner Schikanen ist.«

Kate fragte sich, was sie von Malise halten sollte. Sie war so unberechenbar. Im einen Moment liebevoll und zugänglich, im nächsten kalt und abweisend. Man wußte nie, was sie als nächstes tun würde. So faszinierend sie war, man konnte ihr nicht trauen.

Als spürte Malise, was in Kate vorging, legte sie den Arm um sie.

»Du Dumme«, flüsterte sie mit beschwörender Stimme, »ich hab' das doch für dich getan!«

Plötzlich küßte sie Kate auf den Hals. Es verursachte ein angenehmes Prickeln, wie Kate überrascht feststellte.

Nach ihrer Scheidung fand sich Kate also erneut in einem Gerichtssaal wieder. Diesmal im Amtsgericht, und die Angelegenheit, die verhandelt wurde, hieß nicht »Allgöwer gegen Allgöwer«, sondern »Mattuschek gegen Moor«.

Kate saß blaß und angespannt auf ihrem Platz, neben ihr Olga, die gelegentlich beruhigend das Bein gegen ihres preßte.

Gegenüber, nur wenige Meter entfernt, hockte Mattuschek, ebenfalls in Begleitung seines Anwaltes, eines dicklichen, schwitzenden Glatzkopfes, der geschäftig in seinen Papieren kramte.

Mattuschek, der seinen Arm immer noch bandagiert hatte, wich ihrem Blick aus. So konnte Kate in aller Ruhe sein Gesicht studieren und sich fragen, wie es passieren konnte, daß dieser Mann sich von ihrem glühenden Verehrer zu ihrem schlimmsten Feind gewandelt hatte.

Es erschien ihr so sinnlos. Eine Sekunde überlegte sie, ob sie zu ihm gehen, ihm die Hand reichen und sagen sollte: »Kommen Sie, Willi, vertragen wir uns. Ist es nicht eine Schande, unsere wertvolle Lebenszeit mit diesen kleinlichen Streitereien zu vergeuden?«

Aber sie brachte es nicht fertig. Sie hatte Angst, zurückgewiesen zu werden. Angst, sich vor allen hier im Gerichtssaal lächerlich zu machen. Und in Wahrheit wollte sie sich auch nicht versöhnen. Sie wollte siegen.

Vor ein paar Tagen erst hatte sie gespürt, wie der Haß, den er in sich trug, auf sie übergegriffen hatte.

Samuel fliegt ihr an den Hals, seine Stimme ist flehend, die Augen voll tiefblauer Tränen.

»Bitte, Mam, du mußt dich wieder mit Willi vertragen, sonst läßt er mich nicht im Festkomitee mitmachen!«

Kate erstarrt. Jetzt benutzt er also Samuel, um Druck auszuüben. Sie fühlt sich hilflos, wütend.

»Weißt du überhaupt, warum er und ich streiten?«

Samuel verneint. Kate schildert ihm Mattuscheks Versuche, ihr die Existenzgrundlage zu entziehen.

»Wovon sollen wir leben, wenn ich meinen Beruf nicht mehr ausüben kann?« fragt sie.

Samuel sieht sie nur finster an. »Dann geh halt richtig arbeiten, wie andere Leute auch«, gibt er ungerührt zurück.

Die Empörung schnürt ihr den Hals zu. »Richtig arbeiten? Was meinst du mit ›richtig‹ arbeiten?«

»Na, in einem Büro oder einer Firma. Deine doofen Flöten sind doch überhaupt kein richtiger Beruf!«

Er rennt aus dem Zimmer, knallt die Tür hinter sich zu.

Die Erinnerung an diese Szene ließ Kates Blutdruck in die Höhe schnellen. *Tak-tarak, tak-tarak*, klopfte ihr Herz, und sie fühlte, wie leichter Schwindel sie ergriff. Nein, sie würde diesem Dreckskerl nicht die Hand reichen. Sie würde um ihr Recht kämpfen. Zum Glück hatte sie Olga.

Der Richter verlas allerhand Belehrungen, die von juristischen Fachausdrücken strotzten. Wie immer, wenn sie etwas nicht verstand, schaltete Kate ab. Sie hatte einen fast unüberwindlichen Widerwillen dagegen, sich mit solchen Dingen zu befassen. Verträge, Gebrauchsanweisungen, amtliche Formulare, Steuererklärungen – all das löste eine lähmende Langeweile in ihr aus. Mit aller Kraft mußte sie sich zwingen, dem Fortgang der Verhandlung zu folgen.

Mattuschek war wutentbrannt aufgesprungen und redete auf den Richter ein. Er behauptete, Kate habe ihn böswillig getäuscht, weil sie sich mit »Allgöwer« vorgestellt habe, dabei heiße sie »Moor«, das wisse doch jedes Kind, schließlich sei sie eine prominente Sportlerin, aber das gebe ihr noch lange nicht das Recht, ihn zu schikanieren, er sei nur ein ganz normaler Bürger, der um sein Recht kämpfe, sie bilde sich wohl ein, einen Promi-Bonus zu haben, vermutlich stecke sie sowieso mit den Behörden unter einer Decke, das sei doch typisch, daß solche Leute bevorzugt würden, und überhaupt könne er gar nicht verstehen, warum man sich die Mühe eines Gerichtsverfahrens mache, der Schuppen gehöre abgerissen, aus, fertig, und der unerträgliche Lärm müsse sofort aufhören, sonst …

Der Richter hörte belustigt eine Weile zu, dann hieb er mit der Faust auf den Tisch.

»Ruhe jetzt! Noch ein Wort, und ich belange Sie wegen Mißachtung des Gerichts!«

Mattuschek hörte so plötzlich auf zu reden, als hätte man ein Radio abgestellt. Fast hätte Kate eine bissige Bemerkung gemacht, aber dann fiel ihr ein, was Olga ihr vor der Verhandlung eingeschärft hatte: »Du hältst die Klappe, verstanden? Du redest nur und ausschließlich, wenn der Richter dich fragt.«

Und das tat der Richter nun. Er erkundigte sich nach Kates Namen und Adresse, nach ihrem Beruf und ihren Einkommensquellen, und obwohl ihr das ziemlich unsinnig erschien, weil ihm alle diese Angaben sicher vorlagen, beantwortete sie folgsam seine Fragen.

»Sie geben also Flötenunterricht?« fragte er.

Kate nickte.

»Sind Sie denn ausgebildete Flötenlehrerin?«

Sie verneinte.

»Haben Sie ein Gewerbe angemeldet?«

Kate sah hilfesuchend zu Olga. Was wollte der Richter hören? Sie überlegte kurz, dann sagte sie wahrheitsgemäß: »Nein, habe ich nicht.«

Der Kopf des Richters schoß nach vorne, und er sagte schnell: »Wir können also davon ausgehen, daß Sie Ihre Einkünfte aus diesem sogenannten Flötenunterricht nicht versteuern, stimmt's, oder habe ich recht?«

»Einspruch!« ertönte Olgas Stimme. »Hier geht es nicht um Fragen der Steuermoral, sondern um eine Anzeige wegen Lärmbelästigung. Ob und wie meine Mandantin ihre Einkünfte versteuert, ist nicht Gegenstand dieses Verfahrens!«

»Sehr richtig, meine Liebe«, sagte der Richter und lächelte maliziös. »Aber es geht doch darum, herauszufinden, ob Ihre Mandantin den beanstandeten Lärm rechtmäßig vollführt und wie lange sie dazu noch Gelegenheit haben wird. Sie können es sich aussuchen. Entweder, ich untersage Ihrer Mandantin den Flötenunterricht hier und jetzt, oder der Antragsteller wird die Gelegenheit nutzen, die Dame wegen unerlaubter Ausübung eines Gewerbes und Steuerhinterziehung ein weiteres Mal vor Gericht zu bringen.«

Olga sprang wutentbrannt auf.

»Ich bitte um eine kurze Unterbrechung für eine Beratung mit meiner Mandantin!«

»Stattgegeben«, sagte der Richter und lächelte.

Olga zog Kate, die nur halb verstanden hatte, was gerade vor sich gegangen war, hinaus auf den Flur. Kate begegnete dem triumphierenden Blick von Matuschek und spürte das Verlangen, ihm ins Gesicht zu spucken.

Draußen tobte Olga den Flur auf und ab.

»Ich verstehe den Kerl nicht – warum tut er so was? Er ist total parteiisch!«

»Vielleicht spielt sein Nachbar Trompete, und er haßt alle Musiker«, überlegte Kate.

»Ach, Quatsch! Wahrscheinlich hat er nur Blähungen, oder seine Alte hat ihn heute nacht nicht rangelassen.«

»Und was machen wir jetzt?« fragte Kate, deren Ratlosigkeit ebenso groß war wie ihr Vertrauen in Olga.

»Du hast gehört, was er dir angeboten hat. Sofortiges Unterrichtsverbot oder gleich die nächste Anzeige. Welche Möglichkeit wählst du?«

Kate sah Olga groß an. Sollte das heißen, ihre Freundin konnte ihr gar nicht helfen? Sie war diesem Scheusal Mattuschek und der Willkür irgendeines Richters ausgeliefert?

Wieder kam der Schwindel. Kate griff nach einem Fensterbrett, um sich festzuhalten. Sie verfehlte es um Millimeter.

»Was ist mit dir?« hörte sie Olgas erschrockene Stimme, dann versank alles in einem milchigen Nebel.

»Die Sitzung wird vertagt«, hörte Kate, als sie das Bewußtsein wiedererlangte. Sie spürte einen Luftzug, als der Richter an ihr vorbeiging.

»Gute Besserung«, sagte er, aber in ihren Ohren klang es wie: »Scheren Sie sich zur Hölle.«

Sie lag quer über drei Stühlen im Gerichtssaal, Olga fächelte ihr Luft zu.

»Da sehen Sie, was Sie angerichtet haben!« fauchte sie Mattuschek an, der ebenfalls im Begriff war, zu gehen.

Der hob nur vielsagend seinen bandagierten Arm.

»Wir wollen doch sachlich bleiben, Frau Kollegin«, säuselte der gegnerische Anwalt und packte seine Papiere in eine häßliche Tasche aus gelbbraunem Leder.

»Bis zum nächsten Mal«, verabschiedete er sich.

Kate richtete sich auf.

»Muß ich eigentlich jedesmal dabeisein?« fragte sie stöhnend.

Olga sah sie überrascht an. »Nein, im Grunde nicht. Du müßtest mir allerdings gewisse Entscheidungen überlassen.«

»Alles«, sagte Kate, »ich überlasse dir alles. Ich will nur nicht mit diesem Ekel in einem Raum sitzen.«

Olga lachte. »Kann ich dir gut nachfühlen. Und wenn du sowieso jedesmal umfällst, wenn's ernst wirst, bleibst du vielleicht wirklich besser zu Hause.«

»Was willst du als nächstes machen?« fragte Kate.

»Dieses Arschloch von einem Richter wegen Befangenheit drankriegen«, verkündete Olga finster.

ELF

Franz saß im Apfelbaum und sägte mit einer Motorsäge Ast für Ast ab. Kate sah mit Tränen in den Augen zu. Samuel stand ein wenig abseits, hielt Bobitt an sich gedrückt und warf mißtrauische Blicke auf Franz.

Der Baum war eingegangen. Über Wochen hatte sich sein Sterben hingezogen; fast täglich hatte Kate einen weiteren morschen Zweig entdeckt. Schließlich hatte sie ein Schreiben von der Gemeinde erhalten, in dem sie aufgefordert wurde, den Baum zu fällen, da er im Fall eines Unwetters umstürzen und Schaden anrichten könne.

Kate hatte sich gefragt, wie die Gemeinde so schnell Kenntnis von einem abgestorbenen Baum hatte bekommen können. Ein Blick auf die Nachbarterrasse, wo Willi und Gudrun mit zufriedenen Gesichtern saßen und zusahen, erklärte alles.

Franz hatte nun die Äste entfernt und zersägte stückweise den Stamm. Kate schluckte. Sie hatte das Gefühl, einer Hinrichtung beizuwohnen. Diesen Baum hatte sie besonders geliebt.

Plötzlich ertönte ein kreischendes Geräusch. Es

schmerzte regelrecht in den Ohren. Gleich darauf verstummte der Motor.

»Mist«, fluchte Franz und warf die Säge ins Gras.

»Was ist los?« fragte Kate.

Franz blickte auf das Stück des Stammes, das er gerade abgetrennt hatte.

»Komm her und schau dir das an«, sagte er aufgeregt.

Kate lief schnell zu ihm. Samuel ließ Bobitt laufen und kam ebenfalls näher.

Zu dritt standen sie um den Haufen aus abgesägten Holzstücken, die wie die Knochen eines Urtieres im Gras herumlagen.

»Hier.« Franz deutete auf einige kleine dunkle Löcher. Kate ließ sich auf die Knie nieder, um besser sehen zu können. Mit dem Finger strich sie vorsichtig über die Stellen. Ihre Augen weiteten sich.

»Das sind Nägel«, flüsterte sie und sah Franz überrascht an.

»Genau«, sagte er, »schöne, lange Kupfernägel, die jemand so tief ins Holz getrieben hat, daß man sie von außen kaum mehr sehen konnte. Die haben den Baum kaputtgemacht.«

Kate hob den Kopf und begegnete Mattuscheks Blick, der, wie ihr schien, voller Schadenfreude war.

»Dieses Schwein!« murmelte sie und schaute schnell weg.

Franz, der ihrem Blick gefolgt war, sah sie überrascht an.

»Du glaubst ...«

Kate nickte. »Ich bin mir sogar sicher.«

Jetzt rief Samuel: »Nein, das ist nicht wahr, so was würde Willi nie tun! Stimmt's, Willi?«

Er lief zur Hecke und warf hilfesuchende Blicke hinüber.

Die beiden Nachbarn, denen die Situation offensichtlich unangenehm wurde, erhoben sich gleichzeitig. Im Weggehen sagte Mattuschek kalt: »Deine Mutter sollte aufpassen mit solchen Verdächtigungen, sonst kriegt sie noch eine Anzeige.«

Er verschwand im Haus, dicht gefolgt von Gudrun, die die Terrassentür gar nicht schnell genug zuschlagen konnte.

Samuel lief weg. Kate rief ihm nach, bekam aber keine Antwort.

»Sympathischer Zeitgenosse«, meinte Franz kopfschüttelnd und legte den Arm um Kate.

Im Gras sitzend, an ihn geschmiegt, erzählte Kate von all den Schikanen, mit denen der Nachbar ihr das Leben schwermachte.

Sie hat eine neue Flötenschülerin. Eva ist ein schüchternes Ding, das seit Beginn der Stunde noch keine drei Worte gesagt hat. Obwohl sie zum ersten Mal in ihrem Leben eine Flöte in der Hand hält, schafft sie es sofort, fehlerlos eine Tonleiter zu spielen. Kate lobt sie und freut sich über das musikalische Mädchen.

Plötzlich fliegt die Tür auf, und Mattuschek steht schnaubend im Raum. »Aufhören«, brüllt er, »sonst rufe ich die Polizei!«

»Damit können Sie mich nicht einschüchtern!« brüllt Kate zurück. »Raus hier, sonst rufe ich *die Polizei!«*

Evas Augen weiten sich, ihre Mundwinkel fangen an zu zittern. Kate nimmt sich ihr zuliebe zusammen.

»Wie Sie wissen, Herr Mattuschek«, sagt sie mit beherrschter Stimme, »ist das hier mein Beruf. Noch haben Sie es nicht geschafft, mir die Ausübung verbieten zu lassen!«

»Das interessiert mich nicht! Dieser gräßliche Lärm hört sofort auf, sonst ...«

Die Augen treten ihm aus dem Kopf vor Wut, und Kate bekommt plötzlich Angst, er könnte zuschlagen.

Eva laufen die Tränen übers Gesicht.

Beruhigend streicht Kate ihr übers Haar und flüstert: »Hör nicht hin, der spinnt!«

»Ich werde Sie schon kleinkriegen, Sie Hochstaplerin, darauf können Sie sich verlassen!« brüllt Mattuschek und läßt die Tür krachend hinter sich ins Schloß fallen.

Eva schluchzt jetzt haltlos und sagt mit vibrierender Stimme ihren ersten vollständigen Satz: »Ii...ich will na...aach Hause.«

Kurz darauf erhält Kate einen Anruf von Evas erboster Mutter, die ihr mitteilt, daß ihre Tochter an diesem Tag zum ersten und letzten Mal beim Flötenunterricht gewesen sei.

»Verstehst du jetzt, warum ich mich aufrege?« fragte Kate.

Franz, der halb empört, halb belustigt ihrer Erzählung gelauscht hatte, sagte: »Ach, komm, so einen darf man doch nicht ernst nehmen.«

»Du hast Nerven! Der versucht, meine Existenz zu ruinieren!«

Empört rückte Kate ein Stück von ihm ab. Franz rückte nach.

»Glaub mir, das beste ist, du läßt einen Anwalt den juristischen Teil regeln, und ansonsten ignorierst du den Kerl.«

»Aber er hat den Baum kaputtgemacht! Wie soll ich das ignorieren?« fragte Kate verzweifelt.

Sie ließ ihre Blicke durch den Garten schweifen. Mit Bedauern betrachtete sie die vielen unreifen Äpfel, die an den Zweigen des getöteten Baumes hingen. Sie hatten das Wachstum irgendwann eingestellt, waren verkümmert, bevor sie ganz entwickelt gewesen waren. Dabei wäre es eine phantastische Ernte geworden, mindestens zweihundert Kilo, schätzte Kate.

Samuel fiel ihr ein. Wo er wohl hingelaufen war? Wahrscheinlich hatte er sich wieder in seiner Höhle unterm Schuppendach verkrochen.

Noch nie hatte zwischen ihnen eine so feindselige Stimmung geherrscht, und Kate ertrug diesen Zustand kaum. Wie schön wäre es, jemanden zu haben, der die Verantwortung für den Jungen mit ihr teilen würde. Nachdenklich betrachtete sie Franz, der mit einem Stöckchen den Kater foppte.

Ritas Vergeltungsschlag gegen ihren untreuen Mann zeigte eine erstaunliche Wirkung: Alex war wie ausgewechselt. Er machte keine Überstunden mehr, brachte seiner Frau fast täglich Blumen oder Geschenke – kurz, er verhielt sich wie der perfekte Ehemann. Rita, die nach der denkwürdigen Nacht überzeugt gewesen war, er würde sie nun verlassen, blühte auf.

»Es war genau das, was er gebraucht hat«, stellte sie immer wieder verblüfft fest. »Wenn ich das geahnt hätte, hätte ich ihm schon früher einen Schlägertrupp auf den Hals gehetzt.«

»Männer sind wie Kinder, man muß ihnen hin und wieder ihre Grenzen zeigen«, stellte Inge fest.

»Woher weißt du das, du hattest doch nie Kinder«, wunderte sich Kate.

Inge grinste. »Aber Männer.«

Auf jeden Fall hatte diese Strafaktion mehr Wirkung bei Alex gezeigt als das ewige Gejammer und Genörgel seiner Frau. Plötzlich schien er wieder Respekt vor ihr bekommen zu haben.

Malise dagegen blieb unversöhnlich.

»Du bist und bleibst eine Schlampe«, hatte sie gefaucht, als Rita einen Versöhnungsversuch unternommen hatte.

»Und du hältst dich für den Mittelpunkt der Welt!« hatte Rita zurückgegiftet. »Wenn nicht alles nach deiner Pfeife tanzt, flippst du aus.«

Seither hatten die beiden nicht mehr miteinander gesprochen.

Auch mit Fabian, ihrem Schreiner fürs Bett, lag Malise im Clinch. Kate wurde Zeugin eines erbitterten Streits, in dessen Verlauf Malise ihn vor die Tür setzte. Irgendeine »blonde Wumme« hatte sich zwischen die beiden gedrängt.

Kate beobachtete staunend, wie Malise sich heulend aufs Sofa warf: eine ziemlich untypische Reaktion für sie, die normalerweise nicht mehr Energie in eine Beziehung investierte, als nötig war, um einen Kasten Bier aus dem Keller zu holen.

Wer in den nächsten Tagen leichtsinnig genug war, sie anzusprechen, kassierte eine wütende Abfuhr. Malise war außerstande, ihre Gefühle für sich zu behalten. Kate beneidete sie um ihr ungezügeltes Temperament. Wie befreiend mußte es sein, wenn man ohne Rücksicht auf Verluste seine Emotionen ausleben konnte!

Wiiiiuwiiiiuwiiiiu! Die Sirene riß Kate einige Nächte später aus dem Tiefschlaf. Sie sprang mit beiden Beinen gleichzeitig aus dem Bett und raste in Samuels Zimmer.

»Sammy, Schätzchen, bist du okay?«

Sie schaltete die Deckenlampe ein, die den Raum schlagartig in helles Licht tauchte.

Samuel hob den Kopf und blinzelte sie schlaftrunken an.

»Was'n los, Mam, warum weckst du mich?«

Die Sirene erklang erneut.

»Brennt es?« Samuel rieb sich die Augen und gähnte.

»Ja, das muß Feueralarm sein. Riechst du was?« Kate schnupperte ängstlich.

»Nee, überhaupt nichts.«

Kate öffnete das Fenster und schlug die Läden zurück, aber sie konnte nichts entdecken.

Da und dort gingen ebenfalls Lichter an und Fenster auf; besorgte Gesichter erschienen und verschwanden wieder.

»Vielleicht auf der anderen Seite?«

Samuel, jetzt endgültig wach, verließ sein Bett und lief ins Badezimmer. Kate folgte ihm.

Auch auf dieser Seite konnte man nicht die geringste Spur eines Feuers sehen. Statt dessen entdeckten Kate und Samuel zu ihrer Verblüffung Malise, die in einem Liegestuhl lag, eine Flasche in der Hand und einen Zigarillo im Mund. Sie schleuderte Dartpfeile auf ihren Geräteschuppen und grölte: »Übermorgen koch ich, morgen back ich, heute nacht hau ich die Sau aus dem Bett!«

Kate und Samuel sahen sich an.

»Geh wieder schlafen«, befahl Kate ungewöhnlich streng.

Samuel, der das merkwürdige Schauspiel gerne noch länger beobachtet hätte, folgte widerwillig.

Als er in seinem Zimmer war, beugte sich Kate aus dem Fenster.

»Sssst«, machte sie.

Malise reagierte nicht. Erst als Kate mehrmals ihren Namen rief, hörte sie auf zu singen und hob den Kopf.

»Hier bin ich!« rief Kate und winkte.

»Komm runter, trink einen Schluck mit mir«, rief Malise in einer Lautstärke, die Tote zum Leben erweckt hätte.

Kate hatte das Gefühl, Malise könnte Hilfe gebrauchen. Schnell lief sie runter in den Garten. Dort nahm sie die Abkürzung durch das Loch in der Hecke, wo Simon und Samuel immer durchkletterten.

Als sie am Geräteschuppen vorbeikam, bemerkte sie erschrocken, daß dort ein T-Shirt hing, in dem sie Fabian kürzlich gesehen hatte. Es war von Pfeilen durchbohrt.

»Du bist ja völlig betrunken«, stellte Kate fest, als sie ihre Nachbarin aus der Nähe sah.

»Na, und? Was geht dich das an?« gab Malise zurück, und es klang nur deshalb nicht so unfreundlich, wie es gemeint war, weil ihre Sprechweise durch den fortgeschrittenen Grad ihrer Alkoholisierung ziemlich verwaschen war.

Kate nahm keine Notiz davon.

»Also, welche Sau willst du aus dem Bett hauen?« fragte sie. Bestimmt hatte Malise irgendeine Dummheit vor, die sie vielleicht noch verhindern könnte.

Die Sirene hatte endlich aufgehört.

»Wiiiuuuwiiiuuwiiiuuu!« imitierte Malise den Klang und lachte ein heiseres, kehliges Lachen.

Kate schüttelte den Kopf.

»Willst du wissen, was das für ein Alarm war?« fragte Malise mit blitzenden Augen.

Plötzlich wirkte sie ganz nüchtern.

»Feueralarm natürlich«, sagte Kate. »Hoffentlich ist nichts Schlimmes passiert!«

»Ich kann dir sagen, was passiert ist: Der geile kleine Fabian, seines Zeichens Mitglied der freiwilligen Feuerwehr, mußte gerade blitzartig seinen Arsch aus dem Bett seiner neuen Freundin erheben, um sich zum Feuerwehrhaus zu begeben. Dort hat sich dann leider herausgestellt, daß es sich um einen Fehlalarm handelt!« Sie rieb sich schadenfroh die Hände. »Echt Scheiße, so ein Interruptus! Ich hoffe, er mußte ihn rausziehen, bevor er gekommen ist!«

»Und woher weißt du das alles?« fragte Kate.

»Woher ich das weiß?« Malise lachte. »Hexen verraten nie ihre Geheimnisse.«

In diesem Moment kam Simon durchs Gartentor. Grinsend ergänzte sie: »Manchmal haben sie aber einen Komplizen!«

Sie stand auf, fuhr ihrem Sohn liebevoll mit der Hand durch die Haare und verschwand Arm in Arm mit ihm im Haus.

Eines Tages war Bobitt weg. Er war von einem seiner Streifzüge nicht zurückgekehrt, und obwohl Kate und Samuel das Haus und den Garten bis in die hintersten Winkel durchsuchten, blieb er verschwunden.

Samuel versank in tiefe Traurigkeit. Er sprach nicht, wollte nicht mehr essen und vergrub sich tagelang in seinem Versteck.

Kate hängte im ganzen Dorf Zettel auf und suchte sämtliche Straßenränder ab; vielleicht hatte jemand die Katze überfahren und ins Gebüsch geworfen? Sie wünschte fast, sie würde das tote Tier finden, dann hätte sie wenigstens Gewißheit. So blieb nur ein bohrender Verdacht.

Bobitt hatte eine besondere Vorliebe für Mattuscheks Balkonbrüstung gehegt; mehrfach hatte Kate besorgt beobachtet, wie der kleine Kater es sich dort gemütlich gemacht hatte. Auch am Tag seines Verschwindens hatte sie ihn dort gesehen.

In quälenden Bildern stellte sie sich nun vor, wie Mattuschek die zutrauliche kleine Katze zu sich gelockt, in einen Müllsack gesteckt und erschlagen hatte. Sie glaubte, das verzweifelte Miauen des Tieres zu hören und das Geräusch von zerbrechenden Knochen. Vielleicht hatte er Bobitt auch vergiftet.

Wo hatte er den toten Körper hingebracht? Hatte er ihn einfach in irgendeine Abfalltonne geworfen? Oder hatte er sich die Mühe gemacht, ihn in den Wald zu bringen, wo er von den Füchsen gefressen worden war?

Kate schüttelte sich. Die Wut in ihr wurde immer heftiger; sie erschrak über sich selbst. Hatte sie jemals in ihrem Leben solche Haßgefühle empfunden? Sie konnte sich nicht erinnern. Nicht einmal Bernds schnöder Beschiß hatte derartige Rachegelüste in ihr ausgelöst.

Sie überlegte, ob sie Mattuschek anzeigen sollte. Für Tierquälerei gab es hohe Geldstrafen. Aber dafür brauchte sie Beweise.

»Wenn du willst, helfe ich dir«, bot Rita an, die um Kate herumschlich wie ein herrenloser Hund.

Der Streit zwischen ihr und Malise hatte den Zusammenhalt der Frauen nachhaltig gestört. Sie trafen sich nicht mehr zu viert, auch das gemeinsame Angeln fand nicht mehr statt. Rita bemühte sich seither sehr um Kate.

»Wir müssen zu ihm rein«, stellte Rita fest. »Vielleicht finden wir Gift oder Katzenfutter. Dann hätten wir zumindest einen Hinweis.«

Kate sah sie zweifelnd an. »Und dann gehe ich zur Polizei und erkläre, daß ich bei Mattuscheks eingebrochen bin und dabei tatsächlich eine Dose Katzenfutter entdeckt habe?«

»Nein, natürlich nicht«, erwiderte Rita. »Aber dann weißt du wenigstens Bescheid und kannst überlegen, ob du es ihm heimzahlst.«

»Und wenn wir erwischt werden?«

Rita grinste. »Keine Sorge, das war schließlich mal mein Beruf. Über vierzig Brüche! Und nur zweimal erwischt worden.«

»Ist ja toll«, sagte Kate spöttisch.

Ritas Augen verengten sich. »Du meinst wohl auch, du wärst was Besseres, oder? Ich war wenigstens gut in dem, was ich gemacht habe.«

»Ist schon okay«, sagte Kate und hob beschwichtigend die Hände. »Wie sollen wir reinkommen?«

»Überlaß das mir«, befahl Rita.

Unter dem Doppelhaus von Malise und Mattuschek befand sich eine Tiefgarage. Von dort führten Eingänge zu jeder der beiden Haushälften. Rita probierte ihre kleine Schlüsselsammlung an Mattuscheks Tür aus, während Kate Schmiere stand. Es dauerte keine drei Minuten, und sie waren drin.

»Wow!« machte Kate beeindruckt.

Zuerst durchsuchten sie den Keller. In einem Raum befand sich Mattuscheks Fahrradwerkstatt, daneben der Waschkeller und schließlich ein Abstellraum.

Genau wußte Kate nicht, was sie eigentlich suchten. Sie hatte vage Vorstellungen von Käfigen, Tierknochen, Packungen voller Gift oder Vorräten an Katzenfutter. Nichts von alledem fand sich.

Rita machte ihr ein Zeichen, nach oben zu gehen. Sie bewegte sich geschmeidig und lautlos; Kate konnte sich ohne weiteres vorstellen, wie sie in ihrem früheren Leben fremde Wohnungen und Häuser ausgeräumt hatte.

Sie landeten im Erdgeschoß, nicht weit vom Gästeklo entfernt. Die Anordnung der Räume war wie bei Malise, nur spiegelverkehrt.

»Zuerst in die Küche«, flüsterte Kate.

»Wir müssen aufpassen, daß uns niemand durchs Fenster sieht«, erwiderte Rita leise.

Das Küchenfenster ging aufs Gemeinschaftsgrundstück hinaus; es war nicht sehr wahrscheinlich, daß dort jemand vorbeigehen würde, aber man wußte nie.

Die Küche war ebenso spießig eingerichtet wie das Wohnzimmer, das Kate ja kannte. Viel pflegeleichtes Resopal, häßliche Deko-Fliesen, eine Lampe aus Korbgeflecht, ein Pinnbrett aus Kork. Der Raum war penibel aufgeräumt und geputzt.

»Also, los!« befahl Rita und begann mit geübten Bewegungen, Schränke aufzureißen und Schubladen herauszuziehen.

»Bring nicht alles durcheinander«, sagte Kate besorgt, »sie sollen schließlich nichts merken.«

Sie öffnete die Tür zur Speisekammer und untersuchte systematisch die Regalbretter. Auf den oberen lagerten Speisevorräte, Konserven und ein Vorrat an Mülltüten, Alufolie, Frischhaltefolie und ähnlichen Küchenutensilien. Weiter unten fand Kate Reinigungs- und Putzmittel, Blumendünger und Brennspiritus. Zwischen den Flaschen entdeckte sie eine Pakkung mit dem Totenkopfsymbol. Gift! Kate nahm die Schachtel in die Hand. Insektenvertilgungsmittel.

»Schau mal, was ich gefunden habe!« sagte sie aufgeregt. Rita warf einen Blick darauf und winkte ab.

»Vergiß es. Das steht in jedem zweiten Haushalt.«

»Könnte man damit eine Katze umbringen?«

»Keine Ahnung. Ich glaube, Rattengift wäre sicherer. Ich fürchte, hier ist nichts. Laß uns ins Wohnzimmer gehen und dann nach oben.«

»Ich weiß nicht...« Kate zögerte. »Ich trau' mich nicht, so lange hier drin zu bleiben.«

Rita sah sie streng an. »Jetzt oder nie. Denk an das arme Tier!«

Kate schluckte. »Okay.«

In wenigen Minuten durchsuchten sie das Wohnzimmer, ebenfalls ergebnislos.

»Glaubst du nicht, er hätte alle Beweise vernichtet, wenn er es getan hätte?« fragte Kate, die den Sinn des Unternehmens allmählich anzweifelte.

»Katzen verschwinden ständig. Er muß nicht damit rechnen, daß irgend jemand sein Haus durchsucht.«

Sie gingen ins Obergeschoß.

»Wir können uns aufteilen«, schlug Rita vor. »Du gehst in die Zimmer, ich geh' unters Dach. Wenn was ist, rufst du.«

Kate nickte zustimmend und sah zu, wie Rita die schmale Treppe zum Speicher hochstieg und verschwand.

Sie öffnete kurz die Tür zum Badezimmer. Dort war nichts Ungewöhnliches zu sehen. Sie schloß die Tür wieder und wanderte weiter. Das Schlafzimmer bestand aus der kaufhausüblichen Garnitur Schrankwand, Doppelbett, Nachttische, Leselampen. In einer Ecke stand ein Paar abgeschabter Lederpantoffeln, die auf Kate genauso unsympathisch wirkten wie ihr Besitzer. Es war, als spiegele sich sein Charakter in den Schuhen; das Pedantische und Rechthaberische ebenso wie das Verklemmte und Schmierige.

Neugierig spähte Kate in die Schränke. Die Wäsche lag penibel gefaltet auf Kante; Kleider, Röcke, Anzüge und Hosen hingen akkurat wie in einem Bundeswehrspind. Ein Haufen Schmutzwäsche in einem Korb verströmte einen säuerlich-muffigen Geruch.

Hinter der nächsten Schranktür verbargen sich Ordner, Papiere und eine Reihe von Alben. Kate wurde neugierig. Sie zog eines der Fotoalben heraus und blätterte. Es waren keine Familienfotos, wie sie vermutet hatte, sondern Bilder von Prominenten. Neben jedem von ihnen stand Mattuschek und grinste triumphierend in die Kamera.

Belustigt studierte Kate die Fotos von Schauspielern, Politikern, Sportlern und Schlagersängern, die sich zum Teil geschmeichelt, zum Teil peinlich berührt neben ihrem Fan postiert hatten.

Er war also einer dieser Kerle, die ihrem mickrigen Selbstbewußtsein auf die Sprünge halfen, indem sie sich im Glanz von vermeintlich Größeren sonnten. Kate erinnerte sich, wie er fast geplatzt war vor Stolz, als der widerliche Sky König auf seiner Terrasse gehockt hatte. Das Hobby paßte zu ihm, fand Kate.

Und wenn er jemanden nicht verehren konnte, quälte er ihn eben. Es waren die zwei Seiten derselben Medaille.

Sie stellte das Album zurück und öffnete den dritten Schrank. Überrascht prallte sie zurück. Er war angefüllt mit zahlreichen Pappschachteln in der Größe von Schuhkartons, die in mehreren Reihen aufeinandergestapelt waren. Welche Sammlerleidenschaft verbarg sich hier?

Kate zog eine der Schachteln zu sich und öffnete sie. Ein merkwürdiges Sammelsurium von Gegenständen lag vor ihr; ein Taschenmesser, eine Schachtel Streichhölzer, eine Taxi-Quittung, eine zerdrückte Schachtel Zigaretten – im Wesentlichen das, was Männer in ihren Hosentaschen mit sich herumtragen. Nur die Krawatte, teuer aussehend, mit vornehmem Rautenmuster, paßte nicht dazu. Sie schloß den Deckel und öffnete weitere Schachteln; alle enthielten persönliche Gegenstände ohne größeren materiellen Wert.

Ein merkwürdiges Gefühl beschlich sie. Wem gehörten diese Dinge? Nach welchem System waren sie zusammengestellt?

Sie wirkten wie die Hinterlassenschaften von Toten. Mattuschek ein Massenmörder? Das konnte nicht sein, dafür waren es einfach zu viele. Aber was sonst steckte hinter dieser eigenartigen Sammlung?

Sie untersuchte eine der Schachteln genauer und entdeckte in der Innenseite des Deckels die Initialen »G. S.« Als wäre davon irgendein Aufschluß zu erwarten, klappte sie einen Deckel nach dem anderen auf. Überall fanden sich Initialen.

Sie hob einen weiteren Deckel – und erstarrte.

In der Schachtel lag ein Goldkettchen mit einem aufklappbaren Anhänger, ein Stapel mit Briefen, ein spitzenbesetzter BH, ein ebensolcher Slip, einige versteinerte Muscheln, ein blaues Plastikbändchen.

Kate wich die Farbe aus dem Gesicht. Sie hockte sich auf den Boden, die Schachtel im Arm. Mit zitternden Fingern untersuchte sie die Gegenstände.

Plötzlich stand Rita in der Tür. »Laß uns verschwinden.«

Kate rührte sich nicht vom Fleck.

»Was ist los? Was hast du da?«

Rita kniete sich zu ihr und betrachtete den Inhalt der Schachtel.

»Was soll das? Was ist das für Zeug?«

»Das sind Sachen, die mir gehören«, sagte Kate tonlos.

»Wie bitte? Und wie kommen die zu Mattuschek?«

Kate zuckte ratlos die Schultern. »Wenn ich das wüßte!«

Interessiert wühlte Rita in den Sachen und förderte einen dicken Umschlag zutage.

»Und was ist hier drin?«

Kate sah auf. »Den kenne ich nicht, keine Ahnung.«

Rita drehte den Umschlag um, ein Stapel Fotos rutschte heraus und verteilte sich auf dem Fußboden. Fassungslos starrten die beiden auf die Bilder.

Jedes von ihnen zeigte Kate. Kate im Garten, Kate in der Hängematte, Kate oben ohne auf der Sonnenliege, Kate schlafend auf dem Sofa, Kate lesend im Bett, Kate in Umarmung mit Nellis, Kate ... Kate ... Kate ...

Vielen Bildern sah man an, daß sie aus großer Entfernung geschossen worden waren, andere waren gestochen scharf.

»Dieser widerliche Spanner!« entfuhr es Rita.

Kate kämpfte mit den Tränen. Sie fühlte sich gedemütigt, beschmutzt.

Aber fast noch mehr als die Fotos verstörte sie die Tatsache, daß Mattuschek im Besitz ihrer persönlichen Gegenstände war.

Die Briefe waren Liebesbriefe von Bernd, die Spitzenwäsche ein Geschenk. Die versteinerten Muscheln hatten in einer Schale neben ihrem Bett gelegen; sie waren eine Erinnerung an ihren ersten gemeinsamen Urlaub. Das Goldkettchen war ein Erbstück von ihrer Großmutter, das blaue Plastikbändchen mit dem winzigen Namensschild hatte Samuel als Neugeborenes im Krankenhaus getragen.

Es gab keine vernünftige Erklärung dafür, wie diese Dinge zu Mattuschek gelangt sein könnten. Sie zog heftig die Luft ein und preßte die Hand auf ihr Herz.

»Was ist los mit dir?« fragte Rita erschrocken.

»Schon gut«, stöhnte Kate, »es geht gleich wieder.«

»Laß uns abhauen«, bat Rita, griff nach den am Boden verstreuten Fotos, steckte sie zurück in den Umschlag und stellte die Schachtel an ihren Platz.

»Nein!« protestierte Kate. »Das will ich mitnehmen!«

Energisch schob Rita sie zur Tür hinaus. »Jetzt nicht. Laß uns erst in Ruhe nachdenken.«

Gleich darauf schlüpften die zwei Frauen aus dem Haus.

Kate überlegte, was sie tun sollte.

Olga einweihen? Die Polizei verständigen? Schließlich verwarf sie beides. Sie hätte nicht erklären können, woher sie von den Sachen wußte.

Über der verwirrenden Entdeckung hätte sie fast den eigentlichen Zweck der ganzen Unternehmung vergessen.

»Hast du eigentlich auf dem Speicher irgendwas gefunden?« fragte sie.

Rita antwortete nicht.

»Was ist los?« fragte Kate mißtrauisch.

»Nichts«, sagte Rita.

Kate packte sie bei den Schultern. »Jetzt sag schon, war da oben irgendwas?«

Rita senkte den Blick.

»Ja, ich hab' was gefunden. Aber ehrlich gesagt möchte ich dir die Einzelheiten ersparen.«

Kate sah erschrocken aus. »Ist es so schlimm?«

Rita nickte.

»Dann will ich es lieber nicht so genau wissen«, murmelte Kate, »mir reicht's erst mal.«

»Ich werde Malise davon erzählen«, sagte Rita mit singender Stimme, »sie wird sich dafür interessieren.«

ZWÖLF

In der »Schuppenaffäre«, wie Olga die Angelegenheit ironisch nannte, war das Urteil gefallen: Der Teil des Daches, der in Mattuscheks Grundstück hineinragte, mußte entfernt werden.

»Wie soll das denn gehen?« wunderte sich Kate.

»Abschneiden«, meinte Olga kurz. »Dachziegel weg, Balken absägen, fertig. Sieht zwar Scheiße aus, aber er wollte es ja nicht anders.«

»Hätte schlimmer kommen können«, sagte Kate munter.

»Du glaubst doch nicht etwa, das war's jetzt?« fragte Olga.

»Man soll nicht aufhören zu hoffen, nicht?«

»Der Kerl ist krank«, sagte Olga eindringlich. »Gegen den hast du keine Chance!«

»Aber was kann er denn jetzt noch machen?« fragte Kate. »Ein Urteil ist ein Urteil, daran kann auch er nichts ändern.«

»Warten wir's ab«, orakelte Olga. »Ich habe den Eindruck, der Mann verfügt über unerschöpfliche Phantasie, wenn es darum geht, seine Mitmenschen zu drangsalieren.«

Sie sollte recht behalten.

Kaum hatte Franz, kopfschüttelnd und auf die Blödheit deutscher Gerichte schimpfend, das Dach abgesägt, kam postwendend die Behauptung, das Urteil sei nicht korrekt vollstreckt worden. Wie immer lagen dem Brief endlose Begründungen und Berechnungen bei, die Kate nicht einmal zu verstehen versuchte. Bemerkenswert war allerdings das Fazit des Schreibens: Mattuschek forderte Erzwingungshaft für Kate.

Sie wußte für einen Moment nicht, ob sie lachen oder weinen sollte. Es war einfach zu absurd.

»Muß ich jetzt ins Gefängnis?« wollte sie von Olga wissen.

»Natürlich nicht«, gab Olga zurück, »der Kerl hat 'nen Vogel. Aber wie ich die Sache sehe, müssen tatsächlich wir den Beweis dafür erbringen, daß das Urteil korrekt vollstreckt ist. Da er den Grenzverlauf anzweifelt, müssen wir eine amtliche Vermessung durchführen lassen.«

»So was kostet doch einen Haufen, oder nicht?« fragte Kate erschrocken. »Muß ich das etwa bezahlen?«

»Vorerst schon, fürchte ich.« Olga zuckte bedauernd die Schultern. »Vom Ergebnis wird abhängen, wer die Kosten endgültig übernehmen muß.«

Kates Blick fiel aus dem Fenster direkt auf Mattuschek, der vor einem Haselstrauch stand und mit angespanntem Gesichtsausdruck ein Blatt betrachtete. Vermutlich hatte er wieder einen Schädling entdeckt. Mit einer heftigen Bewegung riß er das Blatt ab, warf es zu Boden und trat mit dem Absatz darauf.

In diesem Moment wurde Kate schlagartig klar, daß der Terror nicht enden würde. Nicht, solange sie in diesem Haus lebte.

Herr Petz starrte Kate entgeistert an. »Sie wollen verkaufen? Aber warum denn bloß? Sie haben doch Himmel und Hölle in Bewegung gesetzt, um an das Haus zu kommen! Sogar mich haben Sie weichgeklopft, und das will was heißen!«

»Streit mit dem Nachbarn«, sagte Kate leise.

»Ach was, so was kämpft man durch, und dann trinkt man gemeinsam auf die Versöhnung.«

»Nicht mit diesem Nachbarn«, sagte Kate. »Ich möchte das Haus wirklich nicht hergeben, das können Sie mir glauben. Aber er läßt mir keine andere Wahl.«

Nachdenklich blätterte Herr Petz durch die Unterlagen.

»Was haben Sie bezahlt? Dreihundertneunzig Mark für den Quadratmeter? Das werden Sie aber nicht mehr kriegen.«

»Aber warum denn nicht?« Erschrocken sah Kate ihn an.

»Haben Sie nicht davon gehört? Die Großgärtnerei hat Konkurs angemeldet, die Gemeinde hat den Grund aufgekauft und in Bauland umgewandelt. Jetzt sind die Preise im Keller.

»Was… ähm, was heißt das? Wieviel würde ich denn jetzt noch kriegen?«

Herr Petz wiegte den Kopf. »Zweihundertfünfzig, zweihundertachtzig, im besten Fall dreihundert.«

Kate rechnete. Selbst wenn sie den Höchstpreis erzielte, würde sie einen Verlust von rund achtzigtausend Mark machen. Das war undenkbar; sie würde ihr ganzes Leben brauchen, um diese Schulden abzubezahlen.

Sie sank in ihrem Stuhl zusammen.

»Das ist ja ... das ist ja entsetzlich«, murmelte sie verzweifelt.

»Nehmen Sie's nicht so schwer«, sagte Herr Petz tröstend. »In ein paar Jahren haben sich die Preise wieder erholt, aber bis dahin vertragen Sie sich längst wieder mit Ihrem Nachbarn, da bin ich sicher.«

Aus der Affäre mit Franz war eine feste Einrichtung in Kates Leben geworden. Sie schätzte seine Qualitäten als Liebhaber und seine sanfte Fürsorge. Frühmorgens fand sie immer eine Tüte mit frischen Brötchen vor der Tür; mal hatten sie die Form von Blumen oder Sternen, meist von Herzen. Einmal hatte Franz den zärtlichen Gruß seinem besten Stück nachempfunden, ein andermal ihren Brüsten und Pobacken.

Alles wäre in schönster Ordnung gewesen, wenn Kates Gedanken nicht zunehmend von dem zermürbenden Duell mit Mattuschek besetzt worden wären. Bald konnte sie kaum noch an etwas anderes denken, konnte nicht mehr genießen, sich nicht mehr entspannen. Wenn Franz eine Hand nach ihr ausstreckte, erstarrte sie. Wenn er sie umarmte, fühlte sie die Arme des nächtlichen Unbekannten um ihren Körper und glaubte, keine Luft mehr zu bekommen. Je länger sie über den eigenartigen Vorfall nachdachte, desto sicherer war sie, daß es Mattuschek gewesen war. Er war es, der sie zur Gartenliege getragen hatte. Dort mußte er dann von Nellis gestört worden und abgehauen sein. Wieviel Zeit war dazwischen vergangen? Was hatte er mit ihr getan? Hatte er sie angesehen, angefaßt? Die Ungewißheit bohrte in ihr.

»Was hast du bloß?« fragte Franz eines Abends, als Kate ihn wieder abgewiesen hatte. »Liegt schon wieder der Nachbar mit im Bett?«

Kate hatte ihm von ihrer Vermutung erzählt, aber Franz hatte nur gelacht.

»Kate, du spinnst! Ich kenne den Willi aus dem Handballtraining und vom Radfahren. Der ist vielleicht ein bißchen penibel und spießig, aber ein Vergewaltiger ist der nicht!«

Am liebsten hätte Kate geschrien. »Aber ein Dieb, ein Spanner und ein Katzenmörder, das ist er!«

Mühsam beherrschte sie sich. Sie hatte ihm nichts von ihren Funden erzählt. Sie wußte nicht, ob sie ihm wirklich vertrauen konnte.

»Wenn du nur halb soviel an mich denken würdest wie an ihn, wäre ich ein glücklicher Mann«, sagte Franz bitter.

»Ich kann doch nichts dafür, wenn mich der Kerl so quält«, antwortete Kate heftig.

»Nicht er quält dich, du quälst dich selbst«, erwiderte Franz. »Du *willst* einfach glauben, daß es Mattuschek war. Daß er den Apfelbaum kaputtgemacht hat…«

»… und Bobitt getötet hat«, unterbrach ihn Kate. »Ich weiß einfach, daß er es war.«

»Mit der gleichen Einstellung haben sie früher Hexen verbrannt«, sagte Franz lakonisch. »Dich hätten sie übrigens auch verbrannt, mit deinen roten Haaren. Und Malise sowieso.«

»Und das findest du wohl auch noch in Ordnung«, giftete Kate.

»Ach, vergiß es.«

Resigniert drehte Franz sich weg und stellte sich schlafend.

Kate war zum Heulen zumute, aber sie brachte es nicht über sich, eine versöhnliche Geste zu machen.

Es dauerte eine Weile, bis Kate sich von dem Schock, den ihr Herr Petz verpaßt hatte, erholte. Erst nach ein paar Tagen konnte sie den Tatsachen ins Auge blicken: Das Haus war derzeit unverkäuflich, und daran würde sich auch in naher Zukunft nichts ändern. Sie hatte kurz daran gedacht, es zu vermieten und mit Samuel in eine Wohnung zu ziehen, aber auch die Mieten waren im Keller. Mit dem, was sie für das Haus kriegen würde, könnte sie die Zinsen nicht bezahlen. Wie sie die Sache drehte und wendete, es gab keinen Ausweg. Sie war gefangen wie die Fliege im Spinnennetz, und es blieb ihr nur eins: Sie mußte zusehen, daß sie nicht von der Spinne gefressen wurde.

Plötzlich überfiel sie das heftige Bedürfnis, abzuhauen. Sie wollte für eine Weile weg, ganz alleine, irgendwohin.

Malise erklärte sich bereit, Samuel für ein paar Tage zu betreuen. In aller Eile packte Kate ihre Sachen zusammen, tankte ihren klapprigen Ford auf und fuhr einfach los, ins Blaue hinein.

Mit jedem Kilometer, den sie sich von zu Hause entfernte, fühlte sie sich besser.

Wie von einem inneren Kompaß geleitet, fuhr Kate Richtung Südwesten. Bald wußte sie, wo ihr Ziel war: ein kleines Bergdorf in den Pyrenäen, nicht weit von St. Girons.

Sie hatte kurz daran gedacht, unterwegs bei ihren Eltern vorbeizuschauen, die in der Nähe des Bodensees lebten. Aber je näher sie ihrem Heimatort kam, desto mehr sträubte sich alles in ihr gegen ein Wiedersehen.

Sie hatten zwar nie darüber gesprochen, aber Kate wußte genau, daß ihre Eltern sie nach der Niederlage in Los Angeles fallengelassen hatten. Die Enttäuschung war wohl zu groß gewesen. Die ganzen Jahre der Vorbereitung, die Hoffnungen und Erwartungen: Alles umsonst.

Immer hatten Vater und Mutter etwas Besonderes in Kate sehen wollen, immer war sie zu Höchstleistungen angetrieben worden. Ihr Vater, der seine ungeliebte Beamtenlaufbahn als weit unter seinen Möglichkeiten empfunden hatte, wollte durch ihren Erfolg seine Träume erfüllt sehen. Und ihre Mutter wollte den Vater glücklich sehen. Daß die Familie daran zerbrach, bemerkten sie erst, als es zu spät war.

Kates Bruder hatte sich dem elterlichen Leistungsdruck am nachhaltigsten entzogen. Er war einer Sekte beigetreten und lebte irgendwo in Indien. Ihre Schwester zog seit Jahren mit einer Band durch die

Gegend. Beide hatten den Kontakt zur Familie abgebrochen.

Kate telefonierte hie und da noch mit ihrer Mutter. Die Gespräche waren höflich, blieben aber an der Oberfläche. Seit damals war alles, was Kate getan hatte, von den Eltern mißbilligt worden. Sie hatte es deshalb längst aufgegeben, irgend etwas von sich zu erzählen.

Ihre Eltern hatten auch Bernd von Anfang an abgelehnt, waren nicht mal zur Hochzeit erschienen. Selbst für ihr einziges Enkelkind hatten sie sich nie interessiert. Kate überlegte kurz, ob sie überhaupt schon von der Scheidung wußten und was diese Neuigkeit bei ihnen auslösen würde. Bei der Vorstellung, ein säuerliches »wir haben's dir ja gleich gesagt« zu kassieren, beschloß sie endgültig, den Wohnort der Eltern weiträumig zu umfahren.

Kurz vor Toulouse übermannte sie die Müdigkeit. Sie war über zwölf Stunden fast ununterbrochen gefahren; nur zum Tanken und Essen hatte sie kurze Pausen eingelegt. In einem schmucklosen Gasthof nahe des Zentrums nahm sie ein Zimmer.

Am nächsten Tag bummelte sie ziellos durch die Altstadt, vorbei am Capitol, an der Kirche Notre-Dame-du-Taur und dem ehemaligen Augustinerkloster bis hinunter zum Fluß. Sie kannte das alles, sie war mit Bernd hier gewesen.

Wie lange lag diese letzte gemeinsame Reise zurück? Es mußte drei oder vier Jahre her sein.

Plötzlich stand sie vor einem kleinen, holzgetäfelten Café. Hier hatten sie damals gefrühstückt. Kate spähte durchs Fenster. Da hinten, an dem runden Tischchen mit den Thonet-Stühlen, hatten sie gesessen und ihre Brioches in den Milchkaffee getaucht. Mit einer blau-weiß karierten Serviette hatte Kate einen Spritzer Kaffee vom glänzenden Einband ihres Reiseführers gewischt. Sie hatten die wichtigsten Kirchen und Museen besucht, die das Buch empfahl. Kate erinnerte sich an eine Reihe eigenartiger Blasinstrumente im Museum für asiatische Kunst, die den Gedanken in ihr hatten entstehen lassen, die Blockflöte sei möglicherweise doch in China erfunden worden.

Kate wischte sich die Tränen aus dem Gesicht.

Nein, sie wollte nicht daran denken, daß es mal jemanden in ihrem Leben gegeben hatte, von dem sie dachte, er gehöre zu ihr. Im nachhinein kam ihr alles wie ein lächerlicher Irrtum vor.

Bernd und sie hatten nie zusammengepaßt. Sie hatten nur eine Vorstellung des anderen geliebt, nicht den anderen selbst.

Franz fiel ihr ein. Sie hatte sich nicht mal von ihm verabschiedet und beschloß, ihm eine Karte zu schicken.

Sie bezahlte ihr Zimmer und setzte die Fahrt fort.

Am späten Nachmittag hatte sie ihr Ziel erreicht.

Das alte Pyrenäendorf schien unverändert; windschiefe Natursteinhäuser klammerten sich an die Hügel, dazwischen wuchsen knorrige Korkeichen, Ahornbäume und vereinzelte Schwarzkiefern. Kate suchte den Abzweig, der von der Hauptstraße steil nach oben zum Hof von Jacques führte.

Jacques war Holzhändler. Er war nicht irgendein Holzhändler, sondern unter Instrumentenbauern in ganz Europa der berühmteste. Auch Kate bezog seit Jahren ihr Holz von ihm. Er hatte den härtesten Buchsbaum, wunderbar hellen Ahorn für die Sopranflöten, eine bestimmte Sorte Pflaumenholz und das seltene schwarze Grenadille. Sie würde sich für die nächsten ein, zwei Jahre bei ihm eindecken, denn allmählich gingen ihre Vorräte zur Neige.

Die Zufahrtsstraße wurde immer enger und kurviger, mehrfach nahm Kate eine falsche Abfahrt und landete auf einem ihr unbekannten Hof. Komisch, früher hatten Schilder den Weg gewiesen – wo waren die abgeblieben?

Als sie um die nächste Biegung fuhr, lag der Hof vor ihr. Oder besser: das, was von ihm übrig war.

Fassungslos blickte Kate auf einen riesigen Haufen Steine, auf gesplitterte Holzbalken und eingestürzte Wände. Wo das Holzlager gestanden hatte, ragten verkohlte Mauerreste in die Höhe; nur Teile des angrenzenden Wohnhauses waren noch erhalten.

Das war doch nicht möglich. Hatte sie den falschen Weg erwischt? Mit zitternden Knien stieg Kate aus dem Wagen und ging einige Schritte auf die Trümmer zu. Nein, es gab keinen Zweifel. Sie entdeckte das zerbrochene Firmenschild: »Jacques Marivaux, negociant en bois pour luthiers«.

In rasendem Tempo fuhr Kate den staubigen Feldweg zurück ins Dorf. Sie erinnerte sich an ein Bistro, wo sie mal mit Jacques gesessen hatte. Dort würde sie vielleicht erfahren, was passiert war.

Vor der Kirche parkte sie und lief durch die engen Gassen, bis sie glaubte, das Bistro wiedererkannt zu haben. Die übergewichtige Wirtin erhob sich schwerfällig, als Kate Platz genommen hatte, und brachte ihr eine Karte. In einer Ecke saßen drei alte Männer beim Würfelspiel, Gläser mit Rotwein vor sich.

»Pardon, Madame, je suis … je cherche Monsieur Marivaux, ähm, Jacques, le negociant en bois«, stammelte Kate.

Ihr Französisch stammte noch aus Schultagen und ließ, was den aktiven Wortschatz anging, zu wünschen übrig. Wenn nicht zu schnell gesprochen wurde, verstand sie aber das meiste.

Als sie den Namen des Holzhändlers genannt hatte, begann die Wirtin sofort, aufgeregt mit den Händen gestikulierend, zu reden. Die drei Männer unterbrachen ihr Spiel, um immer wieder Ergänzungen in den Fluß ihrer Erzählung einzustreuen. Kate lauschte ihnen mit wachsendem Entsetzen.

Jacques, der ein ungeduldiges und aufbrausendes Temperament hatte, war von Yvette, seiner Frau, verlassen worden. Sie war zu ihrem Geliebten gezogen, der nur wenige Höfe entfernt lebte. Jacques hatte getobt und gefleht, gedroht und gewinselt – ohne Erfolg. Yvette war hart geblieben, und Jacques war zum Gespött des ganzen Dorfes geworden.

Er hatte angefangen zu trinken und sein Geschäft zu vernachlässigen. Der Haß auf seinen Rivalen hatte ihn fast um den Verstand gebracht. Eines Tages war ihm die perfide Idee gekommen, einen Heuballen mit einer Sprengladung zu präparieren, um den Hof seines Feindes in die Luft zu jagen. Statt im Heuschober des Geliebten landete der Heuballen jedoch in seinem eigenen Schober – sein ahnungsloser Vater hatte Yvette um ein paar Zentner Heu für Jacques gebeten …

»Er hat also seinen eigenen Hof in die Luft gesprengt?« fragte Kate atemlos, und vier Köpfe nickten gleichzeitig.

»Und was … was ist aus ihm geworden?«

Einer der alten Männer zog die Hand unter dem Kinn durch.

»Il est mort.«

Die anderen machten bedauernde Gesichter. Die Wirtin bekreuzigte sich.

Kate war sprachlos. Sie hatte den Holzhändler immer für einen herzensguten Kerl gehalten; nicht im Traum hätte sie ihm einen solchen Plan zugetraut.

»Vous voulez?«

Die Wirtin hob fragend ein Glas in die Höhe, und Kate nickte dankbar.

Spät in der Nacht, als sie schwer angetrunken zum Dorfgasthof wankte, fiel ihr ein, daß sie unbedingt Samuel anrufen mußte. Der schlaftrunkene Besitzer des Gasthofes drückte ihr das Telefon in die Hand, und sie wählte Malises Nummer. Sie ließ es ein paarmal klingeln, dann legte sie auf. Offenbar schliefen alle schon.

Am nächsten Morgen beschloß sie, die Heimreise anzutreten. Ihre Abenteuerlust war verflogen, sie fühlte sich einsam und deprimiert. Mit dem Holzhändler war eine weitere Person aus ihrem Leben verschwunden, die so etwas wie Gewißheit bedeutet hatte. Sie hatte ihre Eltern verloren, sie hatte Bernd verloren, vielleicht würde sie auch Samuel verlieren. Sie hatte keinen Ort, wo sie sich sicher fühlen konnte, nicht mal in ihrem eigenen Haus. Da am allerwenigsten.

Kate fuhr, den Blick angestrengt auf die Straße gerichtet, durch endlosen Regen. Sie betete, daß der altersschwache Scheibenwischer nicht den Geist aufgäbe.

Der Scheibenwischer hielt durch, andere Teile des Wagens nicht. Gegen Mitternacht, kurz nach Karlsruhe, verendete der Motor. Nachdem sie zehn Minuten vergeblich versucht hatte, den Wagen neu zu starten, gab sie auf.

Sie schnappte ihre Reisetasche, deponierte das Warndreieck auf der Heckablage und machte sich zu Fuß auf den Weg. Sie hatte Glück – nur drei Kilometer trennten sie von der nächsten Tankstelle.

Kate zog Kaffee aus einem Automaten und setzte sich an einen der schmierigen Plastiktische. Annette, ihre Busenfreundin aus vergangenen Tagen, wohnte mit ihrer Familie ganz in der Nähe. Sie hatten sich in den letzten Jahren selten gesehen, aber regelmäßig miteinander telefoniert.

Ob sie um diese Zeit noch bei ihr stören konnte? Natürlich hätte sie einfach wieder ein Hotelzimmer nehmen können, aber plötzlich überfiel sie eine heftige Sehnsucht nach menschlicher Nähe.

Kate sah auf die Uhr. Es war fast eins. Sie gab sich einen Ruck, ging zum Telefon und wählte die Nummer. Es klingelte nur zweimal, dann meldete sich eine männliche Stimme. Kate atmete erleichtert auf.

»Hallo, Peter, hier ist Kate! Bitte entschuldige die späte Störung, aber ich bin hier bei euch in der Nähe und habe ein Autopanne.«

»Kate! Was für eine Überraschung! Du hast Glück, wir hatten bis gerade eben Gäste und sind noch wach. Wo kann ich dich abholen?«

Kate nannte den Namen der Tankstelle und hängte erleichtert ein. Zwanzig Minuten später bremste ein Auto vor dem Automatenrestaurant.

»Also, erzähl! Wie ist es dir so ergangen in letzter Zeit?« fragte Annette beim Frühstück. »Ist ja 'ne Weile her, daß wir gequatscht haben!«

Peter hatte sich gegen neun in den Dienst verabschiedet; er war bei der Polizei. Die zwei Frauen waren in der Küche sitzen geblieben.

Kates Antwort ging in Kindergeschrei unter. Drei stimmstarke Zwerge zwischen drei Jahren und sechs Monaten setzten alles daran, keine Unterhaltung zustande kommen zu lassen. Es gab keinen Moment, in dem Annette nicht mindestens ein Kind auf dem Arm hielt, eine Rotznase abwischte, ein Babyfläschchen verabreichte oder auf dem Boden nach einem vermißten Spielzeug fahndete. Dazwischen wuselte auch noch ein lebhafter, junger Hund herum. Kate spürte, wie sich eine gewisse Ungeduld in ihr breitmachte; sie hätte sich so gewünscht, in Ruhe mit ihrer Freundin reden zu können.

»Wie hältst du das bloß aus?« fragte sie mitleidig.

»Das frage ich mich auch«, feixte Annette, »aber ich habe keine Zeit, darüber nachzudenken. Ich kann mich kaum noch erinnern, daß ich mal ein Leben als berufstätige Frau geführt habe. Daß ich in gepflegte Restaurants gegangen bin, schicke Klamotten getragen und Wert auf mein Äußeres gelegt habe. Und jetzt, schau mich an!«

In komischer Verzweiflung wies die Freundin auf ihre verknitterte Schürze, den Milchfleck auf ihrem Pullover und den Matsch aus Brotstücken und übergeschwapptem Joghurt auf dem Küchentisch.

»Fehlt dir dein Job nicht?«

Annette hatte als Journalistin für verschiedene Zeitschriften gearbeitet, war viel gereist, hatte gut verdient. Kate erinnerte sich, daß ihr der Beruf immer extrem wichtig gewesen war. Als Samuel auf die Welt gekommen war, hatte sie kategorisch verkündet: »Kinder? Niemals!«

Nachdenklich stützte Annette das Gesicht in die Hände.

»Was soll ich dir sagen? Natürlich fehlt mir mein Job! Trotzdem liebe ich meine Kinder. Es hat mir nur leider noch keiner verraten, wie ich beides unter einen Hut kriegen soll.«

Plötzlich wurde ihnen bewußt, daß es ganz still geworden war. Das Baby war in seiner Wippe eingeschlafen, das mittlere Kind beschäftigte sich mit einem bunten Plastikspielzeug, das älteste war verschwunden.

»Schlechtes Zeichen.« Annette grinste und verließ das Zimmer, um der Ursache für die ungewohnte Ruhe auf den Grund zu gehen.

»O nein!« ertönte es gleich darauf aus dem Nebenzimmer. Annette kam mit ihrer Tochter auf dem Arm in die Küche zurück. Hinter sich her zog sie den Hund, der aussah wie ein gerupftes Huhn. Sein Fell wies zahlreiche Löcher auf, ganze Haarbüschel lösten sich, als Annette mit der Hand über seinen Rücken fuhr.

»Haare gesnitten«, verkündete die Dreijährige stolz, und Annette verdrehte die Augen. Kate mußte sich schwer zusammennehmen, um nicht in prustendes Gelächter auszubrechen.

Annette verzichtete auf eine Strafaktion, weil das nur zu erneutem Geschrei geführt hätte. Sie gab dem Kind eine Breze, und endlich gelang es Kate, zumindest eine Kurzfassung der jüngsten Ereignisse zu liefern.

Ihre Freundin hörte aufmerksam zu, während sie an einem Hörnchen knabberte.

»Du Ärmste«, sagte sie mitfühlend. »Du mußt da unbedingt weg!«

Kate erklärte ihr, warum ein Umzug nicht in Frage käme.

»Dann mußt du dich wehren«, sagte Annette energisch, »sonst macht er dich kaputt. Wenn du dich dem Terror nicht entziehen kannst, mußt du zum Gegenangriff übergehen.«

»Aber wie denn? Ich kann doch nicht anfangen, seine Pflanzen zu vergiften oder wegen irgendwas zu prozessieren. Vermutlich ist es sowieso das, was er will: mir sein Wahnsystem aufzwingen. Mich dazu bringen, daß ich ebenso widerlich, menschenfeindlich und unglücklich werde wie er.«

»Und? Schafft er es?«

»Mache ich diesen Eindruck auf dich?«

»Na ja, besonders glücklich wirkst du nicht.«

»Bin ich auch nicht«, gab Kate zu. »Unterschwellig bohrt da immer diese Wut in mir und das Gefühl, daß ich nichts tun kann. Besonders schlimm ist es, seit ich die Schachtel und die Fotos gefunden habe. Ich fühle mich so ausgeliefert.«

»Das mußt du unbedingt ändern. Du mußt raus aus der Defensive, die Sache in die Hand nehmen.«

Annette stand auf und holte ein Blatt Papier und einen Kugelschreiber.

»Hier. Schreib alles auf, was du über ihn weißt. Name, Alter, Herkunft, Beruf, frühere Wohnorte und so weiter.«

Kate sah sie zweifelnd an.

»Ist das irgendein Zauber, Voodoo oder so? Das funktioniert bei dem nicht, das hat meine Nachbarin schon ausprobiert.«

»Quatsch, Voodoo«, sagte Annette heftig. »Ich werde Peter bitten, einen Blick in den Polizeicomputer zu werfen. Vielleicht finden wir was.«

»Ist denn das rechtmäßig?« Kate machte große Augen.

Annette lachte. »War es rechtmäßig, die Katze umzubringen? Die Fotos zu machen?«

Kate winkte ab. »Schon gut!« Sie zückte den Kuli und begann zu schreiben.

Wenig später belauschte Kate das Telefongespräch zwischen Annette und ihrem Mann. Offenbar sträubte er sich, Annette den Gefallen zu tun, denn sie redete mit Engelszungen auf ihn ein.

»Nein, ich erzähle niemandem davon … ja, ja, ist doch klar … nein, wahrscheinlich ist es eh eine Spinnerei … vielleicht hilft es ihr … jetzt komm, laß mich nicht im Stich … ja, ich weiß, aber es ist doch nur …«

Es war Kate unangenehm. Schnell verließ sie das Zimmer, um nicht weiter Zeugin dieser Unterhaltung zu sein. Endlich tauchte Annette wieder auf.

»Na also, warum nicht gleich«, sagte sie.

»Wie hast du ihn überredet?« wollte Kate wissen.

»Nicht überredet. Überzeugt! Die Aussicht, die nächsten vier Wochen ohne ehelichen Sex zu leben, ist der Einsichtsfähigkeit von Männern immer noch äußerst zuträglich.«

Kate schüttelte lachend den Kopf. »Du bist unmöglich!«

Sie glaubte zwar nicht, daß bei dieser Aktion irgend etwas herauskommen würde, aber allein das Gefühl, daß jemand etwas unternahm, um ihr zu helfen, war tröstlich.

Kate hatte beschlossen, noch eine Nacht dranzuhängen, nachdem Malise sie am Telefon davon überzeugt hatte, daß alles in Ordnung sei.

Am Abend tauchte Peter mit einigen Computer-Ausdrucken auf. Er legte sie auf den Küchentisch und verschwand eilends, als wolle er dokumentieren, daß er mit dieser Sache nichts zu tun habe. Annette grinste Kate vielsagend an.

Als die Kinder endlich im Bett waren, stürzten sich die beiden auf die Papiere. Sie lasen in den Dossiers und versuchten, die Daten mit den wenigen Informationen in Übereinstimmung zu bringen, die Kate über Mattuschek beitragen konnte.

»Was ist mit dem hier?« fragte Annette und reichte Kate ein Blatt. Sie warf einen Blick darauf.

»Zu alt. Er ist höchstens Anfang Sechzig. Der da ist 1928 geboren.«

»Unglaublich, was der hier alles angestellt hat!« ereiferte Annette sich wenig später. »Er stand mindestens zwanzigmal wegen Betrugsverdachtes vor Gericht. Nur einmal konnten sie ihm was nachweisen, und dann wurde das Urteil wegen eines Verfahrensfehlers aufgehoben.«

Zunehmend fasziniert vertieften sich die Frauen in die Lebensgeschichten dieser ihnen fremden Männer, die nur etwas gemeinsam hatten: Sie hießen Wilfried Mattuschek und waren irgendwann mit dem Gesetz in Konflikt gekommen.

»Woher kommt der Name Mattuschek eigentlich?« fragte Kate.

»Der ist tschechisch, glaube ich«, murmelte Annette. Sie hielt zwei Blätter in der Hand. »Schau mal, der hier könnte es doch sein!«

»Gib her.«

Kate nahm die beiden Blätter und las sie sorgfältig durch. Dann hob sie den Kopf.

»Das ist er!« sagte sie aufgeregt. »Und jetzt kapier' ich auch, bei welcher Gelegenheit er an meine Sachen gekommen ist!«

Gegen Mattuschek war vor zehn Jahren ermittelt worden. Er war Angestellter einer Firma für Alarmanlagen gewesen, die ins Visier der Polizei geraten war, weil aus Wohnungen und Häusern prominenter

Kunden persönliche Gegenstände gestohlen worden waren.

»Na klar, ich erinnere mich«, sagte Annette und schlug mit der Hand gegen ihre Stirn. »Bernd und du, ihr habt doch damals auch eine Alarmanlage installieren lassen!«

Kate vergrub das Gesicht in den Händen. »Dann war dieser Scheißkerl also tatsächlich damals schon in unserer Wohnung«, murmelte sie erschüttert. »Ich fasse es nicht.«

»Und was sagst du dazu?« fragte Annette und zeigte auf einen anderen Absatz der Akte.

Kate sah auf.

»Was ich dazu sage? Daß es genau das ist, was ich ihm zugetraut habe.«

Mattuschek hatte dreimal wegen Körperverletzung vor Gericht gestanden, einmal war er verurteilt worden. Er hatte seine erste Frau krankenhausreif geschlagen.

DREIZEHN

Der alte Ford, von einer Karlsruher Werkstatt wieder fahrtüchtig gemacht, schluckte Kilometer für Kilometer Autobahn. Kate hatte Mühe, sich auf den Verkehr zu konzentrieren. In ihrem Kopf wirbelten unzählige Gedanken, die sich nur widerwillig in eine Ordnung bringen ließen.

Sie fragte sich, wie sie nur eine Sekunde lang auf den hilfsbereiten Nachbarn hatte hereinfallen können. Wenn sie ehrlich mit sich war, hatte sie ihn vom ersten Moment an unsympathisch gefunden, es sich aber nicht eingestehen wollen. Außerdem, was hätte es genützt? Freunde kann man sich aussuchen. Nachbarn nicht.

Kate rieb sich die müden Augen. Sie war spät weggekommen, es war schon kurz nach elf. Annette hatte sie überreden wollen, eine weitere Nacht zu bleiben, aber die Sehnsucht nach Samuel war stärker gewesen.

Noch anderthalb Stunden bis nach Hause. Kate freute sich auf ihr eigenes Bett.

Sie entdeckte den Feuerschein gut zwei Kilometer vor dem Dorf. Die Zeit der Sonnwendfeuer war vorbei, für ein Kartoffelfeuer war es zu früh. Sie wurde unruhig. Je näher sie kam, desto dichter wurde der Qualm. Die Leute standen vor den Häusern und redeten aufgeregt miteinander. Ein Feuerwehrauto bog in rasendem Tempo auf die Hauptstraße ein und fuhr vor ihr her. Unwillkürlich beschleunigte auch sie. Wie immer, wenn die Angst kam, spürte sie ihr Herz. *Taktaraktaktarak* …

Das Feuerwehrauto bog nach rechts ab in die Bergstraße, *ihre* Straße. Dort stand bereits ein anderes Löschfahrzeug, daneben ein Haufen Schaulustiger.

Ein schneller Blick – Gott sei Dank, das Haus war unversehrt.

Doch dann sah sie es. Der Feuerschein und der Rauch kamen von dahinter. Ihre Werkstatt stand in Flammen.

Einen Moment wurde ihr schwarz vor Augen, dann fing sie sich wieder. Sie ließ das Auto mitten auf der Straße stehen und rannte Richtung Schuppen. Ein kräftiger Feuerwehrmann stellte sich ihr in den Weg.

»Lassen Sie mich durch, ich muß mein Werkzeug retten!« schrie Kate und versuchte, sich loszureißen.

»Da ist nichts mehr zu retten«, brummte der Mann.

Kate sah im selben Moment ein, daß er recht hatte.

Der Schuppen war fast bis auf das Fundament abgebrannt, und mit ihm alles, was darin gewesen war.

Bevor ihr zu Bewußtsein kam, was das bedeutete, sah sie die Sanitäter. Sie beugten sich über eine kleine Gestalt, die reglos auf einer Decke am Boden lag. Daneben erkannte sie Simon und Malise.

Kates Augen weiteten sich. »Samueeel!«

Ihr Entsetzensschrei gellte durch die vom Feuer gespenstisch erhellte Nacht. Sie lief los, doch bevor sie ihr Ziel erreicht hatte, versagte ihr Kreislauf, und sie stürzte wieder einmal in den schwarzen Abgrund.

Das erste, was Kate nach dem Aufwachen im Krankenhaus sah, war Malise. Ihr Anblick war furchterregend: Gesicht und Kleidung rußgeschwärzt, die Haare versengt, die Augen blutunterlaufen.

Kate schoß so schnell in die Höhe, daß ihr erneut schwindelig wurde.

»Was ist mit Samuel?« stieß sie atemlos hervor.

Malise machte einen Schritt und setzte sich neben Kate auf die Bettkante. Sie nahm ihre Hand.

»Was ist mit Samuel? Sag endlich was!« schrie Kate sie an.

»Er ist hier«, sagte Malise mit zitternder Stimme, »und er lebt. Aber er hat Verbrennungen und eine schwere Rauchvergiftung.«

»Ich will sofort zu ihm!«

Kate machte Anstalten, das Bett zu verlassen. Nur mit Mühe konnte Malise sie zurückhalten.

»Du kannst jetzt nicht zu ihm. Er ist auf der Intensivstation.«

Kate brach in Tränen aus. »Wie ist... wie konnte das nur passieren?«

Malise hob hilflos die Schultern und ließ sie wieder fallen.

»Ich weiß auch nicht... Die beiden haben sich heimlich in Samuels Versteck geschlichen. Ich ahnte nichts davon, und als ich das Feuer entdeckt habe, dachte ich natürlich, sie seien im Haus. Ich habe die Feuerwehr alarmiert, aber es hat eine Weile gedauert, bis die Männer losgefahren sind, weil ...« Sie brach ab.

Kate verstand sofort. »... weil dein Streich von neulich aufgeflogen ist und sie gedacht haben, es ist wieder nur ein Scherz.«

Malise nickte unter Tränen. »Als ich sie endlich überzeugt hatte, bin ich gleich rübergelaufen zum Schuppen, weil ich sehen wollte, ob ich etwas von deinem Werkzeug retten könnte. Da kam mir Simon entgegen. Er war aus dem Dachfenster gesprungen und rief mir zu, daß er Samuel nicht wach gekriegt habe; er war wohl durch den Rauch schon ohnmächtig. Ich habe nach einer Leiter gesucht und ... die Scheiß-Feuerwehr kam und kam nicht ... und ... jedenfalls ... irgendwann hatte ich endlich die verdammte Leiter, ich bin hoch und habe Samuel rausgezogen ... O Gott, Kate, es tut mir so leid! Er hätte sterben können, und ich wäre schuld gewesen!«

Malise sank in sich zusammen. Kate nahm sie in den Arm.

»Aber er ist nicht gestorben. Und es ist nicht deine Schuld«, flüsterte sie unter Tränen.

Die Tür öffnete sich, ein Arzt mit einer Schwester im Schlepptau rauschte herein.

»Sind Sie wohlauf?« Er sah Kate prüfend an.

»Mir geht's gut«, sagte Kate ungeduldig. »Was ist mit meinem Sohn?«

»Er kommt durch. Die Verbrennungen sind zum Glück weniger dramatisch als befürchtet. Aber die Rauchvergiftung ... Wenn diese Dame«, er zeigte auf

Malise, »nicht so beherzt reagiert hätte, wäre Ihr Junge jetzt tot.«

Malise vergrub das Gesicht in den Händen. Ihr Körper bebte. Kate griff nach ihrer Hand.

»Wann kann ich zu Samuel, Herr Doktor?« fragte sie flehend.

»Er schläft jetzt. Halten Sie's aus bis morgen?«

Kate schluckte. »Wenn's sein muß. Aber ich bleibe heute nacht hier. Bitte rufen Sie mich, wenn er mich braucht!«

Die Schwester ging um das Bett herum zu Malise.

»Wollen Sie sich ein bißchen hinlegen?« fragte sie sanft und schob Malise, ohne eine Antwort abzuwarten, zur Tür.

»Und was machen wir mit Ihnen?« fragte der Arzt und sah Kate besorgt an. »Ihre Freundin hat erzählt, daß Sie häufiger in Ohnmacht fallen.«

Kate machte eine wegwerfende Bewegung.

»Das ist nicht so wild. Ich habe ein kleines Problem mit der Pumpe, deshalb sackt mein Blutdruck in Schrecksituationen gerne ab.«

Der Arzt musterte sie aufmerksam, dann sagte er: »Das könnte eine Erklärung sein, aber es gibt Fälle, in denen psychische Ursachen eine Rolle spielen.«

»Sie meinen, ich simuliere?« fragte Kate empört.

»Nein, das meine ich nicht.« Ihr Gegenüber lächelte. »Sie fallen tatsächlich in Ohnmacht. Es könnte eine Art Schutzreflex Ihres Bewußtseins sein. Sie entfernen sich aus der für Sie bedrohlichen Situation. Die Frage ist nur, ob Sie dadurch nicht irgendwann in eine noch gefährlichere Lage kommen. Wenn Ihnen das am Steuer passiert, zum Beispiel.«

Kate wurde nachdenklich. Dann sagte sie: »Ich habe nicht das Gefühl, daß ich darauf irgendeinen Einfluß habe. Es geschieht einfach.«

»Vielleicht *lassen* Sie es geschehen. Denken Sie mal drüber nach.« Er lächelte wieder. »Oder Sie schaffen es, zukünftig ein Leben ohne jede Aufregung zu führen!«

»Ich glaube nicht, daß ich das schaffe«, gab Kate seufzend zurück.

In der Angelegenheit Mattuschek gegen Moor wegen Lärmbelästigung war folgender Beschluß ergangen:

»Die Geräuschentwicklung durch den Flötenunterricht überschreitet das übliche Maß an erlaubter musikalischer Betätigung. Der Antragsgegnerin sind deshalb folgende Zeitbeschränkungen aufzuerlegen: Das Flötenspiel ist gestattet Montag bis Freitag neun bis zwölf Uhr. An Samstagen, Sonn- und Feiertagen ist der Musikschulbetrieb nicht gestattet.«

Da Kate die Schulkinder nur nachmittags unterrichten konnte, war sie damit nach dem Verlust ihrer Werkstatt auch ihre letzte Einkommensquelle los. Komischerweise löste diese Erkenntnis keine Panik, keine Angst, keine Wut in ihr aus. Irgend etwas in ihr ließ den Gedanken nicht völlig bis in ihr Bewußtsein dringen. Sie lebte in einem tranceartigen Zustand, scheinbar losgelöst von den Realitäten des Alltags, ihre Energien auf einen einzigen Punkt fokussiert: die Genesung von Samuel.

Täglich verbrachte sie viele Stunden an seinem Bett. Sie sprach mit ihm, las ihm vor, spielte mit ihm, soweit seine Kräfte es zuließen, oder betrachtete ihn einfach nur im Schlaf. Alles andere verblaßte neben der Tatsache, daß sie fast ihr Kind verloren hätte.

Es schien Kate, als wäre sie durch das Unglück herauskatapultiert worden aus ihrem bisherigen Leben und an einem völlig anderen Punkt wieder aufgekommen. Sie sah die Dinge aus einer neuen Perspektive. Das Leben war nicht mehr unklar, bedrohlich und verwirrend. Alles hatte sich in seine natürliche Ordnung gefügt: Wichtiges, Unwichtiges, Schönes und weniger Schönes.

Eine unheimliche Ruhe breitete sich in Kate aus und die Gewißheit, daß sie von nun an keine Kompromisse mehr eingehen würde. Daß sie nicht mehr »ja« sagen würde, wenn sie »nein« meinte. Daß sie sich nicht mehr zum Opfer machen lassen würde. Zum Opfer falschen Ehrgeizes, fremder Träume oder fremder Obsessionen. Daß sie zurückschlagen würde, wenn irgend jemand versuchen sollte, ihr oder ihrem Sohn etwas zuleide zu tun.

Kommissar Lander hatte noch in der Brandnacht mit seinen Ermittlungen begonnen. Längst hatte er durch seine eindringliche Art der Befragung herausgefunden, welches Beziehungsnetz die Personen rund um den Ort des Geschehens verband. Nur mit Kate hatte er noch nicht gesprochen; er wollte ihr die Chance geben, sich von dem Schock und der Angst um ihr Kind zu erholen.

Jetzt, einige Tage nach dem Feuer, war er gekommen, um sie zu vernehmen.

»Ja, bitte?« Kate sah den unerwarteten Besucher einen Moment lang überrascht an. »Was machen Sie denn hier? Ich dachte, Sie sind bei der Mordkommission?«

»Die Wege eines Kommissars sind eben unergründlich.«

Kate lächelte. »Ich wollte eigentlich gerade...«, begann sie, wurde aber unterbrochen.

»Ich weiß, Sie sind auf dem Weg zu Samuel. Ich werde Sie nicht lange aufhalten. Wie geht's ihm?« fragte der Kommissar freundlich.

»Den Umständen entsprechend«, antwortete Kate knapp, freute sich aber über seine Anteilnahme. Sie wies ihm den Weg in die Küche.

»Also, Frau Moor, wo waren Sie, als das Feuer ausbrach?« begann Lander förmlich, nachdem sie am Tisch Platz genommen hatten.

»Auf dem Weg nach Hause. Ich war ein paar Tage verreist gewesen.«

»Sind Sie oft verreist?«

Kate lachte bitter auf. »Nein, das war tatsächlich das erste Mal in all den Jahren, daß ich Samuel allein gelassen habe. Und gleich passiert so etwas...«

»Wer hat auf Ihren Sohn aufgepaßt?«

»Er war bei meiner Nachbarin untergebracht.«

»Bei Marie-Luise Hutter?«

»Genau.«

»Was für ein Verhältnis haben Sie zu Frau Hutter?«

Die Frage irritierte Kate. »Ein gutes, sonst hätte ich ihr ja wohl kaum mein Kind anvertraut.«

»Sie sind also nicht der Meinung, Frau Hutter habe in der fraglichen Nacht ihre Aufsichtspflicht vernachlässigt?«

»Aber nein, es war doch nicht ihre Schuld«, widersprach Kate heftig. »Die Jungen haben sich heimlich in das Versteck unterm Schuppendach geschlichen. Das hätte ebenso passieren können, wenn ich dagewesen wäre.«

»Was haben die Kinder dort oben üblicherweise gemacht?« wollte der Kommissar wissen.

»Was weiß ich – geredet, Musik gehört, Gameboy gespielt ...«

»... geraucht?« unterbrach er sie.

»Geraucht? Nicht, daß ich wüßte. Wie kommen Sie darauf?« fragte Kate erstaunt.«

»Nun, es sind rund um den Schuppen zahlreiche Zigarillokippen gefunden worden. Sie selbst rauchen meines Wissens nicht. Woher also kommen die Kippen?«

Kate überlegte.

»Malise raucht diese Dinger, und natürlich wäre es möglich, daß Simon ihr mal welche geklaut hat. Aber das hätte ich doch gerochen, wenn da oben geraucht worden wäre.«

»Woher also die Kippen?« wiederholte er seine Frage.

»Kann ich mir nicht erklären. Gerade wenn die Jungen heimlich geraucht hätten, hätten sie die Kippen doch bestimmt nicht rumliegen lassen. Und Malise würde sie auch nicht einfach bei mir ins Gras schmeißen.«

»Es könnte also sein, daß die Kippen dort extra hingelegt worden sind?« schlußfolgerte Lander.

Kate sah ihn überrascht an. »Wer hätte so was tun sollen?«

»Jemand, der von einer anderen Brandursache ablenken möchte, zum Beispiel.«

Er dachte es also auch. Natürlich war Kates erster Gedanke gewesen, Mattuschek könnte die Werkstatt angezündet haben. Aber sie hätte nicht gewagt, diesen Verdacht auszusprechen.

»Das müssen Sie mir erklären«, sagte Kate vorsichtig.

»Haben Sie nicht einen Nachbarn, mit dem Sie im Clinch liegen? Wollte er nicht sogar erreichen, daß der Schuppen abgerissen wird?«

Kate nickte aufgeregt.

»Sehen Sie? Vielleicht war's ja der.« Prüfend betrachtete Lander sein Gegenüber.

»Glauben Sie das wirklich?« Kate lachte unsicher. »Ich kann mir irgendwie nicht vorstellen, daß ein Mensch so was Gemeines tut.«

Lukas Lander beugte sich vor und sah Kate mit einem unergründlichen Blick seiner dunklen Augen an.

»Manchmal trifft das scheinbar Unwahrscheinliche zu.«

Kate wußte nicht, was sie darauf antworten sollte.

»Haben Sie mir nicht schon vor einiger Zeit erzählt, daß Ihr Nachbar Sie belästigt habe?« fragte er weiter. »Was hat er genau getan?«

Kate stieß ein unfrohes Lachen aus. »Wollen Sie das wirklich wissen?«

Er gab keine Antwort. Statt dessen fragte er leise: »Wie sehr hassen Sie ihn?«

»Hassen?« Ein hysterischer kleiner Kiekser entschlüpfte Kate. »Also, hassen ist vielleicht zuviel gesagt. Obwohl, manchmal… wissen Sie, ich glaube, er hat unsere Katze umgebracht. Und unseren Apfelbaum hat er zerstört, und er hat mir den Flötenunterricht verbieten lassen. Er ist… er ist wirklich eine Landplage.«

Mit einer fahrigen Bewegung strich sie sich die Haare aus dem Gesicht.

»Vielleicht wollten Sie dieser Landplage eins auswischen und haben die durchschaubare falsche Spur gelegt, damit der Verdacht auf ihn fällt?«

»Wie bitte?« Kate blieb der Mund offenstehen. »Das meinen Sie doch wohl nicht im Ernst? Glauben Sie wirklich, ich zünde meine Werkstatt an, lasse mein teures Werkzeug verbrennen, bringe mich selbst um meine Existenzgrundlage und meinen Sohn in Lebensgefahr, und das alles, um meinen Nachbarn zu ärgern?«

Sie war aufgesprungen und funkelte Lander wütend an.

»Nein«, sagte er sachlich und erhob sich ebenfalls. »Das klingt wirklich nicht sehr wahrscheinlich.«

»Aber manchmal trifft ja das scheinbar Unwahrscheinliche zu«, sagte Kate mit beißender Ironie.

Lander rieb sich mit den Händen erschöpft das Gesicht.

»Zu früh aufgestanden heute morgen«, brummte er entschuldigend. »Sagen Sie, waren Sie eigentlich versichert?« fragte er dann, als sei ihm der Gedanke gerade in den Sinn gekommen.

Schweigend hielt Kate ihm ein Schreiben hin, in dem die Versicherung ihr mitteilte, das abgebrannte Gebäude sei lediglich als Abstellschuppen, nicht aber als Werkstatt versichert gewesen. Deshalb fielen die Instrumente, das Werkzeug und das Holz bedauerlicherweise nicht unter den Versicherungsschutz.

»Tut mir leid, Kate.« Er sah sie mitfühlend an.

Einen Moment hoffte sie unsinnigerweise, er würde sie in den Arm nehmen. Aber er drückte ihr nur kurz die Hand.

»Danke, daß Sie Zeit für mich hatten.«

Nachdem er gegangen war, blieb Kate noch einen Moment in Gedanken versunken stehen. Dann verließ sie das Haus und ging langsam durch den Garten, hinüber zu den Resten des Schuppens.

Am ersten Tag war die Brandstelle abgesperrt gewesen, und Polizisten hatten dort nach Spuren gesucht. Inzwischen waren die Absperrseile verschwunden. Vorsichtig stieg Kate über verkohlte Holzbalken, durch Asche, Schutt und Steine. Ein scharfer Geruch stieg ihr in die Nase.

Sie dachte an Jacques. Er hatte seine gerechte Strafe erhalten. Aber derjenige, der das hier angerichtet hatte, würde er jemals bestraft werden?

Dieser verkohlte Holzklumpen mit den rußgeschwärzten Metallteilen darauf war ihre Werkbank gewesen. Das verbogene Ding da drüben Samuels Fahrrad. Und ungefähr hier hatten die fertigen Flöten gelegen, Aufträge im Wert von vielen tausend Mark. Alles beim Teufel.

»Glaub mir, er wird es büßen«, ertönte eine Stimme hinter ihr.

Kate fuhr herum. Malise kam auf sie zu und umarmte sie. Kate schluchzte auf.

Malise streichelte schweigend ihren Rücken. Dann flüsterte sie ihr ins Ohr: »Der Mensch ist nichts als ein gezähmtes Tier. Ob Lämmchen oder Wolf, es steckt in dir.«

Kate löste sich aus der Umarmung und sah sie verwirrt an. Malise strich zärtlich über ihr Gesicht, während sie leise sagte: »Wir werden die Ratte ausrotten.«

Kate nickte. Zögernd zuerst, dann immer heftiger.

»Wenn sie dich liebt, geht sie für dich durchs Feuer.«

Kate drückte Malise an sich. Aus den Augenwinkeln sah sie, wie Kommissar Lander auf Mattuscheks Haushälfte zusteuerte.

Am Abend kamen die Frauen zum ersten Mal nach dem Streit zwischen Malise und Rita wieder zusammen. Die Stimmung war angespannt; alle vier standen unter dem Eindruck der Unglücksnacht. Sie hatten Angst. Angst, dies könnte nur der Anfang gewesen sein.

»Wir müssen was unternehmen«, stellte Malise fest, nervös auf und ab gehend, den unvermeidlichen Zigarillo zwischen den Lippen.

»Und was?« Inge blickte ihn fragend an.

»Keine Ahnung.« Malise blieb am Fenster stehen und starrte in den dunklen Garten hinaus.

Plötzlich drehte sie sich um. »Wenn er das wirklich getan hat, ist niemand mehr vor ihm sicher«, sagte sie heftig.

»Natürlich hat er es getan«, sagte Kate. »Wer soll es sonst gewesen sein?«

»Malise zum Beispiel«, ließ sich Rita vernehmen, die bisher kein Wort gesagt hatte.

»Spinnst du?« brauste Malise auf. »Warum hätte ich so was tun sollen?«

»Um Mattuschek in Verdacht zu bringen. Jede von uns weiß, daß du ihn verabscheust.«

Malise bedachte sie mit einem Blick aus zusammengekniffenen Augen. Ihre Stimme klang gefährlich leise. »Du mußt wohl immer Unfrieden stiften, was?«

Sie machte einen schnellen Schritt auf sie zu, Rita wich zurück.

»Müßt ihr schon wieder mit der Streiterei anfangen?« sagte Inge scharf.

Rita zog ein beleidigtes Gesicht, Malise warf mit einer wütenden Bewegung ihr Haar nach hinten.

»Jedenfalls ist es so, daß Brandstiftung bisher nicht nachgewiesen werden konnte«, fuhr Inge fort. »Wir werden nie einen Beweis haben für das ...«

»... was wir sowieso wissen«, ergänzte Malise ungeduldig. »Die Frage ist doch nur: Wie lange wollen wir uns noch quälen lassen? Ihr wißt, daß er nicht von alleine aufhören wird.«

Plötzlich änderte sich ihr Tonfall. Sie sprach nun leise und eindringlich.

»Also gibt es nur eines: Entweder *wir* müssen weg oder *er*.«

»Was meinst du mit ... weg?« fragte Rita und sah ihr ins Gesicht.

»Na ja, er muß eben verschwinden«, sagte Malise so leichthin, als spräche sie von einem Fleck auf ihrer Hose.

Kate begriff sofort.

Wir werden die Ratte ausrotten.

»Du bist verrückt«, sagte Inge trocken.

Rita beugte sich vor und sah Malise aufmerksam an. »Eines verstehe ich nicht: Er hat Kates Werkstatt angezündet, nicht deine. Ich möchte wissen, warum ausgerechnet *du* so einen Haß auf ihn schiebst.«

Das möchte ich auch gerne wissen, dachte Kate und wartete gespannt, was Malise antworten würde.

Deren Gesicht hatte sich schlagartig verdüstert. Sie nahm einen letzten Zug und zerquetschte die Kippe ihres Zigarillos, als sei sie ein ekliger Käfer.

»Du willst es also wissen, ja?« brach es heftig aus ihr heraus.

Rita zuckte erschrocken zusammen.

Malise blickte in die Runde. »Ihr habt das vierte Holzkreuz in meinem Garten gesehen, oder?«

Die Frauen nickten stumm.

»Dort liegt meine Tochter Jenna. Ich habe sie im sechsten Monat verloren, nachdem er versucht hat, mich zu vergewaltigen. Zufrieden?«

Die Frauen starrten sie an. Malise stieß die Luft aus, als sei sie plötzlich von einem großen Druck befreit. Mit etwas ruhigerer Stimme erzählte sie weiter.

»Es war an Fasching. In der Dorfschenke war Maskenball. Mir ging's nicht gut … mein Mann, Georg, hatte mich gerade verlassen. Er wollte kein viertes Kind. Also … ich hatte getrunken, mir war schlecht, ich ging raus an die frische Luft. Auf einmal sehe ich, wie mir jemand folgt. Gleich darauf ist der Kerl über mir. Ich habe geschrien, mich gewehrt. Da hat er zugeschlagen. Hat mich gepackt, auf den Boden geschleudert. Und zugetreten, immer wieder.«

Rita wimmerte.

Kate räusperte sich und fragte tonlos: »Hast du ihn angezeigt?«

Malise lachte höhnisch auf. »Klar! Aber er war maskiert. Es gab keine Zeugen. Nicht mal Spermaspuren, soweit ist er ja nicht gekommen. Die Polizei hat mir klipp und klar gesagt, ich hätte nicht die geringste Chance.«

»Aber ... wenn er maskiert war, woher weißt du dann, daß er es war?«

Malise bedachte Kate mit einem eisigen Blick. »Glaub mir, Liebes, ich *weiß*, daß er es war. Und wenn er damals ein Messer bei sich gehabt hätte, wäre ich nicht mehr am Leben.«

Kate stöhnte leise auf. Inge strich ihr beruhigend über den Rücken.

»Warum bist du nicht weggegangen, Malise?« wollte Rita wissen. »Wie hast du das ausgehalten, Tür an Tür mit ihm?«

Malise lachte bitter auf.

»Ich wollte ihm meinen Anblick nicht ersparen. Er sollte sich an jedem Tag daran erinnern ... an jedem verdammten Tag, bis ...« Sie ließ das Ende des Satzes in der Luft hängen.

»Bis was?«

Malise lächelte. »Ich sagte doch schon: Er muß eben verschwinden!«

VIERZEHN

Im Krankenhaus kam es zu einer unerwarteten Begegnung. Als Kate die Tür zu Samuels Zimmer öffnete, saßen dort Bernd und Ramona. Sie wollte sofort das Weite suchen, aber Samuel hatte sie bereits entdeckt.

»Schau mal, Mam, wer da ist!« rief er freudestrahlend, und Kate blieb nichts anderes übrig, als einzutreten.

»Hallo«, sagte sie und hielt Ramona ihre Hand hin wie einen toten Fisch.

Ramona, die zweifellos eine blühende Schwangere war, ignorierte die Hand, sprang auf und küßte Kate rechts und links auf die Wangen.

»Hallo, Kate! Ich freue mich so, daß wir uns endlich kennenlernen. Ich habe schon so viel von dir gehört.«

»Sicher nur das Beste«, gab Kate bissig zurück.

Sie nickte Bernd kurz zu und küßte Samuel, der mit seinen bandagierten Gliedmaßen und dem Rundum-Kopfverband aussah wie eine Mumie. Auf seinem Bett türmten sich die Geschenke.

»Weißt du, daß ich Patenonkel werden soll? Stell

dir vor: erst dreizehn und schon Onkel – ist doch voll cool!« Samuel kicherte.

Ramona sah Kate mit einem ängstlichen Ausdruck an. »Ich hoffe, du hast nichts dagegen?« fragte sie. »Wir haben lange überlegt, ob es dich kränken könnte.«

Kate verkniff sich die unfreundliche Bemerkung, die ihr auf der Zunge lag.

»Was sagst du dazu, Mam?« wollte Samuel wissen.

»Oh, das ist ganz und gar deine Sache«, sagte Kate.

Darauf könnt ihr lange warten, daß ich euch den Gefallen tue und weinend zusammenbreche, dachte sie grimmig und biß sich auf die Lippen.

»Ich kann ihm das Radfahren beibringen«, überlegte Samuel.

»Bist du sicher, daß es ein Junge wird?« fragte Kate.

»Das wissen wir schon«, erklärte Bernd. »Er soll Tim heißen.«

»Ah ja.« Kate räusperte sich.

Plötzlich schwiegen alle gleichzeitig. Um die ungemütliche Stille zu durchbrechen, fragte Ramona betont munter: »Soll ich »Rush-Hour« mit dir spielen, Sammy?«

»Samuel«, sagte Kate. »Er heißt Samuel.«

Überrascht sah Ramona auf.

»Laß doch«, sagte Bernd, und Kate fragte sich zum millionsten Mal, was sie an diesem Mann, mit dem sie mal verheiratet gewesen war, gefunden hatte.

Sie sahen beide eine Weile zu, wie Ramona und Samuel spielten, ohne ein Wort miteinander zu wechseln.

»Komm mit, Katie, ich möchte was mit dir besprechen«, sagte Bernd irgendwann und stand auf.

Kate zuckte die Schultern und folgte ihm auf den Krankenhausflur. Sie setzten sich in die Besucherecke, die aus ein paar wenig einladenden orangefarbenen Plastikstühlen und einer Zimmerpalme bestand.

»Ich wüßte gerne, wie es bei euch jetzt weitergeht«, begann Bernd.

Kate lächelte spöttisch. »Da geht's dir wie mir – das wüßte ich auch gerne!«

»Mach's mir nicht so schwer«, bat Bernd, »es ist mir ernst. Wenn ich die Dinge richtig sehe, besitzt du derzeit eine abgebrannte Werkstatt und einen Haufen Schulden für dein Haus.«

»Das siehst du völlig richtig.«

»Ich ... ich möchte euch gerne helfen. Ich habe das Gefühl, daß ich dir was schulde.«

Kate lachte auf. »Das könnte man allerdings so sehen! Aber wie du weißt, will ich kein Geld von dir.«

»Ich bewundere deine Haltung, Kate, aber sieh das Ganze bitte mal pragmatisch. Laß uns einfach sagen: Ich tue es nicht für dich, ich tue es für Samuel. Ich will, daß er in gesicherten Verhältnissen lebt.«

Kate drehte müde eine ihrer roten Haarsträhnen um die Finger.

Mein Gott, ja, es wäre eine Riesenerleichterung, wenn sie über ihren Schatten springen und ihren blöden Stolz vergessen könnte.

Ohne Geld würde sie ihre Werkstatt nicht wieder aufbauen und kein neues Werkzeug anschaffen können.

Sie würde sich einen Job suchen müssen: Verkäuferin, Putzfrau, was sich eben so bot. Damit würde sie nicht genügend verdienen können, daß es zum Leben reichte. Die Schulden würden ihr bald über den Kopf wachsen. Sie würde sich Geld leihen müssen, um die Zinsen zu zahlen. Es wäre eine Spirale ohne Ende.

»Nein«, sagte sie mit fester Stimme, »ich schaffe es alleine.«

Sie erhob sich, um in Samuels Zimmer zurückzugehen. Bernd hielt sie am Arm fest. Eindringlich sprach er auf sie ein.

»Ich würde dir Unterhalt zahlen. Und ich würde dir ein Darlehen zur Verfügung stellen, damit du dir eine neue Werkstatt einrichten kannst. Im Lauf der Zeit kannst du mir immer soviel zurückzahlen, wie du übrig hast.«

Plötzlich wurde Kate wütend. »Du denkst wohl, mit Geld sei alles zu regeln? Mit Geld könntest du Samuel über den Verlust seines Vaters trösten, mit Geld könntest du dein schlechtes Gewissen beruhigen? Irrtum! Dein Scheißgeld interessiert mich nicht, verstanden?«

»Und warum hast du dann so ein Theater um die Lebensversicherung gemacht?« fragte Bernd aufgebracht.

»Weil das *mein* Geld war, begreifst du nicht den Unterschied?« schrie Kate.

»Du bist unverbesserlich!« schleuderte Bernd ihr entgegen, »deine verdammte Sturheit bringt dich noch mal um!«

»Und wenn schon«, meinte Kate wegwerfend.

Dann kniff sie die Augen zusammen und legte den Kopf schief.

»Sag mal, wie kommt's eigentlich zu dieser plötzlichen Großzügigkeit? Neulich machst du mir eine Riesenszene wegen Geld, das mir sowieso gehört, und jetzt willst du mir dein eigenes noch hinterherschmeißen?«

Bernd hüstelte verlegen. »Ehrlich gesagt, es war nicht meine Idee.«

»Hätte mich auch gewundert, Darling«, sagte Kate mit beißender Ironie in der Stimme.

Es war Herbst geworden. Kate lief quer über ein abgemähtes Feld. Sie mochte es, wie die Stoppeln unter ihren Schuhen knisterten. Ein blaßblauer Himmel wölbte sich über den Feldern bis hin zu einem Waldstück vor ihr.

Na ja, er muß eben verschwinden.

Der Satz war in der Luft hängengeblieben. Kate hatte ihn mit nach Hause genommen, er hämmerte in ihrem Kopf und ließ sie nachts nicht schlafen.

Sie wünschte nichts sehnlicher, als daß Mattuschek verschwinden sollte. Sie empfand ihn wie ein Geschwür, wie eine gefährliche Wucherung, die immer größer wurde und immer mehr Raum in ihrem Leben einnahm. Sie haßte es, daß er ihr Denken ausfüllte bis in die kleinste Verästelung, daß kein Tag verging, an dem sie sich nicht stundenlang mit ihm beschäftigte.

Ja, dachte Kate, ich wünsche ihm den Tod.

Ich wünsche ihm den Tod.

Blödsinn, dachte sie, du kannst niemanden umbringen. Du mußt versuchen, dich von diesem Haß zu befreien. Du darfst ihm keinen Raum mehr geben, keine Macht über deine Gedanken.

Du kannst niemanden umbringen.

Zu spät. Dieser Haß hat doch längst Besitz von deinen Gedanken ergriffen, seine Dämonen auf dich gehetzt, deine Seele vergiftet. Worauf wartest du noch? Anders wirst du niemals Frieden finden, das weißt du genau.

Worauf wartest du noch?

Kate lief einen Feldweg entlang, der direkt auf das Waldstück zuführte. Obwohl der Oktober dem Ende zuging, war es mild. Der Weg vor Kate war staubig. Einige Krähen flogen auf, als sie sich näherte. In der Ferne tuckerte ein Traktor. Weit und breit war keine Menschenseele zu sehen.

Ein Geräusch hinter ihr ließ sie zusammenzucken. Sie drehte sich im Laufen um. Es war ein Rennradfahrer, der in hoher Geschwindigkeit in ihre Richtung fuhr. Er trug einen enganliegenden Renndreß, eine Sonnenbrille und einen Helm; er sah aus wie all die Radfahrer, die ihr ständig begegneten.

Trotzdem war Kate plötzlich unruhig.

Sie lief weiter, in Gedanken maß sie die sich verringernde Entfernung zwischen ihr und dem Radfahrer. Sie war jetzt kurz vor dem Wald; er mußte direkt hinter ihr sein, gleich würde er sie überholen.

Sie hörte die Reifen auf dem Weg, das Geräusch der Pedale, den keuchenden Atem des Fahrers. Die Zeit verlangsamte sich, schien stehenzubleiben, wie damals bei ihrem letzten Rennen. Der Moment, in dem sie erwartete, den Radfahrer an sich vorbeifahren zu sehen, dehnte sich ins Unendliche.

Plötzlich war er da. Als sei er unmittelbar ihren Gedanken entsprungen, sah sie das Gesicht des Mannes nur Zentimeter von ihrem entfernt. Ihre vor Schreck erstarrten Züge spiegelten sich in den Gläsern seiner Sonnenbrille. Er packte sie mit beiden Händen, stieß sie zu Boden und hockte in der nächsten Sekunde auf ihrem Brustkorb. Dann schlossen sich seine Hände um ihren Hals.

Kate rang nach Luft. Die Welt um sie begann zu verschwimmen, feurige Räder drehten sich vor ihren Augen. Dazwischen sah sie die Fratze ihres Angreifers auftauchen und wieder verschwinden.

Das war's also, dachte sie, er bringt mich um. Gleich werde ich das Bewußtsein verlieren und sterben. Er wird mich liegenlassen und verschwinden, und irgendein Spaziergänger wird wieder eine tote Frau finden. Kate spürte, wie sie innerlich wegdriftete.

Vielleicht lassen *Sie es geschehen. Denken Sie mal drüber nach!*

Schlagartig war sie hellwach. Nein, diesmal würde sie es nicht geschehen lassen! Sie würde Samuel nicht alleine lassen! Kate zwang sich, die Augen zu öffnen. Sie nahm ihre gesamte Kraft zusammen und bäumte sich gegen ihren Widersacher auf.

Der Mann, der nicht mehr mit ihrer Gegenwehr gerechnet hatte, lockerte für einen Moment seinen Griff; beinahe wäre es ihr gelungen, ihn zur Seite zu kippen. Aber gleich darauf hatte er wieder ihre Handgelenke gepackt. Mit aller Kraft preßte er sie auf den Boden. Wenigstens bekam Kate jetzt wieder Luft; mit jedem Atemzug kehrte die Kraft in ihren Körper zurück.

Sie warf sich hin und her, versuchte, mit dem Knie seinen Unterleib zu treffen, schrie ihren Haß heraus.

»Laß mich los, du Schwein, ich bringe dich um! *Ich bringe dich um!*«

Sie kämpfte verbissen, aber sie spürte, das sie zusehends ermattete. Er hatte einfach die größere Körperkraft und mußte sie nur so lange in Schach halten, bis sie müde war. Dann würde er leichtes Spiel mit ihr haben.

Kates Denkvermögen setzte aus, sie konnte ihre Bewegungen nicht mehr koordinieren, es war, als löse sie sich auf. Sie spürte, daß sie im Begriff war, aufzugeben. In der Sekunde, bevor ihr Widerstand endgültig zu brechen drohte, hörte sie plötzlich ein Geräusch: Ffffff.

Das Fauchen eines Drachen.

Mit großer Anstrengung öffnete sie die Augen und sah über den Bäumen des Waldes einen Heißluftballon auftauchen, in den gerade ein Feuerstoß fuhr. Aus dem Korb des gravitätisch schwebenden Gebildes winkten Menschen. Heiße Sehnsucht wallte in Kate auf. Sie wollte dort oben sein, in der Geborgenheit der Gondel, die sie wegtragen würde aus der Gefahr.

Warum hatte sie eigentlich nie eine Ballonfahrt gemacht? Jetzt war es zu spät.

Plötzlich ließ der Angreifer von ihr ab. Er sprang auf sein Rad, und Sekunden später war er zwischen den Bäumen verschwunden.

»Jetzt haben wir ihn, diesmal wandert er in den Knast!« jubelte Malise und legte ein feuchtes Tuch auf die Schürfwunden in Kates Gesicht.

Kate schrie auf. Rita und Inge saßen mit besorgten Gesichtern um die Decke herum, auf die sie Kate gebettet hatten, als sie stöhnend zu Malise hereingetorkelt war.

»Du mußt sofort zu einem Arzt. Wir brauchen einen Zeugen«, fuhr Malise fort.

Befremdet sah Inge sie an. Rita, die mal einen Erste-Hilfe-Kurs besucht hatte, untersuchte vorsichtig Kates Gliedmaßen. Sie beugte und streckte ihre Beine und tastete Stück für Stück die Arme ab.

»Tut das weh?« fragte sie.

»Frag mich lieber, ob es eine Stelle gibt, die nicht weh tut«, stöhnte Kate.

Rita untersuchte jetzt Kates Oberkörper. »Hoffentlich ist keine Rippe gebrochen«, sagte sie besorgt. »Kannst du ohne Probleme atmen? Hol mal tief Luft und atme langsam wieder aus.«

»Geht«, preßte Kate heraus.

»Mensch, der hat dich ja richtig gewürgt!« stellte Rita erschrocken fest, als sie die blauroten Male an Kates Hals entdeckte.

»Das bringt ihm garantiert ein paar Jahre ein«, frohlockte Malise. »Was stand auf dem Ballon, Kate? Kannst du dich erinnern? Wenn wir die Leute finden, die in dem Ballon waren, haben wir noch mehr Zeugen. Wir drei sagen natürlich auch aus!«

Kate versuchte, sich ein wenig aufzurichten. Sie stöhnte leise.

»Es wird keinen Prozeß geben. Ich werde ihn nicht anzeigen.«

»Wie bitte?« Malise sah Kate fassungslos an. »Der Kerl hätte dich um ein Haar umgebracht!«

»Stimmt. Aber niemand war dabei. Der Ballon war viel zu weit weg; keiner kann einen Menschen aus dieser Höhe identifizieren«, sagte Kate, »schon gar nicht, wenn dieser Mensch eine Sonnenbrille und einen Helm trägt. Wenn wir Glück haben und er überhaupt verurteilt wird, kriegt er ein paar Monate, und der Terror geht weiter. Nein, meine Lieben, wir werden schön stillhalten. Dann wird später niemand auf die Idee kommen, uns mit seinem Verschwinden in Verbindung zu bringen.«

Einen Augenblick war es totenstill im Raum.

»Mit seinem Verschwinden?« fragte Rita und schluckte.

»Du meinst...«, begann Inge, brach aber ab.

Malises Gesicht verzog sich zu einem breiten Lächeln. »Ja, natürlich, du hast völlig recht! Höchste Zeit, daß wir es endlich tun.«

Inge stand mit einer brüsken Bewegung auf. »Ohne mich«, sagte sie entschieden. »Gebt mir Bescheid, wenn ich sonst helfen kann.«

Damit ging sie.

»Ja, also, ich weiß auch nicht recht«, sagte Rita verunsichert. »Ihr wißt, ich bin nicht zimperlich. Aber mit so was will ich nichts zu tun haben.«

Gleich darauf war auch sie verschwunden.

Malise und Kate sahen sich an.

»Bleiben wir zwei«, sagte Malise. »Und der Plan.«

»Was machen wir jetzt?« fragte Kate.

»Abwarten«, erwiderte Malise. »Wichtig ist, daß niemand dich in diesem Zustand sieht, sonst geht das Gerede los. Am besten, du bleibst eine Weile bei mir.«

»Was sage ich Franz?«

»Daß du wegfahren mußt.«

»Und Samuel?«

»Ich bringe dich jeden Tag hin. Ihm solltest du übrigens sagen, was passiert ist. Vielleicht glaubt er dann endlich, daß Mattuschek nicht sein Freund ist.«

»Nein, das kann ich nicht, das würde ihn zu sehr belasten«, widersprach Kate. »Ich sage ihm, ich wäre gestürzt.«

Sie überlegte kurz, dann willigte sie in Malises Vorschlag ein.

Endlich wurde Samuel aus der Klinik entlassen. Sein Anblick trieb Kate die Tränen in die Augen. Er schien kleiner und dünner als je zuvor, das, was von seinen Locken nicht versengt worden war, war bis auf wenige Millimeter abrasiert, sein Körper war übersät mit Brandnarben, zwei davon, in seinem Gesicht, würden für immer sichtbar bleiben.

Italien. Der erste Familienurlaub am Meer. Samuel ist zwei; hingebungsvoll buddelt er Löcher und schiebt seinen Spielzeugbagger mit lautem »Brumm, brumm« durch den Sand. Kate liegt in der Sonne und schaut ihm zu, neben ihr Bernd, in ein Magazin vertieft. »Cooooco, Coooco, Melone, Ananas« ertönt der Ruf des fliegenden Händlers, der seinen Bauchla-

den mit Früchten unermüdlich den Strand entlanggeschleppt.

Samuel läßt seinen Bagger im Stich, läuft auf den Mann zu und ruft: »Millione, Millione!« Der Mann lacht, seine weißen Zähne blitzen im dunkelbraun gebrannten Gesicht. Er reicht dem kleinen, blondgelockten Jungen ein Stück Wassermelone.

»Ché bello biondo!« ruft er aus, »é un angelo caduto dal cielo!« Ein Engel, der vom Himmel gefallen ist.

Samuel beißt in die Melonenscheibe, daß ihm der rote Saft über Brust und Bauch läuft. Kate kramt ihren Geldbeutel aus der Strandtasche, der Verkäufer winkt ab. »É un angelo«, wiederholt er und stapft weiter.

Samuel kommt auf Kate zugelaufen, wirft sich ihr, melonensaftverklebt, in die Arme und murmelt verzückt: »Millione!« Das rotblonde Haar wird von der Sonne in einen Lichtkranz verwandelt, der seinen Kopf umrahmt.

Als Kates Gesicht abgeschwollen und ihre Wunden einigermaßen verheilt waren, traf sie sich mit Olga.

»Ich möchte, daß du alle Aktivitäten gegen Mattuschek einstellst und nur noch auf das reagierst, was von ihm kommt, und zwar so entgegenkommend wie möglich«, forderte sie ihre Freundin auf.

»Was ist passiert?« erkundigte Olga sich überrascht.

»Ich habe beschlossen, von meiner Seite alles zu unterlassen, was den Streit zum Eskalieren bringen könnte«, erklärte Kate. »Ich muß mit dem Mann die nächsten Jahre leben. Vielleicht gibt er auf, wenn er keinen Widerstand mehr spürt.«

Olga betrachtete Kate zweifelnd. Dann fragte sie: »Glaubst du eigentlich, daß er etwas mit dem Feuer zu tun hat?«

»Glaubst du es?« fragte Kate zurück.

Olga wiegte den Kopf. »Meine Erfahrung zeigt, daß fast alle Menschen zu fast allem fähig sind. Ich habe nicht mehr sehr viel Vertrauen in das sogenannte Gute im Menschen. In meinen Augen könnte er es gewesen sein. Aber wir werden das niemals mit Sicherheit wissen.«

Kate hatte inzwischen den Abschlußbericht der Polizei bekommen, in dem es hieß, daß Brandstiftung nicht eindeutig nachgewiesen werden konnte. Sie war nicht mal enttäuscht gewesen. Sie hatte nichts anderes erwartet.

»Also, glaubst du es?« wiederholte Olga.

»Ach, weißt du, irgendwie kann ich es mir nicht vorstellen«, sagte Kate mit sanfter Stimme, »er ist eine Nervensäge, das schon. Aber er ist auch feige. Ich glaube nicht, daß er den Mut hätte, so etwas zu tun.«

»Dein Wort in Gottes Ohr. Denn wenn er den Schuppen angesteckt hat, ist er auch zu Schlimmerem fähig; dann würde ich allmählich Angst um dich kriegen.«

Olga überlegte kurz, dann schien ihr ein neuer Gedanke zu kommen. »Weißt du, wenn wir ihn tatsächlich mal ins Leere laufen lassen, anstatt immer Kontra zu geben, vielleicht nehmen wir ihm damit den Wind aus den Segeln«, überlegte sie. »Ich ziehe den

Einspruch gegen das Flötenurteil zurück, einverstanden?«

Kate nickte, sie war zufrieden. Olga hatte ihr den Sinneswandel offenbar abgenommen. Es war wichtig, daß überall der Eindruck entstand, die Nachbarschaftsfehde habe sich entschärft.

Wann immer im Dorf die Sprache auf den Streit mit ihrem Nachbarn kam, gab Kate sich versöhnlich. Doch, doch, sie hätte durchaus Verständnis für seine Beschwerden; der Flötenunterricht sei wahrhaftig kein Labsal für sensible Ohren, und der Schuppen sei eindeutig über seinen Grund gebaut gewesen.

Der unerwartete Schmusekurs seiner Kontrahentin schien Mattuschek tatsächlich aus dem Konzept zu bringen. Immer wieder lungerte er ohne ersichtlichen Grund in seinem Garten und auf dem Gemeinschaftsgrund herum, so als warte er auf igendeine Reaktion von ihr.

Malise, Rita und Inge nahmen keine Notiz von ihm, sie behandelten ihn wie Luft. Den Gipfel der Heuchelei brachte Kate fertig, die begann, ihn wieder freundlich zu grüßen. Eines Morgens, als sie – immer noch lädiert – vor Malises Haustür trat, um die Zeitung zu holen, stand er unerwartet vor ihr. Anstatt ihn anzuschreien oder die Tür zuzuknallen, blieb sie demonstrativ stehen.

»Guten Morgen, Herr Mattuschek«, grüßte sie und sah ihm direkt ins Gesicht.

Er lief rot an, wich ihrem Blick aus und verschwand fluchtartig in seinem Haus.

Gudrun bemühte sich, Kate und den anderen Frauen aus dem Weg zu gehen. Vorsichtig spähte sie aus der Tür, bevor sie das Haus verließ; mit gesenktem Blick huschte sie an ihnen vorbei, wenn sich eine Begegnung nicht vermeiden ließ. Alle vier Frauen straften sie mit Verachtung, in das sich eine Spur Mitleid mischte. Wer wußte schon, was er alles mit ihr anstellte?

Einmal beobachtete Kate, wie Gudrun Samuel im Vorbeigehen die Wange streichelte. Auf Kate wirkte die Geste wie eine Entschuldigung; wie das Eingeständnis einer Mitschuld.

Seit es den Plan gab, war Kate wie ausgewechselt. Sie strotzte vor Energie und Tatendrang, und ihre anfänglich nur aufgesetzte Heiterkeit wurde nach und nach echt. Irgendwann begann sie, sich so entspannt und souverän zu fühlen, wie sie sich nach außen hin gab. Die Gewißheit, ihren schlimmsten Feind bald loszusein, versetzte sie fast in einen Rausch.

»Was ist denn mit dir passiert?« wunderte sich Franz über ihre Hochstimmung. »Hast du dich endlich mit deinem Nachbarn versöhnt?«

»So ähnlich.« Kate lächelte.

»Das wurde aber auch Zeit«, seufzte Franz erleichtert.

Er griff nach Kate und zog sie an sich. »Wäre doch schade, wenn wir uns von so einem den Spaß verderben ließen.«

Wie recht du hast, dachte Kate und ließ sich von ihm bereitwillig Richtung Wohnzimmercouch ziehen. Sekunden später waren sie ineinander verschlungen. Kate erlebte den Sex so intensiv wie lange nicht mehr.

»Ich möchte unbedingt mit dir wegfahren!« sagte Franz danach, noch völlig außer Atem. »Nur wir zwei, irgendwohin, wo es schön ist.«

Kate fuhr ihm mit der Hand durch die verstrubbelten Haare.

»Mal sehen«, sagte sie unbestimmt. »Irgendwann vielleicht.«

Im Moment hatte sie wichtigere Dinge vor.

In den Köpfen von Kate und Malise formte sich ganz allmählich eine Vorstellung davon, wie ihr Plan in die Tat umzusetzen sei.

Sie wußten, daß Zeit verstreichen müßte. Zeit, in der gewisse Dinge in Vergessenheit geraten würden. Zeit, die einen Zusammenhang zwischen bestimmten Ereignissen überdecken würde. Zeit, den Feind in Sicherheit zu wiegen, damit er ohne jeden Argwohn wäre, wenn *seine* Zeit abgelaufen sein würde.

»Seht ihr, er hat aufgehört mit dem Terror«, stellte Inge eines Tages fest. »Sicher ist es ihm langweilig geworden. Nur gut, daß wir nicht die Nerven verloren haben.«

Kate und Malise wechselten einen Blick. Sie waren überzeugt, daß die Ruhe trügerisch war. Unter Garantie brütete Mattuschek über neuen Gemeinheiten. Das war nicht das Ende, das war nur eine strategische Pause in diesem Stellungskrieg, der über kurz oder lang neue Opfer fordern würde.

Tai-ai-ai-aime is on my side, oh, yes it is..., summte Kate leise vor sich hin.

FÜNFZEHN

Es hatte lange gedauert, bis das unwirtliche, graue Übergangswetter aufgehört und sich in frostigklares Winterwetter verwandelt hatte. Richtig geschneit hatte es nur einmal, Anfang Dezember. Die dünne weiße Schicht war aber lange liegengeblieben und hatte der Landschaft etwas Unwirkliches verliehen.

Kate hatte sich eine provisorische Werkstatt im Wohnzimmer eingerichtet. Für die nötigsten Werkzeuge hatte sie sich Geld geliehen; bei einem Holzhändler in der Schweiz hatte sie gerade so viel Holz bestellt, wie sie bezahlen konnte. Sie bemühte sich, wenigstens einige ihrer Aufträge zu erfüllen; die anderen Kunden mußte sie vertrösten. In einigen Fällen klappte es, manche zogen ihre Aufträge zurück.

Sie arbeitete nun aushilfsweise in einem Sportgeschäft in der Kreisstadt, fuhr auf ihrem Auto das Werbeschild eines Fahrradherstellers spazieren und hatte alles zu Geld gemacht, was sie nicht dringend brauchte. Einen Großteil ihrer Kleider hatte sie an eine Secondhand-Boutique gegeben, Samuels altes

Spielzeug auf dem Flohmarkt verkauft. Der Junge hatte angeboten, auf sein Taschengeld zu verzichten, und trug seit kurzem Zeitungen aus.

Nein, dachte Kate, sie waren nicht auf Bernd und sein Geld angewiesen!

Ende Januar war Tim auf die Welt gekommen. Kate konnte sich nicht vor einem Besuch bei Bernd und Ramona drücken – zu dringend hatte Samuel sich gewünscht, daß sie ihn begleite.

Mit undurchdringlicher Miene gratulierte Kate ihrem Ex-Mann und seiner neuen Frau, gab ihr Geschenk ab und wollte sich unauffällig in eine Ecke verziehen, bis Samuel sich an seinem Patenkind satt gesehen hatte.

Plötzlich legte Ramona ihr das Neugeborene in die Arme.

Kate wurde von einer heftigen Gemütsbewegung erfaßt. Erst jetzt, in diesem Moment, war das Band zwischen ihr und Bernd endgültig zerrissen. Die Trauer über das Scheitern ihrer Liebe wallte schmerzhaft in ihr auf.

Sie wandte sich ab und unterdrückte die Tränen, die ihr schon in die Augen geschossen waren. Gleich darauf hatte sie sich wieder in der Gewalt.

»Netter Kerl«, lobte sie den Kleinen. »Hoffentlich hat er nicht den Charakter seines Vaters geerbt!«

Damit gab sie Ramona das Baby zurück, die einen Moment brauchte, bis sie über die Bemerkung lachen konnte.

Dann beobachtete Kate, wie Samuel mit dem Baby umging. Er zeigte nicht das geringste Zeichen von

Eifersucht oder Rivalität, sondern war voller Fürsorge und Zärtlichkeit dem Neugeborenen gegenüber.

Kate war beruhigt. Nein, die Geburt dieses Kindes würde kein weiteres Trauma in Samuel auslösen.

Sie rang sich sogar zu dem Gedanken durch, daß es für Samuel schließlich besser wäre, einen Halbbruder zu haben als gar keine Geschwister.

Es war Februar und eiskalt. Kate stand fröstelnd in der Küche und kochte ihren Morgenkaffee.

Als sie die Haustür öffnete, um die Tüte mit den Brötchen reinzuholen, hallte Mattuscheks metallisches Organ zu ihr rüber. Unverkennbar beschimpfte er den armen, alten Gustav, der gleich darauf, händeringend und mit sich selbst redend, die Straße entlangkam.

»Ja, lauf nur«, rief Mattuschek hinter ihm her, »deine Frau wartet schon auf dich!«

Gustav blieb abrupt stehen und drehte sich um.

»Wo?« fragte er mit aufgerissenen Augen, »wo wartet meine Hilde?«

»Auf dem Friedhof, alter Trottel«, höhnte Mattuschek.

Kate wäre am liebsten hinausgelaufen und ihm an die Gurgel gesprungen. Zähneknirschend schloß sie die Tür und hoffte inständig, der arme Gustav würde die gemeine Kränkung schnell vergessen.

Sie bereitete das Frühstück für Samuel zu, der gähnend in die Küche kam.

»Kaufst du mir neue Handschuhe?« fragte er mit treublauem Augenaufschlag.

»Hast du deine schon wieder verloren?« fragte Kate ungläubig.

Samuel nickte.

»Das war das dritte Paar in diesem Winter«, schimpfte Kate.

Samuels Zerknirschung hielt sich in Grenzen. »Stimmt nicht«, verbesserte er, »ich habe immer nur einen verloren, nie das ganze Paar.«

»Also gut, dann ziehst du die verdammten Dinger jetzt einzeln an!« befahl Kate. »Den rechten vom einen Paar und den linken vom anderen.«

»Geht leider nicht! Ich habe dreimal den linken verloren.«

Samuel grinste lausbübisch. Kate zog eine Grimasse.

Es klingelte: Simon kam, um Samuel abzuholen. Gemeinsam gingen die zwei Freunde zum Schulbus.

Kate machte es sich mit ihrem Kaffee und der Zeitung gemütlich. Schritte auf dem Flur unterbrachen nach wenigen Minuten ihre Lektüre. Die Küchentür ging auf, und Inge steckte den Kopf hinein.

»Morgen. Hast du Gustav gesehen?«

»Ja, vorhin. Er hatte wieder Ärger mit Mattuschek. Der Scheißkerl hat ihn zum Friedhof geschickt. Dort warte schon seine Frau auf ihn!«

Inge ballte die Fäuste. »Irgendwann …«, preßte sie zwischen den Zähnen hervor, sprach aber nicht weiter.

»Wenn ich Gustav sehe, bringe ich ihn nach Hause«, versprach Kate, die gleich zum Einkaufen gehen wollte.

Ohne Gustav begegnet zu sein, kehrte sie eine knappe Stunde später nach Hause zurück.

Sie knetete und massierte ihre Hände, bis sie einigermaßen warm waren. Dann machte sie sich an die Arbeit.

Es war kalt im Haus; sie mußte Öl sparen. Im dicken Pullover, mit einem Schal um den Hals und Wollsocken an den Füßen, hockte sie vor ihrer provisorischen Werkbank.

»Scheiße, verdammte!« fluchte sie irgendwann und knallte die Feile auf den Tisch, ein gebrauchtes Ding, fast stumpf und von lächerlicher Qualität. Keiner, nicht mal der alte Johannser, hätte damit etwas Anständiges zustande gebracht.

Ärgerlich griff sie nach einer Kiste mit Stoffpüppchen, deren hohle Leiber mit Watte ausgestopft werden mußten. Auch mit dieser stumpfsinnigen Tätigkeit verdiente sie ein paar Mark.

Wenn sie doch endlich wieder richtig arbeiten könnte! In Momenten wie diesem überlegte sie, Bernds Angebot anzunehmen. Aber gleich darauf verwarf sie den Gedanken wieder. Nein, nein, nein. Sie würde es allein schaffen!

Plötzlich zerriß ein Schrei die klare, kalte Winterluft, wütend und schmerzerfüllt.

Kates Körper überzog sich von oben bis unten mit einer Gänsehaut. Getrieben von einer schrecklichen Ahnung, rannte sie aus der Werkstatt, durch das Loch in der Hecke, quer durch den Garten von Malise.

Vor dem Haus der Mattuscheks war ein Menschenauflauf.

Gustav lag auf dem Boden, die Gliedmaßen merkwürdig verrenkt. Der Schnee rund um seinen Kopf färbte sich langsam rot.

Kate sah in das verzerrte Gesicht von Inge.

»Er hat ihn umgebracht!« brüllte sie und schüttelte die Faust Richtung Mattuschek, dessen Gesicht an einem Fenster im Obergeschoß auftauchte und schnell wieder verschwand.

Es war eine kurze Beerdigung.

Nach dem Trauergottesdienst zog eine kleine Gruppe dick vermummter Menschen zum Friedhof. Zwei Tage hatte man gearbeitet, um das Grab aus dem steinhart gefrorenen Boden auszuheben. Inge hatte darauf bestanden, daß trotz der widrigen Wetterverhältnisse das Begräbnis so bald wie möglich stattfinden sollte.

»Ich will nicht, daß er wochenlang in irgendeinem Kühlschrank liegt und dann auch noch durch die Gegend gefahren wird. Er soll endlich zu seiner Hilde kommen.«

Nachdem der erste Schock nachgelassen hatte, war Inges Sinn fürs Pragmatische mit einer Heftigkeit zurückgekehrt, die Kate erschreckte. Innerhalb von zwei Tagen hatte Inge das Begräbnis organisiert, die Traueranzeigen in Auftrag gegeben und alle nötigen Formalitäten erledigt. Kaum eine Woche nach seinem Tod hatte sie bereits sämtliche Sachen von Gustav aus dem Haus entfernt. Kate erschien Inges Aktionismus wie eine Flucht vor ihren Gefühlen.

Sie selbst war noch immer wie gelähmt. Der tote Gustav im Schnee, die umherstehenden Leute, die verzweifelte Inge – diese Bilder ließen sie nicht los.

Inzwischen hatte sie herausgefunden, was geschehen war.

Inge war durchs ganze Dorf gelaufen, hatte alle Orte abgesucht, wo Gustav sonst immer Station machte – ohne Erfolg. Schließlich war sie zu einer großen Baustelle am Ortsrand gekommen. Ein Hotel sollte dort entstehen; der Rohbau stand schon, und wo die Tiefgarage geplant war, klaffte eine zehn Meter tiefe Grube. Wegen des Wetters wurde zur Zeit dort nicht gearbeitet. Die Baustelle war vorschriftsmäßig von einem Bauzaun eingefaßt, lediglich an der Stelle, wo die Baumaschinen rein- und rausfuhren, war ein rot-weißes Plastikband angebracht. Inge bemerkte, daß das Band zerrissen war, und betrat die Baustelle. Suchend schritt sie das Gelände ab. Als sie die Baugrube erreichte, entdeckte sie den leblosen Körper ihres Vaters.

Anstatt Hilfe zu holen, machte sie sich selbst auf die Suche nach Seilen und einer Leiter. Sie zog ihren Vater heraus und schleppte ihn durchs ganze Dorf; eine Kraftanstrengung, die eigentlich außerhalb ihrer Möglichkeiten lag. Jeden, der es wagte, sie anzusprechen oder ihr Hilfe anzubieten, knurrte sie wütend an. Hilflos wanderten die Abgewiesenen hinter der verzweifelten Frau und ihrem toten Vater her, bis der makabre Trauerzug vor dem Haus von Mattuschek angekommen war.

Inges Meinung über das, was geschehen war, stand fest. »Nie hat Gustav die Hauptstraße überquert«, sagte sie immer wieder. »Hier, auf dieser Seite des

Dorfes hat er sich ausgekannt. Diesmal ist er rüber, um Hilde zu suchen, und dabei ist es passiert.«

Als der Pfarrer beim Trauergottesdienst von einem »tragischen Unfall« sprach, lachte sie höhnisch auf. »Umgebracht hat er ihn«, wiederholte sie laut genug, daß alle es hören konnten.

Mattuschek hatte es nicht gewagt, bei der Beerdigung zu erscheinen. Am Abend des Unglückstages hatten die Frauen beobachtet, wie er den vom Blut gefärbten Schnee vor seinem Haus wegschippte.

Nach der Beerdigung, als die vier Frauen sich bei Malise mit Tee und Cognac wärmten, fragte Inge plötzlich: »Wann?«

»Wann was?« fragte Malise sanft.

»Wann tun wir's?«

Die vier wechselten Blicke. Schließlich landeten drei Augenpaare auf Rita.

»Ist in Ordnung, ich bin dabei«, sagte Rita schnell.

»Ich glaube nicht, daß du der Sache gewachsen bist«, sagte Malise.

»Ich? Warum denn nicht?« brauste Rita auf.

»Was wir vorhaben, ist was anderes, als ein paar Klunker aus einer Wohnung zu holen.«

Inge nickte zustimmend.

»So ein Quatsch!« rief Rita. »Behandelt mich nicht wie ein Kind.«

»Unsere letzte Aktion hast du versaut«, erinnerte sie Malise.

»Außerdem bist du vorbestraft«, gab Inge zu bedenken. »Beim geringsten Verdacht kommt die Polizei als erstes zu dir.«

Wütend funkelte Rita die drei Frauen an. »Dann kann ich euch ja bei denen gleich verpfeifen!«

Malise fuhr ihr wie ein Geschoß an die Gurgel. »Du wirst es nicht wagen!« zischte sie, und Rita wurde blaß.

»Schon gut, war nur ein Scherz«, murmelte sie erschrocken, »das würd' ich doch nie tun!«

Sie nahm Malises Hand und schmiegte das Gesicht in ihre Innenfläche.

Malise zog ihre Hand weg. Drohend sagte sie: »Wenn du Scheiße baust, erwürge ich dich eigenhändig, verstanden?«

Rita nickte. »Verstanden.«

Sie streckte die Hand aus. Malise schlug ein. Kate und Inge schlossen sich an. Schließlich hielten sich alle vier an den Händen.

»Kein Sterbenswort zu niemandem!« befahl Malise. »Wir müssen stumm sein. Stumm wie ...«

»... die Fische«, ergänzte Kate.

Rita räusperte sich. »Stumm wie die Fische.«

»Stumm wie die Fische«, sagte auch Inge, ohne zu zögern. Kate wiederholte den Satz, und schließlich sprach ihn Malise. Aus ihrem Mund klang er wie ein Urteil. Ein Todesurteil.

Es dauerte eine Weile, bis die Beklommenheit der Frauen sich gelöst hatte.

Schließlich räusperte sich Malise und sagte betont sachlich: »Also, wie sollen wir es tun?«

»Auf jeden Fall so, daß nicht ... ich meine, daß wir ...«, stotterte Rita.

»Du meinst, daß wir uns nicht die Hände schmutzig machen?« sagte Malise trocken.

Rita nickte heftig. »Ja, genau. Am besten, es sieht aus wie ein Unfall. Warum schraubst du nicht ein bißchen an seinem Wagen rum?«

»Zu unsicher. Einen Unfall könnte er überleben«, erwiderte Malise. »Außerdem sind solche Eingriffe leicht nachzuweisen.«

»Kein Unfall«, sagte Kate hart. »Er soll wissen, warum es ihm an den Kragen geht und wem er das zu verdanken hat.«

Inge widersprach. »Das ist zu gefährlich. Wir müssen eine Methode finden, bei der wir soweit wie möglich im Hintergrund bleiben können.«

»Wie wär's mit einer Briefbombe?« schlug Rita vor.

»Klar«, sagte Malise. »Wenn du uns eine bastelst?«

Rita verzog das Gesicht.

»Wir könnten ihn entführen, irgendwo einsperren und qualvoll verhungern lassen«, überlegte Malise mit leuchtenden Augen.

»Und wenn ihn einer findet? Verhungern dauert ewig. Nein, ich finde Gift besser«, sagte Kate. »Inge, du kennst dich doch mit dem Zeug aus, gibt's ein Gift, das man nicht nachweisen kann?«

Inge zuckte die Schultern. »Kann schon sein. Müßte ich recherchieren. Aber wie willst du ihm das verabreichen? Von uns kommt keine nah genug an ihn ran.«

Nachdenkliches Schweigen breitete sich aus. Die vier Frauen waren in Gedanken versunken.

»Am schönsten wäre es, wenn man ihn an einen Heliumballon binden könnte, der ihn bis in die

Stratosphäre hochzieht. Dort würde er zu Eis erstarren und irgendwo über Grönland als Schnee wieder runterkommen«, beschrieb Kate ihre Vorstellung.

Die anderen sahen sie verblüfft an.

»Eines ist gut an dem Vorschlag«, sagte Malise, »daß hinterher keine Leiche rumliegt. Eine Leiche macht immer Scherereien.«

»Wir wollen also, daß er verschwindet, aber auch, daß wir selbst nicht Hand anlegen müssen«, faßte Rita nachdenklich zusammen.

Die anderen nickten zustimmend.

»Ich glaube, dann habe ich die Lösung«, sagte Rita und lächelte geheimnisvoll.

Einige Tage später machten sich die vier Frauen auf den Weg in die Stadt. Malise trug eine Hochfrisur und eine Brille mit Fensterglas, Inge ein langes Haarteil und einen Hut, Rita eine Perücke und Kate einen Stoffturban, unter dem ihre roten Locken vollständig verschwanden. Sie sahen deutlich verändert aus, aber nur jemand, der sie kannte, hätte ihren Aufzug ungewöhnlich gefunden.

Ihr Ziel war eine Kneipe namens »Laternchen«, wo sie mit einem gewissen Miroslav zusammentreffen sollten.

Malise gab letzte Regieanweisungen. »Also, wir sind ein paar nette Landeier und machen eine Zechtour in die Stadt. Macht bloß keine konspirativen Gesichter, sondern benehmt euch ganz normal. Und noch was: Kein Alkohol!«

»Was soll denn das für eine Zechtour sein?« protestierte Rita.

»Das gilt besonders für dich!« fuhr Malise sie an. »Du fängst doch sofort an, rumzuquatschen, wenn du einen sitzen hast.«

»Ich bin doch nicht blöd!« maulte Rita.

»So, und jetzt noch mal die Namen. Wie heißt du?«

»Melanie.«

»Und du?« Sie fixierte Kate.

»Marlene«.

»Inge?«

»Michaela.«

»Richtig. Und ich heiße Martina. Alles klar?«

»Wer soll sich das bloß alles merken?« fragte Inge.

»Niemand. Wenn der Typ verwirrt ist, um so besser. Hauptsache, er erfährt nicht unsere richtigen Namen.«

Das »Laternchen« gehörte zu den Lokalen, in denen Rita früher verkehrt hatte. Neben dem Eingang befand sich ein Schaufenster, in dem vor einem verblaßten Samtvorhang ein Gummibaum aus Plastik sein Dasein fristete, eingerahmt von Fotos nicht mehr ganz junger Damen, die als Cowgirl, Ibiza-Schönheit oder Hula-Hula-Tänzerinnen verkleidet waren. Über der Tür prangten flimmernde Leuchtbuchstaben, daneben die Laterne, der das Lokal seinen Namen verdankte.

»Da sollen wir rein?« fragte Inge und sah die anderen entsetzt an. »Da werden wir doch sofort ausgeraubt oder vergewaltigt. Oder beides.«

»Ein kleines Opfer mußt du schon bringen, wenn du Willi loshaben willst«, feixte Rita.

»Wir sind zu viert – uns tut schon keiner was«, entschied Kate und öffnete beherzt die Tür.

Eine Wolke aus Qualm und menschlichen Ausdünstungen schlug ihnen entgegen, vermischt mit den Klängen von »We had joy, we had fun ...«.

Das Lokal war nicht besonders groß; den meisten Raum nahm die Bar ein. Im Hintergrund war eine kleine Bühne, davor die Tanzfläche, eingerahmt von ein paar abgeschabten Ledersesseln. An der Wand zwei Spielautomaten. Eine silberne Disco-Kugel an der Decke versprühte Lichblitze.

Der Laden war längst nicht so voll, wie die schlechte Luft vermuten ließ. Ein paar Männer lungerten am Tresen herum, zwei Mädchen drehten sich auf der Tanzfläche. In einer Ecke knutschte ein Pärchen.

»Anheimelnd«, kommentierte Malise naserümpfend.

Die Barfrau, eine rassige Türkin in schwarzem Leder, warf ihnen einen überraschten Blick zu.

»Bitte?«

»Apfelsaft«, bestellte Rita.

»Kindergarten is nebenan«, kam es zurück.

»Dann Cola«.

»Mit?«

»Ohne.«

Vier Flaschen knallten auf den Tresen.

»Keine Gläser?« fragte Kate erstaunt.

»Kein Sprit, keine Gläser.«

Es erschien nicht ratsam, sich mit der Frau anzulegen. Sie nippten an ihren Flaschen und sahen sich im Lokal um.

»Wie in 'nem schlechten Film«, flüsterte Inge.

»Wie soll er denn aussehen?« wollte Kate von Rita wissen.

»Mittelgroß, dunkelblonde Haare, Tätowierung am rechten Handgelenk.«

»Wie alt?«

»Ungefähr dreißig.«

Das war eine Beschreibung, die auf vier der fünf anwesenden Männer zutraf, sah man von der Tätowierung ab.

»Und was machen wir jetzt?« erkundigte sich Kate. »Fragen wir jeden von denen, wie er heißt, oder was?«

»Quatsch, wir warten einfach ab. Der meldet sich schon«, sagte Rita.

»Ich geh' spielen«, verkündete Inge und verschwand Richtung Automat.

»Warte, ich komme mit.« Rita folgte ihr.

»Wie die Kinder«, sagte Malise, und Kate nickte nachdenklich.

Sie fragte sich, ob es eine gute Idee gewesen war, Rita die Sache anzuvertrauen. Aber die war nun mal die einzige von ihnen mit Verbindungen in der Unterwelt.

Kate beobachtete die Barfrau, vor der die Gäste großen Respekt zu haben schienen. Sie behandelte alle gleichermaßen von oben herab, mit einem Selbstbewußtsein, das an Hochmut grenzte. Sie strahlte eine Sicherheit aus, um die Kate sie plötzlich beneidete.

»Schau mal«, sagte Malise und deutete auf die zwei tanzenden Mädchen. Sie waren eng umschlungen und bewegten sich selbstvergessen, die Gesichter aneinandergelegt. Ein dicklicher Typ versuchte, sich dazwischenzuschieben. Die Mädchen wehrten ihn ab. Im gleichen Moment schoß die Barfrau hinter ihrem Tresen hervor und komplimentierte ihn von der Tanzfläche. Schmollend zog er ab.

»Starkes Weib«, sagte Kate bewundernd.

Nach einer halben Stunde betrat eine Gruppe junger Männer das Lokal. Sie hatten hohe Wangenknochen und unterhielten sich in einer fremden Sprache. Kate stieß Malise an.

»Der eine hat eine Tatöwierung!«

»Bist du sicher?«

»Ja, ganz bestimmt.«

Malise kniff die Augen zusammen. Der junge Kerl ging direkt an ihr vorbei, sie erkannte eine grüne Schlange, die sich um sein Handgelenk wand.

»Hübsch«, feixte Malise.

Der Mann setzte sich mit seinen Freunden an einen der Tische und sah sich suchend um. Er entdeckte Rita, die betont beiläufig zur Tanzfläche schlenderte. Nach einer Weile stand er auf und folgte ihr.

Sie tanzten auf zwei Songs, ohne ein Wort miteinander zu wechseln. Dann steuerte der Mann auf einen freien Tisch zu. Rita machte den Frauen ein Zeichen.

Als alle saßen, stellte sie vor: »Also, das sind Marlene, Michaela und Melanie, ach Quatsch, Melanie bin ich, das hier ist ... Martina, oder? Ach, ist ja auch egal. Das ist jedenfalls Miroslav.«

Malise bedachte Rita mit einem vernichtenden Blick.

Miroslav, der garantiert nicht Miroslav hieß, nickte.

Er hatte ein jungenhaftes Gesicht und helle, lebhafte Augen.

Sieht absolut nicht aus wie ein Killer, dachte Kate. Aber wer sah schon aus wie das, was er war.

Miroslav vergewisserte sich mit einem schnellen Blick, daß niemand mithören konnte, dann fragte er mit starkem Akzent: »Also, was wollen?«

»Wir haben da einen äußerst unangenehmen Nachbarn ...«, sagte Rita und lächelte vielsagend. »Ronald hat dir ja schon davon erzählt.«

Miroslav musterte sie. Er fingerte eine Zigarette aus einem Päckchen und zündete sie umständlich an. Dann inhalierte er tief, blies den Rauch quer über den Tisch und sagte: »Leiche machen: zweitausend. Leiche wegmachen: noch mal zweitausend.«

Die Frauen wechselten einen überraschten Blick. Der kam ja flott zur Sache!

»Also viertausend, alles in allem?« fragte Rita nach und erhielt ein leichtes Nicken als Antwort.

Das klang nach einem Schnäppchen. Die Frauen hatten mit deutlich mehr gerechnet.

»Ist 'n faires Angebot«, führte Rita das Gespräch weiter, als hätte sie nie etwas anderes getan, als Auftragskiller anzuheuern. »Wie wird bezahlt?«

»Hälfte gleich, Hälfte später. Wie heißt Mann? Brauchen Name und Adresse.«

»Mattuschek«, schaltete Malise sich ein. »Wilfried Mattuschek.«

Miroslav sprang plötzlich auf und sah die Frauen böse an.

»Ich nicht totmachen Landsmann!«

»Wieso? Mattuschek ist doch tschechisch, und Sie sind Pole, oder nicht?« versuchte Kate, die nationalen Zugehörigkeiten von Täter und Opfer zu klären.

»Ich Pole? Wollen mich beleidigen?«

»Nein, natürlich nicht, tut mir leid«, beeilte sich Kate zu sagen. »Übrigens ist dieser Mattuschek kein richtiger Tscheche, der hatte höchstens ein paar Vorfahren aus der Gegend.«

»Er ist so deutsch, deutscher geht's gar nicht«, ergänzte Malise abfällig. »Eigentlich ist er ein richtiger Nazi.«

Beifälliges Nicken.

Miroslav setzte sich wieder und schwieg eine Weile. Aufgeregt studierten die Frauen seinen Gesichtsausdruck.

»Lebt alleine oder lebt mit seine Frau?« fragte er schließlich.

»Mit Frau. Aber die geht bald auf Kur«, sagte Inge schnell.

»Woher weißt du das?« zischte Malise.

»Gestern beim Metzger aufgeschnappt«, flüsterte Inge zurück.

»Hier, Adresse schreiben«, befahl Miroslav und schob Rita einen Zettel hin.

»Heißt das, Sie nehmen den Auftrag an?« vergewisserte sich Malise.

»Werde Situation überprüfen. Wenn positiv, nehme Auftrag an. Anzahlung, bitte, und von euch Telefonnummer.«

»Anzahlung? Wieviel?« wollte Rita wissen.

»Tausend.«

»Moment mal, wofür denn tausend Mark, wenn noch nicht mal sicher ist, ob Sie die Sache überhaupt machen?« protestierte Inge.

»Wenn nicht wollen, kein Problem«, sagte Miroslav und stand auf.

Rita hielt ihn am Ärmel fest.

»Halt, warte! Was passiert, wenn du's nicht machst? Kriegen wir unser Geld dann zurück?«

Miroslav musterte sie kühl. »Habe Unkosten. Habe Risiko. Is nix umsonst im Leben.«

Die Frauen beratschlagten flüsternd, während Miroslav an seiner Zigarette saugte und ungeduldig mit den Fingerspitzen auf den Tisch trommelte.

Inge plädierte vehement gegen das Geschäft; Malise redete ihr zu, Kate wußte nicht, was sie denken sollte, und Rita hielt sich raus.

»Es ist sein Beruf! Warum sollte er's nicht machen, wenn er am Ende viermal soviel damit verdient?« argumentierte Malise.

»Warum macht er's dann so spannend?«

»Er will sich halt absichern, will das Risiko überprüfen. Ist doch eigentlich anständig von ihm!«

»Echt superanständig«, sagte Inge spöttisch. Dann winkte sie resigniert ab. »Macht, was ihr wollt. Aber jammert nachher nicht wegen dem vielen Geld.«

Malise nickte Miroslav zu. »Alles klar.«

Tausend Mark wechselten unauffällig den Besitzer, und Rita kritzelte Mattuscheks Adresse und ihre eigene Telefonnummer auf den Zettel.

Miroslav steckte ihn ein und hob siegessicher einen Daumen.

»Wie... wie werden Sie es machen, ich meine, wenn Sie es machen?« fragte Kate zögernd.

Er schüttelte den Kopf. »Darüber ich nicht sprechen.«

»Egal, wie Sie es machen«, forderte Kate mit blitzenden Augen, »er soll was davon haben, okay?«

»Er wird was habe davon«, versprach Miroslav und sah plötzlich überhaupt nicht mehr jungenhaft aus.

SECHZEHN

Bei Ramona und Bernd sollte nun bald Taufe sein. Samuel, der seinen Job als Patenonkel außerordentlich ernst nahm, bereitete sich gewissenhaft auf seinen Auftritt vor.

»Muß ich gleichzeitig den Tim und die Taufkerze halten?« wollte er von Kate wissen. Auch die Frage, warum der Täufling ein Kleid tragen mußte, obwohl er doch ein Junge war, beschäftigte ihn.

Ramona und Bernd bezogen Samuel in alle Vorbereitungen ein und gaben ihm das Gefühl, eine wichtige Rolle in der neu entstandenen Familie zu spielen.

Kate fühlte sich überfordert angesichts des untadeligen Verhaltens ihres Ex-Gatten und seiner Frau. Wenn die beiden sich doch ein bißchen schweinischer verhalten würden, dann wäre es leichter! So aber konnte sie sich nur wie ein guter Mensch benehmen, und Kate war immer weniger sicher, ob sie das überhaupt wollte.

Der Tag der Taufe rückte näher. Ihr Unbehagen wuchs, aber sie nahm sich vor, ihre negativen Gefühle zu unterdrücken. Sie wollte Samuel das Erlebnis nicht verderben.

Es war ein verhangener Wintertag, naßkalt und trübe. Vor der Kirche versammelten sich Herren in dunklen Anzügen und Damen mit gewagten Hutkreationen, die meisten Verwandte von Ramona. Auf die Teilnahme früherer gemeinsamer Freunde hatte Bernd, offenbar aus Rücksicht auf Kate, verzichtet. Aber Bernds Eltern, Kates Ex-Schwiegereltern, waren gekommen.

»Kate! Wie schön, dich zu sehen!« rief seine Mutter aus und stürmte auf Kate zu.

Der Vater folgte zögernd. »Ist das nicht eine ziemliche Zumutung für dich?« fragte er geradeheraus, als er sie erreicht hatte. »Bernd mit seiner neuen Frau, die ganze Verwandschaft ...«

»Aber nein, warum denn?« sagte Kate mit unnatürlich hoher Stimme, »es ist doch wunderbar, daß wir uns alle so gut verstehen!«

»Für Samuel ist es das wirklich«, sagte die Mutter. »Aber ganz ehrlich, ich bewundere dich!«

Das kannst du auch, dachte Kate bei sich. Und in einem Anfall von selbstquälerischer Lust begann sie, von Ramonas Vorzügen zu schwärmen.

»Ist sie nicht entzückend, eure neue Schwiegertochter? Ich finde, sie hat so etwas Reines.«

»Ein bißchen jung, nicht wahr?« brummte der Vater. »Könnte meine Enkeltochter sein.«

Endlich begann der Gottesdienst, und Kate wurde erlöst.

Liebevoll betrachtete sie Samuel, der mit andächtigem Gesicht die Kerze trug. Den Täufling hatte man doch lieber dem erwachsenen Paten anvertraut, was Kate ärgerte. Tim, der die Veranstaltung bis dahin stoisch hatte über sich ergehen lassen, stieß einen markerschütternden Schrei aus, als der Pfarrer das Wasser über seinen Kopf goß. Er hörte nicht wieder auf zu schreien, was beim Pfarrer zu einiger Nervosität führte. Er beschleunigte sein Gemurmel, griff nach der silbernen Kanne mit dem öligen Balsam und führte sie schwungvoll über den Kopf des Kindes.

In diesem Moment öffnete sich der Deckel, und ein Schwall von Öl ergoß sich über das Gesicht und in die Augen des Kindes. Das Gebrüll wurde augenblicklich zu einem ohrenbetäubenden Kreischen, ein Tumult brach aus, Leute liefen durcheinander, Papiertaschentücher wurden aus Handtaschen gerissen, empörtes Protestgeschrei und lautstarke Mitleidsbekundungen mit dem bedauerswerten Täufling erschollen.

Kate betrachtete das Durcheinander mit wachsender Schadenfreude. Das Baby tat ihr leid, keine Frage. Aber daß die feierliche Zeremonie ruiniert war, daß der wichtige Moment in der Erinnerung von Bernd und Ramona als peinliche Panne haften bleiben würde, das tat ihr gut.

Der Pfarrer stand da wie ein begossener Pudel. Schnell sprach er den Segen, raffte die Röcke seiner Gewänder und flüchtete in die Sakristei.

Beim anschließenden Mittagessen in einem vornehmen Restaurant gab es kein anderes Thema als die Ungeschicklichkeit des Kirchenmannes, der dem armen Kind bei seinem Eintritt in die Gemeinde einen solchen Schock zugefügt hatte. Der kleine Tim hatte knallrote Augen und wimmerte den ganzen Nachmittag unglücklich vor sich hin.

Irgendwann hielt Bernd eine Rede. Er brachte es fertig, Kates Verbundenheit mit seiner neuen Familie zu betonen, die es ermöglichte, daß er ein gänzlich unbelastetes Verhältnis zu seinem Sohn Samuel habe, der ja auch durch seine Patenschaft… blablabla…

In Kate stieg heftiger Ärger hoch. Sie spürte das fast unwiderstehliche Verlangen, aufzustehen und die Festgesellschaft über Bernds Verhalten aufzuklären.

Daß er sie bereits mit Ramona betrogen habe, als er noch mit *ihr* verheiratet gewesen sei. Daß er nicht mal die Scheidung abgewartet habe, um seine neue zu schwängern. Daß er sich monatelang kaum um Samuel gekümmert habe.

Statt dessen preßte sie angestrengt ein Lächeln heraus und ließ die peinlichen Lobhudeleien, mit denen Bernd nur sich selbst schmücken wollte, über sich ergehen.

Am Ende der Veranstaltung schmerzten ihre Gesichtsmuskeln vor Anspannung. Sie reihte sich mit den anderen Gästen in die Schlange zur Verabschiedung ein. Bernd und Ramona umarmten sie überschwenglich.

»Übrigens«, sagte Ramona, »wir würden Samuel gerne für die Osterferien zu uns einladen, wir fahren in die Berge!«

»Wird dir das nicht zuviel mit dem Baby?« gab Kate sich besorgt. In Wahrheit wollte sie nur nicht, daß Samuel so lange bei ihnen wäre.

»Aber nein«, antwortete Bernd an Ramonas Stelle, »das schaffen wir schon. Wir dachten, daß du dann vielleicht Tim mal für ein paar Tage nehmen könntest, wenn Ramona abgestillt hat.«

»Wie bitte?« Kate traute ihren Ohren nicht. »Ihr wollt mich als Kinderfrau anheuern, damit ihr mal wieder ungestört flittern könnt? Ihr tickt ja wohl nicht richtig. Was glaubt ihr eigentlich, wer ich bin?«

Betroffene Stille breitete sich unter den restlichen Gästen aus. Alle Blicke richteten sich auf Kate. Ramonas Kindergesicht wurde blaß, ihre Augen füllten sich mit Tränen. Schützend legte Bernd einen Arm um sie.

»Mam! Spinnst du?« durchbrach Samuels helle Stimme das Schweigen.

Kate drehte sich um und lief aus dem Restaurant.

Konfus irrte sie auf dem Parkplatz herum und suchte ihr Auto.

»Mam! Mam, warte doch!«

Samuel kam hinter ihr hergelaufen. Sie drehte sich um, wollte ihn umarmen, Absolution für ihr Benehmen erbitten. Aber er blieb steif und mit hängenden Armen vor ihr stehen und sah sie voller Verachtung an.

»Das war echt beschissen von dir, Mam. Jetzt hast du allen den Tag verdorben.«

Stimmt, dachte Kate. Was der dämliche Pfarrer nicht geschafft hat, ist mir gelungen.

Aber war es nicht genau das, was sie gewollt hatte?

Miroslav hatte sich gemeldet und mitgeteilt, er nehme den Auftrag an. Jetzt waren weitere tausend Mark fällig. Rita hatte das Geld eingesammelt, um es an eine Postfachadresse in der Stadt zu schicken.

Und endlich war es soweit: An diesem Wochenende würde Gudrun zur Kur fahren; das Gerücht aus dem Metzgerladen hatte sich als zutreffend erwiesen.

»Und sie ahnt nicht, daß sie ihren Willi nicht lebend wiedersehen wird«, stellte Malise befriedigt fest.

»Wenn Miroslav seinen Job anständig macht, auch nicht tot«, ergänzte Kate.

»Leiche machen: zweitausend. Leiche wegmachen: noch mal zweitausend.«

Rita rief ungefähr einmal stündlich bei allen an, um zu fragen, ob schon was von Gudruns Abreise bemerkt worden sei. Malise trug ständig Biomüll zur Komposttonne, weil sie dabei unauffällig die Garagenausfahrt im Auge behalten konnte. Inge hing mit kurzen Unterbrechungen an ihrem Küchenfenster, von wo aus sie die Haustüre der Mattuscheks im Blick hatte. Kate litt unter Magenkrämpfen, die sie mit Fencheltee zu lindern versuchte.

Der Samstag verlief ereignislos.

»O Gott, hoffentlich fährt sie überhaupt!« betete Inge gegen Abend. »Nicht, daß sie es sich anders überlegt hat.«

»Die wäre schön blöd, wenn sie schon mal die Gelegenheit hat, für vier Wochen von diesem Ekel wegzukommen«, fand Malise.

Kate hatte eine unruhige Nacht; bei einem ihrer Toilettengänge bemerkte sie, daß auch bei Malise um drei Uhr morgens noch Licht brannte.

Sonntag früh wurde sie vom Telefon aus dem Schlaf gerissen.

»Sie ist weg! Vor einer dreiviertel Stunde sind sie gestartet, und gerade ist er allein wiedergekommen«, flüsterte Inges Stimme aus dem Hörer.

Kate war sofort hellwach. Ab jetzt lief der Countdown. Rita würde Miroslav benachrichtigen, und innerhalb der nächsten drei Tage würde er zuschlagen.

Wie sollte sie sich verhalten? Sollte sie wegfahren, um für alle Fälle ein Alibi zu haben? Nein, verwarf Kate gleich darauf die Idee wieder, das wäre zu auffällig. Kommissar Lander würde es sicher merkwürdig finden, wenn sie genau in der Zeit von Mattuscheks Verschwinden weg gewesen wäre, wo sie doch angeblich nie verreiste.

Für heute würde sie Olga zu sich einladen. In den nächsten Tagen würde sie sich möglichst oft im Dorf zeigen, am besten in Gesellschaft der anderen Frauen.

Olga freute sich über Kates Anruf; sie hatte sich wohl schon vernachlässigt gefühlt. Seit sie nicht mehr ständig wegen des Nachbarschaftsstreites in Kontakt waren, hatte Kate sich nur selten gemeldet.

Am Nachmittag kam die Freundin angerauscht, wie immer höchst elegant, diesmal in einem Zweiteiler aus glänzendem schwarzem Steppstoff. Sie machten einen langen Spaziergang durch die winterliche Landschaft; danach kochte Kate Milchkaffee und buk Waffeln, die sie mit Ahornsirup und Schlagsahne servierte.

»Geiles Zeug«, stöhnte Olga nach der dritten Waffel, »aber jetzt platze ich gleich. Was treibt übrigens dein lieber Freund Willi? Hast du noch mal was von ihm gehört?«

»Der ist lammfromm«, erwiderte Kate. »Unsere Taktik, einfach keinen Widerstand mehr zu leisten, war genau richtig. Wir grüßen uns wieder, stell dir vor! Ich bin so froh, ich kann es dir kaum sagen!«

»Und ich erst. Ehrlich gesagt hatte ich wirklich Angst um dich. Und besonders um Samuel. Ich dachte, wenn der Typ durchdreht, geht er bestimmt auf den Schwächsten los. Wo er doch schon die Katze auf dem Gewissen hat!«

»Mir ging's genauso«, behauptete Kate. »Aber seit Samuel zugegeben hat, daß er im Schuppen heimlich geraucht hat, glaube ich auch nicht mehr, daß Willi den Brand gelegt hat.«

Olga riß überrascht die Augen auf. »Samuel? Davon hast du mir ja noch gar nichts gesagt!«

»Echt? Dann hab ich's vergessen«, sagte Kate. »Aber tu mir bitte den Gefallen und sprich ihn nicht darauf an, okay? Das Ganze war schlimm genug für ihn.«

Gedankenverloren nahm Olga noch eine Waffel. Kauend sagte sie: »Ehrlich gesagt war ich überzeugt, daß Mattuschek hinter dem Brand steckt. Ich habe einen solchen Haß auf den Typen geschoben, daß ich jeden verstanden hätte, der ihn umgebracht hätte. Ich war kurz davor, es selbst zu tun.«

»Aber Olga!« rief Kate in gespieltem Entsetzen.

»Wie kannst du so etwas Schreckliches sagen? Auf diesen Gedanken bin ich nie gekommen; ich habe eigentlich immer gefunden, daß er ein armes Schwein ist. Im Grunde tut er mir leid.«

»Du bist eben einfach ein besserer Mensch als ich, Kate«, sagte Olga ohne großes Bedauern, »vielleicht sogar ein bißchen zu gut für diese Welt.«

Als Kate, Malise, Inge und Rita vom Abendessen in der Dorfschenke nach Hause kamen, brannte Licht bei Mattuschek.

»Wir hätten ihn einladen sollen; jeder Todeskandidat hat schließlich Anspruch auf eine Henkersmahlzeit«, sagte Malise boshaft grinsend.

»Ob es sein letzter Abend ist? Sein vorletzter?« überlegte Rita halblaut. »Eigentlich tut er mir fast ein bißchen leid.«

Malise verzog das Gesicht. »Mir kommen gleich die Tränen.«

»Nein, wirklich«, fuhr Rita scheinheilig fort, »jetzt sitzt er da ganz alleine, niemand da, den er rumschikanieren kann; vielleicht schreibt er gerade einen Beschwerdebrief an die Gemeinde, ans Landratsamt oder an die Zeitung und ahnt nicht, daß alles umsonst ist.«

»Und daß in diesem Sommer die Schnecken seinen Garten ratzeputz kahl fressen werden«, ergänzte Kate, worauf alle in Gekicher ausbrachen.

»Ich würde gerne sein Gesicht sehen, wenn Miroslav vor ihm steht. Wenn er kapiert, daß er gleich über die Klinge springt und ihm die Todesangst in die Glieder fährt«, sagte Malise. »Da wäre ich wirklich gerne dabei. Es ist der Moment, auf den ich seit Jahren gewartet habe. Die Rache für Jenna.«

»Und für Gustav«, fügte Inge hinzu.

»Und für Samuel«, sagte Kate. Aber, dachte sie plötzlich, wofür rächt sich eigentlich Rita?

Am Montag morgen trafen sich die Frauen bei Malise.

Miroslav hatte sich noch mal gemeldet und auch die zweite Rate im voraus verlangt.

»Er sagt, er muß danach sofort ins Ausland, deshalb will er das Geld gleich«, berichtete Rita.

»Das ist doch wohl eine oberfaule Nummer!« explodierte Inge. »Zweitausend Mark hat der Typ bisher kassiert, und Mattuschek läuft immer noch putzmunter durch die Gegend. Nicht mit mir, damit ihr Bescheid wißt!«

Kate war derselben Meinung. »Also, wenn er mit den viertausend nicht einfach abhauen würde, dann wäre er doch bescheuert. Ich finde, das Risiko können wir nicht eingehen.«

»Aber eine Garantie gibt's nicht bei diesen Geschäften«, sagte Rita. »Das läuft nun mal auf Vertrauensbasis.«

»Vertrauensbasis!« schnaubte Malise. »Du kannst mich mal! Du redest jetzt sofort mit deinem Ex... wie heißt er noch?«

»Ronald.«

»Der soll uns sein Wort geben, daß der Typ koscher ist. Ein bißchen was wird ein Ehrenwort in diesen Kreisen ja wohl wert sein, oder?«

»Bitte, wenn du meinst«, gab Rita schnippisch zurück und stand auf. »Ich geh' rüber zum Telefonieren.«

»Warum können wir nicht mithören?«

»Weil Ronald vor Zeugen den Mund nicht mal zum Gähnen aufmacht.«

Sie rauschte hinaus und verschwand in ihrer Wohnung.

»Zicke«, murmelte Malise, mehr zu sich als zu den anderen beiden.

»Hack nicht ständig auf Rita rum«, schimpfte Inge, »sie gibt sich wirklich Mühe.«

Alle schwiegen gereizt, bis Rita zurück war.

»Ronald sagt, Miroslav sei okay. Er macht seit fünf Jahren Geschäfte mit ihm, und er hat ihn noch nie beschissen. Er redet noch mal mit ihm, für alle Fälle.«

»Na, das klingt doch schon besser«, sagte Kate. »Was meint ihr?«

Malise seufzte. »Wenn wir Rita trauen können …«

»Du kannst das Ganze ja auch abblasen«, sagte Rita kühl. »Mir ist es doch scheißegal, was mit Mattuschek passiert. Ihr wollt ihn loshaben.«

»Haben wir irgendeine Alternative?« fragte Kate und blickte in die Runde. Ganz geheuer war ihr die Sache nicht. Aber der Wunsch, Mattuschek endlich nicht mehr ertragen zu müssen, ließ ihre Bedenken in den Hintergrund treten.

Die anderen drei schwiegen. Keine wollte die Verantwortung für die Entscheidung übernehmen.

»No risk, no fun«, bestimmte Malise schließlich widerwillig. »Du fährst in die Stadt, Rita, und bringst ihm die Kohle. Ich hoffe, Ronald macht ihm klar, daß er nicht versuchen soll, uns zu verarschen!«

Während dieses Tages wurde Mattuschek mehrfach dabei gesehen, wie er irgendwelche Ausbesserungsarbeiten auf der Terrasse vornahm. Inge entdeckte zufällig, daß seine Mülltonne von leeren Konservendosen überquoll.

»Wenn es schiefgeht, warten wir einfach, bis er an Skorbut stirbt«, scherzte sie. »Bei *der* Ernährung dürfte es bald soweit sein.«

Den ganzen folgenden Tag über, es war ein Dienstag, bekam keine der Frauen Mattuschek zu Gesicht; abends blieben die Fenster seiner Wohnung dunkel.

Der Mittwoch verging ebenfalls ohne die geringste Spur von Mattuschek.

Die Spannung in Kate verstärkte sich stündlich. Sie konnte kaum den Blick von seinem Haus wenden; wie hypnotisiert starrte sie hinüber, auf der Suche nach einem Zeichen seiner Anwesenheit.

Schließlich zwang sie sich, alltägliche Dinge zu tun. Den Küchenschrank wollte sie schon ewig ausmisten. Ein Stapel Wäsche wartete darauf, gebügelt zu werden. In Samuels Jeans klaffte ein Riß.

Am Morgen des dritten Tages wachte Kate mit einem Druck in der Herzgegend auf, sie bekam kaum Luft. Benommen zog sie sich an und lief sofort los. Das Laufen löste die Verkrampfung, bald atmete sie leichter.

»Daß mich das so mitnimmt«, stöhnte sie später.

Sie saß bei Malise, die ihr den Nacken massierte.

»Ganz ruhig«, sagte Malise und ließ ihre Finger mit sanftem Druck über Kates Haut wandern. »Alles wird gut.«

Inge saß auf dem Boden und blätterte geistesabwesend in einer Zeitschrift.

»Lieber Gott, laß es endlich vorbei sein«, murmelte sie. »Für so was bin ich nicht gemacht.«

Nachmittags legte Kate sich ins Bett. Samuel erkundigte sich besorgt, was ihr fehle. Sie schützte Kopfschmerzen vor und verbrachte mehrere Stunden in einem unruhigen Zustand zwischen Wachen und Schlafen; gepeinigt von wirren Bildern und Gedanken.

Gegen Abend hielt sie es nicht mehr aus und sah aus dem Fenster: Zum dritten Mal war das Nachbarhaus dunkel geblieben.

Schlagartig war sie ganz ruhig. Sie wusch sich das Gesicht mit kaltem Wasser, bürstete ihr Haar und zog sich an, um zu Malise zu gehen.

Sie nahm den Weg durch den Garten. Einer plötzlichen Eingebung folgend riß sie die Büsche aus dem Boden, die Mattuschek im Sommer gepflanzt hatte, und schmiß sie auf den Komposthaufen.

Dankbar nahm sie ein Glas Sekt, das Malise ihr reichte, und trank in durstigen Zügen.

»Meine Damen, es sieht so aus, als sei unser kleines Problem gelöst«, sagte Malise mit blitzenden Augen. »Ich schlage vor, wir gehen in den ›Ritterhof‹ und feiern. Ich bezahle!«

»Mir ist nicht nach Essen«, sagte Inge, die bleich und angegriffen aussah.

»Ich weiß nicht so recht«, sagte Kate. »Ich meine, wenn uns jemand sieht ...«

Rita betrachtete eingehend ihre Fingernägel und schwieg.

»Mensch, Mädels, was ist los? Wir haben es geschafft! Freut ihr euch denn nicht? Also, los jetzt, keine Widerrede.«

Wenig später betraten die vier Frauen das einzige Sterne-Restaurant der Gegend. Beeindruckt folgten sie dem Kellner, der sie zu einem der elegant gedeckten Tische führte.

Nach der zweiten Flasche Champagner löste sich die Anspannung. Rita wurde albern, Malise strahlte Kate an und drückte ihr unter dem Tisch verschwörerisch die Hand. Nur Inge blieb wortkarg und stocherte in ihrem Essen. Dafür schüttete sie ein Glas nach dem anderen in sich hinein.

Erst nach Mitternacht gelang es dem Besitzer, die vier betrunkenen Damen hinauszukomplimentieren.

In Schlangenlinien fuhr Malise den Weg ins Dorf zurück; es war nur dem um diese Zeit geringen Verkehrsaufkommen zu verdanken, daß es zu keiner Katastrophe kam.

Laut singend verließen sie den Wagen, den Malise an der Straße abgestellt hatte, weil sie fürchtete, die Tiefgarageneinfahrt nicht mehr zu treffen. Trotzdem hatte sie darauf bestanden, noch einen »Absacker« zu verabreichen.

»Oh, wie ist es schön, oh, wie ist es schön«, grölte Rita, »wenn die Ratten ausgerottet sind, oh, wie ist es schön ...«

»Oh, wie ist es schön ...«, fielen die anderen ein.

Malise hatte einige Schwierigkeiten, den Schlüssel ins Haustürschloß zu bekommen. Während sie herumstocherte, schwang sich der Damenchor zu einem jubilierenden Schlußakkord auf. Als sie gerade gemeinsam das hohe C trällerten, flog schräg über ihnen ein Fenster auf.

»Ruhe, verdammt noch mal, sonst hole ich die Polizei!« ertönte eine männliche Stimme. Es war unverkennbar Mattuschek.

Der Schock hatte zur sofortigen Ernüchterung bei den Frauen geführt.

Malise wanderte, aufgeregt an einem Zigarillo ziehend, durchs Wohnzimmer, während Kate und Inge niedergeschlagen am Boden hockten und vor sich hin starrten. Am wenigsten mitgenommen wirkte Rita. Sie drehte gedankenverloren an einem Rubik-Würfel und machte den Eindruck, als ginge sie die ganze Sache nichts an.

Malise unterbrach ihre Wanderung und baute sich vor ihr auf.

»Ich wußte es ja! Wenn du deine Finger drin hast, kann es nur schiefgehen!«

»Ach, bin ich mal wieder der Sündenbock«, gab Rita zurück und feuerte das Spielzeug auf den Boden. »Na ja, war eigentlich klar.«

»*Du* hast diesen Mistkerl angeschleppt. Und *du* hast ihm unser Geld hinterhergeworfen«, fauchte Malise.

Rita kaute jetzt wütend an ihren Fingernägeln.

»Wieso bin eigentlich immer ich schuld? Schließlich wart ihr alle einverstanden. Außerdem, was sind schon viertausend Mark?«

»Viertausend Mark sind eine verdammte Menge Geld«, brüllte Malise, »und wenn du's zu üppig hast, kannst du uns gerne den Schaden ersetzen!«

»Schrei nicht so«, sagte Inge ungehalten. »Als ginge es nur um das Geld! Ich find's viel schlimmer, daß die ganze Aufregung umsonst war. Noch mal steh' ich das nicht durch!«

Kate nickte. »Das versteh' ich. Die letzten drei Tage waren die Hölle.«

Malise hatte sich aufs Sofa fallen lassen und den Kopf in den Händen vergraben. »Das heißt also, ihr laßt mich im Stich«, tönte ihre Stimme dumpf unter einem Vorhang aus Haaren hervor.

Kate setzte sich und legte den Arm um ihre Freundin. »Nein, das sagt doch keiner. Es ist nur ... es ist viel schwieriger, als man es sich vorstellt.«

»Ich hab's jedenfalls satt«, sagte Rita und stand auf. »Mir ist der Typ völlig schnuppe. Und wegen euch gehe ich nicht noch mal so ein Risiko ein.«

»Komm, reg dich nicht auf«, bat Kate. »Malise hat es nicht so gemeint.«

»Allerdings hab' ich es so gemeint!« brauste Malise auf.

»Na dann, viel Spaß noch!« sagte Rita und ging zur Tür.

»Ich hau' auch ab«, murmelte Inge.

»Verpißt euch, ihr dämlichen Weiber!« schrie Malise ihnen nach und feuerte eines der afrikanischen Sitzkissen in Richtung Tür. Sie verfehlte ihr Ziel und traf eine der wertvollen Masken, die von der Wand fiel und in mehrere Einzelteile zersprang.

»Und jetzt?« fragte Kate.

»Jetzt wirst du mir sicher auch gleich erzählen, daß du aussteigst.« Malise warf ihr einen finsteren Blick zu.

»Keine Sekunde habe ich daran gedacht!« sagte Kate heftig. »Da kennst du mich schlecht. So schnell gebe ich nicht auf.«

Sie war nicht halb so überzeugt, wie sie tat.

SIEBZEHN

»Ich bin's«, tönte Bernds Stimme aus dem Hörer. Kate verzog das Gesicht. »Was gibt's? Braucht ihr 'nen Babysitter?«

Bernds Lachen klang gezwungen.

»Jetzt hör schon auf! Ich weiß, daß es keine so tolle Idee war. Aber dein Ausbruch war auch ganz schön übertrieben.«

»Ich hab' mich entschuldigt.«

Am Tag nach der Taufe hatte Kate einen Blumenstrauß geschickt und ein Kärtchen dazu geschrieben. Das sollte genügen, fand sie.

»Hör zu, Kate, ich wollte dir sagen, daß ich Samuel beim Rauchen erwischt habe ...«

»Na und?« unterbrach sie. »Soll er's doch ausprobieren. Der merkt schon von alleine, daß es nicht schmeckt.«

»Könntest du mich bitte mal ausreden lassen?« sagte Bernd gereizt.

Kate verdrehte die Augen.

»Ich habe länger mit ihm geredet«, fuhr Bernd fort. »Er hat zugegeben, daß er im Schuppen geraucht hat. Und zwar in der Nacht, in der das Feuer ausbrach.«

Kate rang einen Moment um Fassung.

»Ist das wahr?« fragte sie schließlich leise.

»Ja, es ist wahr. Ich fand, du solltest das wissen. Aber bitte, geh schonend mit ihm um. Er ist ziemlich fertig.«

Kate stellte Samuel zur Rede. Mehr als das, was sie von Bernd schon wußte, bekam sie allerdings nicht aus ihm heraus. Er versteckte sein schlechtes Gewissen hinter trotzigem Schweigen.

Kate konnte es nicht fassen. Die Lüge, die sie Olga aufgetischt hatte, war plötzlich zur Wahrheit geworden.

Von einem Augenblick auf den nächsten befielen sie die schlimmsten Zweifel. Was, wenn Mattuschek das Feuer doch nicht gelegt hatte?

Glaub mir, Liebes, ich weiß, daß er es war. Genügt das?

Ja, genügte es? Wenn der Mann, der Malise vergewaltigen wollte, maskiert gewesen war, konnte sie dann wirklich mit Gewißheit sagen, daß es sich um Mattuschek gehandelt hatte?

Kate dachte an den Überfall des Radfahrers. Das Gesicht des Mannes war von der spiegelnden Sonnenbrille verdeckt gewesen, sein Kopf von einem Helm. Es war alles so schnell gegangen. Kate war einfach sicher gewesen, den Täter zu kennen. Aber kannte sie ihn wirklich?

Ebenso war es mit dem Unbekannten im Garten. Er könnte es gewesen sein. Sie war sogar sicher, daß er es war. Aber sie hatte ihn nicht von Angesicht zu Angesicht gesehen. Was blieb, waren die Fotos. Und die gestohlenen Sachen. Aber brachte man dafür einen um?

Plötzlich fiel ihr Bobitt ein. Was war es, was Rita damals auf dem Speicher entdeckt hatte? Sie hatten nicht mehr darüber gesprochen, und Kate hatte über allen anderen Aufregungen vergessen, zu fragen.

Sie schlüpfte in den Mantel und lief hinüber zu Rita.

Die lag auf dem Boden ihres Wohnzimmers und spielte mit dem Baby.

»Na, meine Süße, gefällt dir das?« sagte sie zärtlich und kitzelte das Kind, das begeistert lachte und gluckste.

Kate blieb einen Moment in der Tür stehen. So hatte sie Rita noch nie gesehen. Sie hatte sie immer nur als frustrierte Frau erlebt, die den Tag verfluchte, an dem ihre bürgerlichen Träume sich erfüllt hatten.

»Hallo«, sagte Kate schüchtern, »ich will nicht stören.«

»Du störst nicht, komm rein.«

Rita nahm das Baby hoch, setzte es auf ihren Schoß und gab ihm ein Fläschchen, das es in beide Hände nahm und zum Mund führte.

»Ist es nicht erstaunlich, daß man diese kleinen Biester so liebt?« fragte sie und drückte das Kind an sich. »Dabei sauen sie alles voll, bringen einen um die Nachtruhe und ruinieren das Sexualleben ihrer Eltern.«

»Das wird wieder besser«, sagte Kate tröstend und hockte sich zu ihr auf den Boden. »Hör mal, ich muß dich was fragen.«

»Versuch nicht, mich zum Weitermachen zu überreden«, sagte Rita und hob abwehrend die Hände. »Ich hab' wirklich die Schnauze voll.«

»Nein, keine Angst. Es geht um was anderes. Was hast du eigentlich neulich auf Mattuscheks Speicher gefunden?«

»Auf Mattuscheks Speicher?« wiederholte Rita gedehnt.

»Ja, der Beweis, daß er Bobitt umgebracht hat, was war das?«

Rita überlegte. »Ich weiß nicht mehr ...«

»Was heißt das, du weißt es nicht mehr?« sagte Kate ungeduldig. »Das ist doch erst ein paar Wochen her!«

Rita schwieg. Das Baby verschüttete den Inhalt seiner Flasche.

»Rita, es ist wichtig für mich!« sagte Kate eindringlich.

Rita seufzte. »Ich hab' gar nichts gefunden«, gab sie schließlich zu. »Ich wollte euch glauben machen, er hätte die Katze getötet. Ich dachte, je wütender ihr alle auf Mattuschek seid, desto schneller vergißt Malise ihren Zorn auf mich.«

»Danke«, sagte Kate und stand auf.

»Sei nicht sauer«, bat Rita mit flehendem Gesichtsausdruck.

Wieder einmal wanderte Kate schlaflos durchs Haus. Gegen Morgen hielt sie es nicht mehr aus. Sie zog ihre Joggingkleidung an und lief los, in die Morgendämmerung hinein.

Ein heftiger Frühlingssturm trieb die Wolken vor sich her und riß an den Bäumen. Die letzten

Schneereste tauten im föhnig-warmen Wind, das Schmelzwasser hatte die Wiesen in kleine Seen verwandelt. In den Bauernhöfen brannten die ersten Lichter, aus den Ställen erscholl vereinzeltes Muhen.

Kate lief schnell, als wolle sie ihren Gedanken entfliehen. Erst nach über einer Stunde kehrte sie ins Dorf zurück.

Sie entdeckte Licht in der Bäckerei. Natürlich, Franz war wach, bald würde er mit der Arbeit fertig sein.

Kate spürte Sehnsucht. Nach ihm, nach der warmen, duftenden Backstube. Vielleicht könnten sie zusammen Kaffee trinken; sie würde ihre Zähne in ein frisches Gebäckstück graben und für eine kurze Weile das Gefühl haben, ein ganz normales, ungefährdetes Leben zu führen.

Sie ging auf den Eingang zu. Im Vorbeigehen warf sie einen Blick durch das hell erleuchtete Fenster – und erstarrte. Das neue Lehrmädchen, das Franz vor kurzem eingestellt hatte, war bei ihm. Franz streifte ihr gerade die weiße Hose von den Beinen, hob sie lachend hoch und setzte sie mit dem nackten Po auf einen Klumpen Brötchenteig, der von ihrem Gewicht auseinandergedrückt wurde. Das Mädchen warf den Kopf in den Nacken und kicherte. Er packte ihren Hintern mit beiden Händen und zog sie mit einem Ruck zu sich heran.

Kate wandte sich ab. Die Tränen vermischten sich mit dem Schweiß auf ihrem Gesicht, alle Energie war aus ihrem Körper gewichen. Zu Hause verkroch sie sich ins Bett.

Als sie später am Vormittag erwachte, fand sie zu ihrer Überraschung die gewohnte Tüte vor der Tür. Angewidert packte sie die Brötchen und warf sie in den Müll. Dann eilte sie ins Nachbarhaus.

»Wir dürfen es nicht tun, Malise!« sagte Kate.

Malise reagierte nicht. Sie sah Kate prüfend an und sagte: »Du hast Liebeskummer. Der Zauber wirkt nicht mehr.«

»Woher weißt du das?« fragte Kate verblüfft.

»Ich weiß mehr, als du denkst.«

Sie zog Kate auf eines der Sitzkissen und drückte ihr eine Tasse mit heißem Tee in die Hand. Kate schnupperte. Der Duft eines unbekannten Gewürzes stieg ihr in die Nase.

»Du mußt mir zuhören«, bat Kate, nachdem sie zwei tiefe Schlucke getrunken hatte.

»Ich höre dir zu«, erwiderte Malise ruhig.

Kate erzählte von Bernds Anruf und von Ritas Lügengeschichte. Daß alles so sein könnte, wie sie gedacht hatten – oder eben ganz anders. Daß der Gedanke sie nicht mehr losließe, daß Mattuschek zwar lästig und widerlich war, aber vielleicht doch kein Vergewaltiger oder Mörder.

Als sie geendet hatte, schwieg Malise. Sie schien tief in Gedanken versunken. Dann fragte sie unvermittelt: »Was ist das Schlimmste, was Mattuschek dir angetan hat, wenn du einmal davon ausgehst, daß er all die Dinge getan hat, die wir vermuten?«

Kate überlegte.

»Eigentlich…«, sagte sie zögernd, »… habe ich mich am hilflosesten gefühlt, als ich die Schachtel mit meinen Sachen und die Bilder bei ihm fand. Ich hatte das Gefühl, er sei tief in mein Leben eingedrungen, und das schon lange, bevor ich überhaupt etwas davon geahnt habe.«

»In ein fremdes Leben eindringen ...«, griff Malise ihre Worte auf, »das ist dasselbe, wie in einen fremden Körper eindringen. Es ist nichts anderes als Vergewaltigung.«

»Da gibt es aber schon einen Unterschied«, protestierte Kate.

»Findest du? Hast du mir nicht gesagt, dein Denken und Fühlen sei vergiftet, deine Seele nähme Schaden durch all das Negative, das von ihm ausgeht? Ist das keine Gewalt?«

»Warum bist du so sicher, daß es Mattuschek war, der damals versucht hat, dich zu vergewaltigen?« wollte Kate wissen.

»Ich weiß es eben.«

»Siehst du, und das reicht mir nicht!« rief Kate aus.

»Du vertraust mir nicht«, sagte Malise.

Kate schüttelte verzweifelt den Kopf. »Das stimmt nicht. Aber verstehst du denn nicht, daß ich einen Beweis brauche?«

»Was ist schon ein Beweis«, sagte Malise. »Was, wenn ich dir ein Büschel Haare geben würde, gefärbt wie seine, die ich ihm beim Kampf ausgerissen habe? Und einen Ehering mit seinen Initialen, den er am Tatort verloren hat? Würdest du mir dann glauben?«

»Ja, natürlich!« sagte Kate und sah überrascht auf.

»Und wer sagt dir, daß ich die Haare nicht aus seiner Haarbürste habe, und den Ehering irgendwo gefunden?«

»Ich würde dir glauben. Mir würde es genügen.«

»Siehst du, der Polizei hat es nicht genügt. Die haben mir zwar geglaubt, aber sie haben mir klargemacht, daß es für eine Verurteilung nicht reichen würde. Und sie haben mir gesagt, das Schlimmste an einer Vergewaltigung sei der Prozeß hinterher. Und ich hätte ja noch mal Glück gehabt, er hätte mich ja nicht wirklich vergewaltigt. Ich habe ja nur das Kind verloren.«

Kate sah betroffen vor sich auf den Boden. Malise zwang sie, ihr in die Augen zu sehen.

»Daß Samuel geraucht hat, ist noch lange kein Beweis dafür, daß Mattuschek den Schuppen *nicht* angesteckt hat! Und daß ihr bei ihm nichts gefunden habt, heißt nicht, daß er die Katze *nicht* umgebracht hat! Der Mann auf dem Fahrrad, wer sonst soll es gewesen sein? Mattuschek haßt dich! Lander hatte ihn gerade verhört, er war in Panik!«

Malise war aufgesprungen und stand mit blitzenden Augen vor Kate. Plötzlich schien ihr etwas einzufallen. Sie lief aus dem Zimmer und kam mit einem Buch und einer Handvoll Münzen zurück.

»Hier, kennst du das?«

Kate griff nach dem Buch. »I Ging. Das Buch der Wandlungen. Ja, ich hab' davon gehört.«

Malise zählte sechs Münzen in Kates Hand.

»Die wirfst du, aber nicht zusammen, sondern eine nach der anderen, okay?«

Kate folgte der Anweisung, und Malise notierte nach jedem Wurf Striche auf einem Blatt Papier. Einen durchgehenden Strich für Zahl, einen durchbrochenen für Kopf. Schließlich war ein Gebilde aus vier durchbrochenen und zwei durchgehenden Strichen entstanden, dessen Entsprechung Malise im Buch nachschlug.

»Ming I«, las sie, »die Verfinsterung des Lichts. Ein finsterer Mann an maßgebender Stelle, durch den der Tüchtige und Weise geschädigt wird. Das Urteil: die Verfinsterung des Lichts. Fördernd ist es, in der Not beharrlich zu sein. Anfangs eine Neun bedeutet: Der Betroffene denkt nicht an sich selbst, sondern nur an die Rettung der anderen, die auch bedroht sind. Darum sucht er mit äußerster Kraft zu retten, was zu retten ist. In diesem pflichtgemäßen Handeln liegt das Heil.«

Triumphierend sah sie auf. »Na, bitte!«

»Hör auf«, sagte Kate. »Die Sache ist zu ernst.«

In diesem Moment klingelte es. Malise stand auf, um zu öffnen. Kate erkannte die Stimme von Kommissar Lander. Sie erschrak. Es ist nichts passiert, sagte sie zu sich selbst. Mattuschek lebt, Miroslav ist über alle Berge. Du hast nichts zu befürchten.

Schnell schob sie das Buch und die Münzen unter ein Kissen; sie wollte nicht, daß Lander sie für eine esoterische Spinnerin hielte.

Malise und ihr Besucher traten ins Wohnzimmer; der Kommissar grüßte sie überrascht, und Kate hatte das Gefühl, er sei erfreut, sie zu sehen.

»Geht's gut?« fragte er, und Kate nickte stumm.

»Ich muß Sie leider warnen«, sprach er mit ernstem Gesicht weiter. »Es hat wieder einen Fall von versuchter Vergewaltigung hier im Ort gegeben. Das Opfer ist nur knapp entkommen, und es besteht erneut der Verdacht, daß der Täter aus dem Dorf stammt.«

»Dann haben Sie damals also doch den Falschen erwischt?« platzte Kate heraus.

»Durchaus nicht«, wehrte Lander ab. »Es handelt sich aller Wahrscheinlichkeit nach nicht um denselben Täter. Sie können mir glauben, daß ich guten Grund habe, Sie um Vorsicht zu bitten.«

»Könnten Sie ein bißchen konkreter werden? Gibt es jemanden, vor dem wir besonders vorsichtig sein sollen?« fragte Malise scheinbar naiv.

Lander lächelte. »An wen denken Sie?«

»Na ja, dem einen oder anderen würde man eine solche Tat schon zutrauen …«

»Ich nehme an, ich weiß, auf wen Sie anspielen«, sagte Lander.

»Und?« insistierte Malise.

»Sie werden verstehen, daß ich hier keine Namen von Verdächtigen nennen kann«, sagte Lander plötzlich betont geschäftsmäßig und erhob sich. Ein zusammengefaltetes Stück Papier fiel aus seiner Hosentasche, ohne daß er es bemerkte. »Ich wollte Ihnen keine Angst machen. Aber seien Sie bitte vorsichtig, denn manchmal trifft das scheinbar Unwahrscheinliche zu.«

Kate zuckte zusammen.

Lander sah sie an. »Laufen Sie noch?«

Kate nickte.

»Meiden Sie einsame Waldstrecken. Laufen Sie lieber auf der Landstraße«, empfahl er.

»Wer ... wer ist das Opfer?« fragte Kate.

»Ein junges Mädchen. Sie war mit dem Fahrrad unterwegs.«

»Wird sie überleben?«

Lander nickte. »Sie hat verdammtes Glück gehabt.«

»Bingo!« sagte Malise, als er gegangen war.

Kate hob das Papier auf und faltete es auseinander. Es zeigte zwei Elefanten, die sich gegenüberstanden. Ihre Rüssel bildeten ein Herz.

Malise fragte ungeduldig: »Also, was denkst du?«

Kate steckte das Papier ein. »Du meinst, er wollte uns einen Hinweis auf Mattuschek geben?«

»Was denn sonst? Er hätte auf meine Frage ja auch sagen können: Nein, machen Sie sich keine Sorgen, Ihr Nachbar hat nichts damit zu tun. Hat er aber nicht gesagt.«

»Manchmal trifft das scheinbar Unwahrscheinliche zu«, wiederholte Kate nachdenklich. »Den Satz hat er schon mal zu mir gesagt.«

»Und wann?«

»Als wir darüber sprachen, ob Mattuschek meine Werkstatt angezündet haben könnte.«

»Na, also, glaubst du's jetzt endlich?« fragte Malise.

Kate spürte einen leichten Schwindel. Sie konnte nicht mehr unterscheiden, was sie dachte und was Malise sagte.

Es war ein ungewöhnlich warmer Tag für die Jahreszeit, und Malise hatte darauf bestanden, endlich wieder angeln zu gehen.

»Laßt uns ein Boot nehmen«, schlug sie vor, als Kate, Inge und sie den Waldweiher erreicht hatten.

Gemeinsam schoben sie eines der Ruderboote, die am Steg vertäut waren, ins Wasser. Sie verstauten ihr Angelzeug und setzten sich auf die Holzbänke.

»Willst du?« fragte Malise und bot Kate die Ruder an.

»Hab' ich noch nie gemacht«, sagte Kate verlegen.

»Sieht man.« Malise grinste. »Als erstes mußt du dich mal andersrum hinsetzen. So, und dann hältst du die Ruder hier fest, tauchst ein und ziehst sie zu dir hin.«

Kate befolgte die Anweisung. Zuerst drehte das Boot sich auf der Stelle, dann setzte es sich langsam in Bewegung. Sie glitten unter den Ästen der großen Bäume entlang, an denen sich bereits winzige Knospen zeigten.

»Endlich wieder Frühling«, seufzte Inge wohlig. »Ich habe eine solche Sehnsucht nach Wärme.«

»Wieso ziehst du eigentlich nicht nach Mallorca?« fragte Kate, während sie sich bemühte, gleichmäßig zu rudern. »Du mußt nicht mehr arbeiten, bist ungebunden – ich an deiner Stelle wäre längst weg.«

»Rentnerinsel«, brummte Inge abfällig. »Außerdem kann ich kein Spanisch. Lern' ich auch nicht mehr auf meine alten Tage.«

»Da reden doch eh alle Deutsch«, widersprach Kate.

»Ich hab' keine Lust, wegzugehen. Ich bin hier zu Hause, auch wenn du das vielleicht nicht verstehst.«

Malise beteiligte sich nicht an der Unterhaltung. Sie war mit den Gedanken woanders. Plötzlich sah sie auf und sagte: »Es gibt ein Gift, das entsteht in verdorbenen Lebensmitteln, insbesondere in Fleisch. Innerhalb von ein, zwei Tagen nach Verabreichung führt es zu Sprach- und Sehstörungen, dann zur Lähmung der Extremitäten, schließlich zur Lähmung der Atemmuskulatur und dadurch zum Ersticken.«

Sie hielt inne und sah Inge an, die ihr, ebenso wie Kate, überrascht gelauscht hatte. »Dieses Gift wird auch zu pharmazeutischen Zwecken hergestellt. Ich will, daß du es besorgst.«

»Verdammt, Malise«, sagte Inge wütend, »du hast versprochen, mich aus der Sache rauszuhalten!«

»Ich halte dich ja raus. Ich will nur, daß du mir dieses Gift besorgst.«

Kate hatte die Ruder sinken lassen; das Boot trieb jetzt ungefähr dreißig Meter vom Ufer entfernt auf dem Weiher.

»Wenn du mich dazu zwingst, machst du mich zur Mittäterin. Ich will aber mit der Sache nichts mehr zu tun haben. Gustav wird davon auch nicht wieder lebendig«, sagte Inge und unterstrich ihre Worte mit heftigen Armbewegungen. Das Boot begann zu schaukeln.

»Wackel nicht so, sonst kippen wir um«, bat Kate ängstlich. Sie hatte nicht die geringste Lust, im eiskalten Wasser zu landen.

»Ich verspreche dir, niemand wird jemals erfahren, daß überhaupt Gift im Spiel war«, sagte Malise.

»Irgendwann wird Willi tot umfallen. Natürlich wird man ihn obduzieren; dabei wird eine Lebensmittelvergiftung festgestellt werden. Man findet eine Menge leerer Dosen bei ihm, darunter eine, in der sich winzige Spuren dieses Botulinus-Toxins befinden. Todesursache: eine verdorbene Konserve. Niemand wird auf die Idee kommen, daß an der Sache was komisch sein könnte.«

»Außer, man findet das kleine Loch in der Büchse, durch das du das Gift reingespritzt hast«, stellte Kate trocken fest.

»Die Büchse, die gefunden wird, muß ja nicht dieselbe sein wie die, aus der er gegessen hat«, konterte Malise.

Sie nahm ihre Angel und warf den Köder aus. Alle drei saßen schweigend da.

Kate versuchte, sich auf die Arbeit zu konzentrieren. Sie hatte noch mehr Geld geliehen, um besseres Werkzeug kaufen zu können. Jetzt bohrte, feilte und schliff sie wie besessen, um endlich einige ihrer Aufträge fertigzustellen. Mit den Einnahmen würde sie einen kleinen Teil ihrer Schulden zurückzahlen können. Aber daß ihre finanzielle Lage sich bald bessern würde, war nicht abzusehen.

Immer wieder war es zu Auseinandersetzungen mit Samuel gekommen, der Kates strikten Sparkurs nicht mehr mittragen wollte. Als er an diesem Nachmittag aus der Schule kam, war schnell klar, daß sich ein weiterer Konflikt anbahnte.

»Mam, ich brauch' endlich ein Snowboard«, verlangte er. »Alle haben eins, nur ich nicht!«

»Was heißt das – du brauchst ein Snowboard?« fragte Kate gereizt und ließ den Schleifblock sinken. »Deine Skier sind gerade zwei Jahre alt, und du bist vielleicht zehnmal damit gefahren.«

»Ich habe ja auch nicht gesagt, ich brauche neue Skier. Ich hab' gesagt, ich brauche ein Snowboard.«

»Verdammt noch mal, du weißt genau, daß wir kein Geld für so was haben«, sagte Kate ärgerlich.

»Dann laß ich es mir von Bernd bezahlen«, gab Samuel trotzig zurück.

Das war eine Kriegserklärung. Kate hatte Samuel in langen Gesprächen erklärt, warum sie kein Geld von Bernd annehmen wollte. Und warum auch er keines annehmen sollte. Er hatte ihr fest versprochen, ihre Bitte zu respektieren. Und bisher hatte er es auch getan, zumindest hoffte Kate das.

»Warum brichst du unsere Abmachung?« fragte sie verletzt.

»Weil ich nicht einsehe, daß ich auf alles verzichten soll, nur weil du Krach mit Bernd hast!«

»Ich hab' keinen Krach mit Bernd.«

»Und warum darf er mir dann kein Snowboard schenken? Er hat soviel Geld, und wir haben nichts.«

»Geld, immer nur Geld! Als gäbe es nichts Wichtigeres im Leben! Du bist schon genauso geldgeil wie dein Vater«, schleuderte sie ihm wütend entgegen.

»Du bist gemein, Mam«, sagte er getroffen und rannte aus dem Zimmer.

»Bleib gefälligst hier, solange ich mit dir rede!« schrie Kate hilflos hinterher.

Von draußen hörte sie seine Stimme: »Am besten, ich ziehe ganz zu Bernd. Dann hast du keine Unkosten mehr durch mich!«

Wütend schrappte Kate mit dem Sandpapier über das Holz, dann hielt sie inne. Nein, so ging das nicht. Sie mußte warten, bis sie sich wieder beruhigt hatte.

Das Telefon klingelte.

»Komm rüber«, befahl Malise ohne weitere Erklärung.

Malise saß mit Inge in der Küche, als Kate eintraf. Inge holte ein unscheinbares Fläschchen aus ihrer Handtasche, das in Alufolie eingeschlagen war. Vorsichtig rollte sie die silberne Umhüllung ab.

»Die Fahrkarte in die Hölle«, flüsterte Malise.

Kate wurde heiß und kalt. Inge hatte es also doch getan.

»Zeig mal«, wisperte sie heiser.

Inge ließ das Fläschchen in Kates Hand gleiten und griff nach einem weiteren Päckchen. Darin befanden sich ein dünner Handbohrer, eine Injektionsspritze, eine Tube Klebstoff und mehrere Paar Latexhandschuhe, wie sie zum Operieren verwendet werden.

»Also, ihr hebt die Papierumhüllung der Dose ein wenig an, bohrt mit dem Ding hier ein winziges Loch, injiziert das Gift und klebt das Papier wieder fest. Für alle Fälle tragt ihr Handschuhe, wegen der Fingerabdrücke.«

Sie stand auf. »Mehr kann ich nicht für euch tun.«

»Danke«, sagte Malise und wollte sie umarmen. Inge machte sich schweigend von ihr los und ging.

»Wie hast du das bloß wieder geschafft?« wollte Kate wissen.

Malise zuckte die Schultern. »Es gibt Mittel und Wege«, antwortete sie unbestimmt.

Kate fragte nicht, was sie damit meinte.

»So, und jetzt bist du dran«, fuhr Malise fort. »Du mußt Rita dazu bringen, den richtigen Schlüssel aus ihrem Vorrat rauszurücken. Falls sie rumzickt: Mach ihr klar, daß sie mit drinhängt. Die Miroslav-Idee war von ihr, und im Juristendeutsch heißt das Anstiftung zum Mord.«

Der Kellereingang zu Mattuscheks Wohnung sprang auf. Kate und Malise streiften die Handschuhe über und huschten nach oben.

Mattuschek war bei seinem täglichen Radtraining; vor Ablauf von zwei Stunden würde er kaum zurück sein.

In der Küche stapelten sich Pizzakartons, leere Flaschen und Dosen. Wie erwartet fand sich in der Speisekammer ein größerer Vorrat an Konserven.

»O Gott, welche nehmen wir bloß?« flüsterte Malise erschrocken.

Kate überlegte kurz, dann untersuchte sie einige leere Büchsen in der Ecke.

»Von sechs Dosen sind vier Ravioli. Das ist eindeutig sein Lieblingsgericht.«

Sie ging zurück zum Vorratsregal. Dort standen noch drei Büchsen mit Ravioli.

»Wir nehmen die da.« Sie tippte auf die vorderste.

Malise griff nach der Konserve und setzte sich an den Tisch. Aus einer Umhängetasche nahm sie den

Bohrer, die Spritze und das Gift. Vorsichtig löste sie eine Ecke des Etiketts und setzte den Bohrer an. Nach wenigen Sekunden stieß die Spitze durch das dünne Metall.

»Ich muß schnell was holen«, murmelte Kate und verließ die Küche.

»Beeil dich!« rief Malise ihr nach.

Kate lief die Treppe ins Obergeschoß hoch. Sie wollte endlich ihre Sachen in Sicherheit bringen, damit es in diesem Haus keine Hinweise auf sie gäbe.

Gerade wollte sie die Klinke zum Schlafzimmer runterdrücken, als die Türglocke schrillte. Von Panik ergriffen, machte sie kehrt, mit wenigen Sätzen war sie wieder im Erdgeschoß.

Im gleichen Moment schoß Malise aus der Küche, und beide liefen Richtung Keller. Durch die Milchglasscheibe in der Haustür zeichneten sich die Umrisse einer Gestalt ab. Als die Tür zur Tiefgarage hinter ihnen ins Schloß fiel, klingelte es oben zum zweiten Mal.

»Scheiße«, fluchte Kate, »das war Lander.«

ACHTZEHN

Die Sirene des Rettungswagens, der die Hauptstraße entlangraste und dann in die Bergstraße einbog, war im ganzen Dorf zu hören.

Kate stand in der Kassenschlange des Lebensmittelladens. Ihr war flau. Aufgeregt unterhielten sich die Kunden darüber, was nun wieder passiert sein könnte. Kate versuchte, gleichgültig auszusehen.

Zehn Minuten später stürmte sie in Malises Küche.

»Und? Ist es soweit?«

Malise drehte sich zu ihr um. Ihr Gesicht war ernst.

»Stell dir vor, der Notarzt war da und hat Willi in die Klinik gebracht. Er hat sich in Krämpfen gewunden, der arme Kerl!«

Kate stutzte. Wieso benahm sie sich so komisch?

Im nächsten Moment begriff sie: Auf der Küchenbank saß David, Malises jüngster Sohn. Er sollte mit seinen Brüdern eigentlich bei den Großeltern sein.

»Seid ihr schon wieder da?« fragte Kate, und David schüttelte den Kopf. »Nee, sind wir nicht«.

Im nächsten Moment kamen auch Simon und Lukas in die Küche, um sich Kakao zu machen. Sie löffelten

Unmengen von Schokopulver in die Milch, bis Malise Simon die Packung entwand.

»Schluß jetzt. Und raus aus der Küche!«

Endlich waren Malise und Kate allein.

»Und?« fragte Kate ungeduldig.

Auf Malises Gesicht breitete sich ein diabolisches Grinsen aus.

»Du hättest ihn sehen sollen!« sagte sie. »Er war grün im Gesicht und krümmte sich wie eine Gebärende in den Preßwehen! Ich hab' ihm zum Abschied freundlich zugewinkt; ich glaube, in diesem Moment ist ihm einiges klargeworden.«

»Hat er was gesagt?«

»Allerdings. ›Hexe‹ hat er gesagt!« Ihr Grinsen wurde noch breiter.

Plötzlich fühlte Kate sich unwohl in Malises Gegenwart. Hatte diese Frau denn nicht den kleinsten Zweifel?

In ihr selbst tobten die widersprüchlichsten Empfindungen. Angst und Neugier, Schrecken und Erleichterung.

»Was ist mit der Dose?« fragte sie aufgeregt.

»Schon passiert«, sagte Malise beruhigend. »Alles da, wo es hingehört.«

»Und die Spritze? Hast du daran gedacht, sie verschwinden zu lassen?«

»Liegt längst im Fluß. Ganz ruhig, Liebes, es ist alles in Ordnung.«

Malise umfaßte Kates zitternde Hände und hielt sie fest.

»Wir haben es also getan«, sagte Kate nach einer Pause, als staune sie selbst über diese Erkenntnis.

»Ja«, sagte Malise. »Wir haben es getan.«

»O Gott«, schreckte Kate hoch, »die Fotos! Ich muß heute nacht die Fotos rausholen.«

»Muß das sein?« fragte Malise unwillig. »Alles ist so gut gelaufen, jetzt müssen wir doch kein unnötiges Risiko eingehen.«

»Ich muß die Sachen rausholen!« beharrte Kate. »Gib mir den Schlüssel.«

Zum zweiten Mal wühlte Kate sich durch Mattuscheks Schlafzimmerschrank. Sie wollte sichergehen, daß nichts zurückbliebe, was einen Hinweis auf sie geben könnte. Zwischen ihr und Mattuschek sollte keine Verbindung bestehen, außer der Tatsache, daß sie zufällig Nachbarn waren.

Sie hatte die Vorhänge geschlossen und arbeitete im Schein von Samuels Taschenlampe, einer robusten Campingausführung, die genügend Licht gab.

Mattuscheks Sammlung von Fotos und Autogrammkarten war wirklich beeindruckend; mehr als dreißig Jahre lang mußte er dieses Hobby gepflegt haben. Die jüngsten Unterschriften waren ungefähr fünf Jahre alt, danach hatte er offenbar die Lust verloren.

Plötzlich zuckte sie zusammen: Sie hielt eine von ihren alten Autogrammkarten in der Hand. »Für Willi« hatte sie darauf geschrieben, »mit herzlichen Grüßen, Katharina Moor, Mai '83«.

Hatte sie die Karte bei irgendeiner Veranstaltung unterschrieben? Hatte er per Post um ein Autogramm gebeten? Kate erinnerte sich nicht. Damals hatte sie Tausende von Autogrammwünschen erfüllt. Das scheußliche Gefühl, seit Jahren von ihm beobachtet worden zu sein, stieg wieder in ihr auf. In einer plötzlichen Aufwallung zerriß sie das Foto in kleine Schnipsel und steckte sie sorgfältig in ihre Jackentasche.

Sie blätterte in den Alben, suchte, ob es vielleicht auch ein Zweierfoto von ihm und ihr gäbe. Sein Abbild grinste ihr hundertfach entgegen, sie ertrug es kaum noch. Dann fiel ihr ein, daß er ihr nichts mehr anhaben könnte. Er war ja tot.

Es fanden sich keine weiteren Bilder von ihr. Sie wandte sich einer Reihe von Aktenordnern zu, denen sie bislang noch keine Beachtung geschenkt hatte. Sie enthielten, alphabetisch geordnet, Zeitungsberichte über prominente Persönlichkeiten; sorgfältig ausgeschnitten und beschriftet. Zu jeder Person gab es handschriftliche Notizen über Vorlieben, Besonderheiten, Eigenarten.

Kate war so versunken, daß sie nicht hörte, wie sich unten eine Tür öffnete und wieder schloß. Auf der Suche nach dem Ordner mit dem Buchstaben »M« steckte sie mit dem halben Oberkörper im Schrank und vernahm nur den Hall ihrer eigenen halblauten Stimme, mit der sie zu sich selbst sprach. Die Tür zum Schlafzimmer wurde geöffnet.

Kate spürte plötzlich, daß etwas nicht stimmte, aber bevor sie sich umdrehen konnte, legte sich eine Hand auf ihren Mund.

Kate gab ein gurgelndes Geräusch von sich. Die Taschenlampe war ihr entglitten und halb unters Bett gerollt, so daß der Raum fast im Dunkeln lag.

Panische Angst schnürte ihr den Hals zu.

»Bleib ganz ruhig«, hörte sie Malises Stimme an ihrem Ohr.

Fast hätte Kate vor Erleichterung geweint, aber sie stieß nur ein leichtes Wimmern aus.

»Sei leise«, flüsterte Malise, »er ist zurückgekommen. Er ist im Haus.«

Erneut wurde Kate von Panik ergriffen. »Was sollen wir jetzt tun?« flüsterte sie verzweifelt.

In diesem Moment kamen Schritte die Treppe hoch.

Wie auf Kommando schoben Malise und Kate alle Ordner und Alben, die auf dem Boden lagen, unters Bett. Malise griff nach der Taschenlampe und machte eine schnelle Bewegung zu den Schränken hin. Sekunden später fanden sie sich zwischen den Kleidern und Anzügen des Ehepaares Mattuschek wieder. Im nächsten Augenblick öffnete sich die Tür, und das Deckenlicht flammte auf.

Kate dachte, ihr Herzschlag müsse bis ins Nachbarhaus zu hören sein. Sie schloß die Augen und schickte ein Stoßgebet zum Himmel. Bitte, bitte, laß ihn nicht den Schrank öffnen, flehte sie. Malises Atemzüge dröhnten wie ein Orkan in ihrem Ohr.

Den Geräuschen nach zu schließen, entledigte sich Mattuschek seiner Kleidung. Gleich darauf ging er ins Badezimmer. Offensichtlich ließ er Wasser in die Wanne einlaufen. Das Fließen übertönte die Schritte der beiden Frauen, als sie vorsichtig aus dem Zimmer und die Treppe hinunterschlichen.

Plötzlich blieb Malise stehen.

»Was ist los?« fragte Kate flüsternd.

»Wir tun's jetzt«, bestimmte Malise.

Kate wurde starr vor Schreck. »Ich kann nicht«, flüsterte sie.

Malise ignorierte den Einwand und reichte ihr die riesige, mit Hartgummi verkleidete Taschenlampe.

»Los!«

Sie schob die widerstrebende Kate die Treppe hoch.

Kate hielt die Lampe mit beiden Händen umklammert, als suche sie Halt.

Aus dem Badezimmer war jetzt leises Plätschern zu hören. Malise zählte leise: »Eins ... zwei ... drei«, und riß die Tür auf.

Entgeistert setzte Mattuschek sich in der Badewanne auf.

»He ... was soll denn das?« rief er und wollte aufspringen.

Kate holte halbherzig mit der Taschenlampe aus, er wich zurück und rutschte wieder ins Wasser.

Malise griff nach einem Rasierapparat, schaltete ihn ein und warf ihn Richtung Badewanne. Das spiralförmig gewundene Kabel dehnte sich auf seine volle Länge, der Apparat schlug am Wannenrand auf, schnalzte zurück und landete unter dem Waschbecken.

»Scheiße!« fluchte Malise.

In diesem Moment sprang Mattuschek aus der Wanne. Er verlor den Halt, glitt mit den nassen Füßen aus und fiel der Länge nach hin. Sein Hinterkopf schlug auf einen Mauervorsprung auf. Er hinterließ eine blutige Spur auf den hellen Fliesen.

»Aaaah!« Kate schrie auf und machte einen Satz rückwärts.

»Paß auf«, brüllte Malise, »der kommt noch mal hoch!«

Kate hob die Taschenlampe, aber Mattuschek rührte sich nicht mehr.

Entsetzt starrte Kate auf den leblosen Körper und wünschte, alles wäre nur ein Traum.

Sie spürte den Schwindel kommen. Die Situation war unwirklich. Zu ihren Füßen lag der Mann, der ihr das Leben zur Hölle gemacht hatte. Mit einer Erektion. Was für ein häßliches Ding, dachte Kate und brach im selben Augenblick in hysterisches Gelächter aus.

Malise packte sie grob am Arm. »Reiß dich gefälligst zusammen.«

Kate wollte gehen, hätte das alles am liebsten hinter sich gelassen. Aber Malise hielt sie fest.

»Wir müssen was tun!« sagte sie und sah Kate hilfesuchend an.

Ja, aber was? »Ich hol' die anderen«, murmelte Kate und flüchtete.

Erstaunlich schnell gelang es ihr, Rita zum Mitkommen zu überreden. Auch Inge wollte plötzlich mit. Zu dritt kehrten sie an den Ort des Geschehens zurück.

Kate sah zu, wie Rita ungerührt Mattuscheks Puls fühlte. »Er lebt noch. Aber vielleicht nicht mehr lange.«

Wieder spürte sie den leichten Schwindel. Verdammt noch mal, das war es doch, was sie gewollt hatten. Also, ruhig bleiben. Sie bemühte sich, genau zuzuhören, als Rita von den drei Möglichkeiten sprach, die sie hätten.

»Erstens: Wir rufen den Notarzt. Dann müssen wir erklären, was wir hier gemacht haben. Zweitens: Wir lassen ihn liegen. Wenn er wieder zu sich kommt, haben wir ein Problem. Drittens: Wir sorgen dafür, daß er nicht mehr zu sich kommt.«

Blieb wohl nur die letzte Möglichkeit. Verstohlen blickte Kate zu den anderen Frauen. Alle schwiegen. Malise ergriff die Taschenlampe, wog sie in der Hand, warf einen Blick auf den am Boden liegenden Mann. Ihr Arm sank herab. Sie drehte sich um, wollte ihr die Lampe geben. Kate schüttelte den Kopf.

Malise sprang auf. »Also gut, dann ins Auto! Wir schaffen ihn weg.«

Sie wickelten Mattuschek in ein Badetuch, zogen und zerrten ihn die Treppe hinunter. Kate wunderte sich, wie schwer der Kerl war. Krampfhaft versuchte sie, sich vorzustellen, er sei ein Sack Kartoffeln. Wenn bloß die Blutspur nicht wäre.

»Die Sauerei müssen wir nachher wegputzen«, hörte sie Inge keuchen.

Plötzlich fiel ihr etwas ein. Sie ließ los, Mattuscheks Kopf polterte auf die Stufen, das Badehandtuch rutschte herab. Sie ignorierte Malises Protest, lief ins Schlafzimmer, räumte Kartons und Ordner wieder in den Schrank. Ihre Sachen stopfte sie in Hosen- und Jackentaschen. Dann kehrte sie zurück zu den anderen, die in der Tiefgarage angekommen waren.

»Wir können unmöglich einen nackten Mann durch die Gegend fahren«, sagte Inge.

Um ein Haar hätte Kate wieder losgeprustet.

»In den Kofferraum«, befahl Malise und schloß auf.

In diesem Moment hörte Kate ein Geräusch. Sie erstarrte. Auch die anderen lauschten atemlos. Der Nachbar war ihnen entglitten und zu Boden gesunken.

Nichts geschah. Doch, da waren Schritte. Jemand kam zu Fuß in die Tiefgarage.

Mattuscheks Hand lag direkt neben Kates Fuß. Ensetzt starrte sie nach unten; gleich würde die Hand sich bewegen, nach ihr greifen ...!

»Aaaah!« schrie sie.

Die Frauen erwachten aus ihrer Erstarrung, packten Mattuschek, warfen ihn in den Kofferraum. Seine haarigen Beine hingen über den Rand.

Malise beugte sich nach unten und wollte ihn umdrehen. Nun ragten auf der einen Seite seine Füße heraus, auf der anderen sein Kopf. Sie drückte den Kofferraumdeckel so weit es ging nach unten und hielt ihn mit einer Hand fest.

In diesem Moment bog eine Gestalt um die Ecke.

Kate schloß die Augen.

»Was macht ihr denn da?« hörte sie eine vertraute Stimme.

Vor ihnen stand Gudrun und musterte sie argwöhnisch.

»Ist was passiert?«

Gudruns Blick fiel auf Malise, die immer noch den Deckel festhielt und gleichzeitig versuchte, die heraushängenden Beine zu verdecken. Mit beiden Händen packte Gudrun die Klappe und öffnete gegen Malises Widerstand den Kofferraum.

Jetzt ist es aus, dachte Kate. Bis ich aus dem Gefängnis komme, bin ich vielleicht schon Großmutter.

Gudrun schrie nicht, zeigte kein Erschrecken. Sie stand einfach da und betrachtete ihren Mann.

Kate sah sie starr an. Warum reagierte sie nicht?

Mattuschek begann sich zu bewegen. Aus seinem Mund drang ein leichtes Stöhnen.

»Der lebt ja noch«, stellte Gudrun fest.

Sie packte den Wagenheber, der lose im Kofferraum lag, holte aus und drosch mit aller Kraft auf Mattuscheks Schädel. Es gab ein dumpfes Geräusch, sein Kopf fiel zur Seite. Kate verzog gequält das Gesicht.

»So, Willi«, hörte sie Gudrun sagen, »das ist für die letzten fünfzehn Jahre.«

Damit legte sie den Wagenheber zurück an seinen Platz.

Der Waldweiher lag schwarz und unergründlich zwischen den Tannen.

Ein Auto mit abgeblendeten Scheinwerfern näherte sich langsam und hielt am Ufer. Zwei Frauen stiegen aus, hoben einen schweren Gegenstand aus dem Kofferraum und verstauten ihn in einem der Ruderbootc, die am Steg vertäut waren. Wenig später glitt das Boot übers Wasser; nur noch das leise Plätschern, wenn die Ruder aus dem Wasser tauchten, war zu hören.

In der Mitte des Weihers stoppte Malise das Boot.

»Fertig?«

Kate, die ihr gegenüber auf der zweiten Bank saß, nickte. Sie rührte sich nicht. Das Boot bewegte sich sachte hin und her.

»Also, was ist?«

Kate schreckte hoch. Malises Stimme schien von weit her zu kommen.

Zu Kates Füßen lag der tote Mattuschek; an seinen Armen und Beinen waren sorgfältig vier Eisenhanteln befestigt. Es waren die von Rita, mit denen sie immer trainiert hatte.

»Los«, sagte Malise und packte entschlossen seine Füße.

Kate ergriff die Handgelenke. Sie standen vorsichtig auf und wuchteten den Körper über die Bootswand. Das Boot schwankte gefährlich, mühsam hielten die Frauen das Gleichgewicht.

Mit einem kurzen, leisen Glucksen nahm der Weiher den Körper auf und verschluckte ihn. Aufatmend setzten sich die beiden Frauen wieder hin.

Malise lehnte sich zum Boot hinaus und wusch ihre Hände. Kate zog die Schnipsel der Autogrammkarte aus ihrer Jackentasche und streute sie ins Wasser. Dann setzte sie eine Flöte an den Mund. Eine melancholische Melodie erklang, während ein paar Luftblasen zur Oberfläche des Weihers aufstiegen und dort zerplatzten.

»Der Teufel hole deine schwarze Seele«, sagte Malise und spuckte ins Wasser. Dann packte sie die Ruder und wendete das Boot.

NEUNZEHN

Am darauffolgenden Sonntag erregten seltene Gäste die Aufmerksamkeit der Gottesdienstbesucher. Malise hatte ihre Tuareg-Tracht angelegt und wirkte ziemlich fremd in der bayerischen Kirche. Kate und Inge trugen, ohne daß sie es abgesprochen hätten, schwarze Kleidung, als gingen sie zu einem Begräbnis. Sie begleiteten Gudrun, die den dringenden Wunsch geäußert hatte, für die Seele des vermißten Willi zu beten; sogar Rita hatte sich ihnen angeschlossen. Ihr ging es aber offensichtlich nur darum, den neuen Pelzmantel auszuführen.

Der Gottesdienst war gut besucht. Als Gudrun, umringt von ihren Nachbarinnen, die Kirche betrat, ging ein mitfühlendes Raunen durch die Bänke.

Die fünf Frauen nahmen Platz, senkten die Köpfe und falteten die Hände.

Kate folgte aufmerksam dem Ritual des Gottesdienstes. Inbrünstig sang und betete sie mit; es konnte nicht schaden, den Herrgott gnädig zu stimmen.

Der Pfarrer hielt seine Predigt. Als er zu den armen Seelen kam, bedachte er Gudrun mit einem langen Blick.

»Und nun lasset uns beten für die Seele eines Gemeindemitglieds, dessen Schicksal wir derzeit noch nicht kennen. Wir wissen nur eines: Auch sein Leben liegt in den Händen Gottes, unseres Schöpfers. Sei ihm gnädig, o Herr, falls er nicht mehr unter uns weilen sollte, und nimm ihn auf in Deine Herrlichkeit.«

Gudrun schluchzte auf und schickte dem Pfarrer ein dankbares, schmerzerfülltes Lächeln. Sie tupfte die Tränen von ihren Augen und machte ein tapferes Gesicht. Perfekt spielte sie die Rolle der Verzweifelten, die hin und her gerissen ist zwischen der Hoffnung, ihr vermißter Mann könne wieder auftauchen, und der Angst, ihn endgültig verloren zu haben.

Während der Pfarrer die Kommunion verteilte, ruhte Malises Blick nachdenklich auf dem Pelzmantel. Sie beugte sich nach vorne und zupfte Rita am Ärmel.

»Seit wann macht Alex denn so großzügige Geschenke?« flüsterte sie.

Rita errötete, gab aber keine Antwort.

»Oder ist das vielleicht gar kein Geschenk?«

Erstaunt beobachteten Kate und Inge, wie Malise näher an Rita heranrückte und fragte: »Was hat das edle Stück denn gekostet?«

»Einiges«, gab Rita schnippisch zurück.

Unwillig drehten die Gläubigen ihre Köpfe.

»So um die viertausend vielleicht?« fragte Malise jetzt gut hörbar.

»Dös is fei unverschämt!« schimpfte eine Frau in der Bank neben Malise. »Kannst du dein Maul net halten, wennst eh bloß alle Jubeljahre in d'Kirch kimmst?«

Die anderen Gottesdienstbesucher nickten zustimmend.

Malise achtete nicht auf sie. Energisch packte sie Rita am Kragen des Mantels und zog sie zu sich her.

»Du verkommenes Luder!« zischte sie haßerfüllt.

Rita lachte verächtlich auf. »Das mußt du gerade sagen! Du weißt wohl nicht mehr, wozu dieses Geld bestimmt war?«

Kate wurde blaß. »Seid ihr wahnsinnig geworden?« flüsterte sie. »Hört sofort auf!«

»Es segne euch der allmächtige Gott, der Vater, der Sohn und der Heilige Geist«, hub der Pfarrer zum Abschlußsegen an.

Rita bekreuzigte sich schnell.

»Gehet hin in Frieden«, sagte der Geistliche und erhob beide Arme.

»Dank sei Gott dem Herrn«, murmelte die Gemeinde.

Beim Verlassen der Kirche machten viele der Gläubigen bei Gudrun halt, drückten ihr die Hand und wünschten ihr Kraft. Zuletzt kam der Pfarrer.

»Was immer geschehen ist, es war Gottes unerforschlicher Ratschluß«, sagte er in salbungsvollem Ton.

Hast du eine Ahnung, dachte Kate.

Gudrun schniefte wieder ein bißchen, faltete die Hände und sagte: »Mir bleibt immer noch die Hoffnung. Er kann schließlich jeden Moment zurückkommen.«

»Was Gott verhüten möge«, preßte Malise durch die Zähne. Dann nahm sie Kurs auf Rita, die ihr Heil in der Flucht gesucht hatte.

Kate war froh, daß sie nicht in Ritas Haut steckte.

Der Klang der Flöte füllte jeden Winkel des Raumes. Kate lag mit geschlossenen Augen auf dem Boden und lauschte der Musik.

Sie richtete sich auf und griff nach dem Instrument, an dem sie gerade arbeitete. Sie setzte es an den Mund, blies ein paar Töne mit und legte es ernüchtert zurück.

Die Platte war zu Ende. Kate holte sich ein neues Glas Rotwein. Ein Geräusch ließ sie aufhorchen. Es klopfte an einem der Fenster.

Kate kniff die Augen zusammen, aber sie sah nur ihr eigenes Spiegelbild. Da draußen war jemand. Jemand, der sie beobachtete, wer weiß, wie lange schon.

Langsam ging sie zum Lichtschalter und knipste das Deckenlicht aus. Es dauerte etwas, aber dann erkannte sie eine Gestalt. Etwas Vertrautes ging von den Umrissen aus.

Ohne Eile ging sie zum Fenster und öffnete es.

»Sie sahen einfach zu gut aus«, sagte Lander. »Ich konnte nicht mehr an mich halten.«

»Kommen Sie rein.«

Kate schloß das Fenster und öffnete die Terrassentür.

Sie vergaß, das Licht wieder anzumachen. Der Raum war nicht wirklich dunkel, eher schummrig, wie eine schützende Höhle.

»Was trinken Sie da?«

Kate fand die Frage albern; es war nicht zu übersehen, daß es sich um Rotwein handelte. Ohne zu antworten füllte sie ein weiteres Glas.

Ein Streichholz flammte hinter ihr auf. Sie fuhr herum. Lander entzündete eine Kerze.

»Was soll das werden?« fragte sie spöttisch.

»Was Sie wollen.«

»Was *ich* will? Wovon soll ich ausgehen, wenn mitten in der Nacht die Polizei bei mir anrückt? Sie wollen mich wieder irgendeines Verbrechens überführen, nehme ich an.«

»Es ist mehr ein privater Besuch«, sagte Lander, nahm das Glas und trank einen Schluck. Dabei wandte er den Blick nicht von Kate. Seine Augen waren gerötet.

»Hat man Ihnen gekündigt, wegen Erfolglosigkeit?« fragte Kate spöttisch. Sie war nicht halb so selbstsicher, wie sie tat.

Er machte ein paar Schritte zum Fenster und blieb mit dem Rücken zu ihr stehen.

»Wissen Sie, wie das ist, wenn man etwas genau weiß, aber ums Verrecken nicht erklären kann, woher? Eine Gewißheit, die nicht auf Fakten beruht, sondern auf Gefühlen?«

»Natürlich«, sagte Kate ruhig.

»Für einen Bullen ist diese Art von Gewißheit soviel wert wie eine ungeladene Pistole. Einen Scheißdreck nämlich.«

Er drehte sich um und starrte sie an. »Warum sehen Sie bloß so verdammt gut aus?«

Kate lachte verlegen. »Gehört das zum Verhör?«

fragte sie mit gespielter Gelassenheit. Sie war im höchsten Grade alarmiert.

Lander ging jetzt auf und ab, dabei fuhr er sich mehrfach mit den Händen durch die Haare.

»Der Kerl hat sich nicht umgebracht – das paßt nicht zu ihm. Aber wenn es kein Selbstmord war, war es Mord. Und dann gibt es einen Mörder. Oder eine Mörderin. Das Problem ist nur: Es gäbe eine Menge Leute mit einem verdammt guten Motiv.«

»Wen denn zum Beispiel?« Kates Stimme klang belegt.

»Ihre Nachbarinnen.«

»Welche?«

»Eigentlich alle. Frau Hutter glaubt, Mattuschek habe versucht, sie zu vergewaltigen. Inge Seemanns Vater ist nach einem Streit mit Mattuschek zu Tode gekommen. Dann natürlich die Ehefrau. Ehefrauen sind immer verdächtig.«

»Gudrun?« Kate lachte angestrengt. »Trauen Sie diesem verhuschten Wesen irgendwas Böses zu?«

»Man weiß nie. Bei Rita Weber bin ich mir nicht sicher. Die hat zwar mit Abstand das größte kriminelle Potential, aber als einzige kein klares Motiv. Bleiben noch Sie.«

»Ich?«

»Ja. Der Brand hat Sie ruiniert. Um ein Haar wäre Ihr Sohn dabei gestorben.«

»Aber es wurde keine Brandstiftung nachgewiesen!«

»Das ist nicht das Entscheidende«, sagte Lander sanft. »Entscheidend ist, was *Sie* glauben. Entscheidend ist immer, was jemand glaubt.«

»Sagen Sie, was wollen Sie eigentlich von mir?« fragte Kate verunsichert.

Im nächsten Augenblick hatte er sie gepackt, zog sie eng zu sich heran und küßte sie. Bevor sie begriffen hatte, was vor sich ging, sagte er: »Das.«

Eine Sekunde später schlossen sich mit einem klickenden Geräusch Handschellen um ihre Gelenke.

»Und das.«

Entgeistert starrte Kate auf ihre gefesselten Hände. Ihr Herz schlug plötzlich bis zum Hals.

»Was soll das heißen ... Sie nehmen mich fest?«

»Wären Sie überrascht?«

Kate verzichtete sicherheitshalber auf eine Antwort.

»Mit Handschellen hab' ich's noch nie getan«, sagte sie statt dessen frech und fragte sich, wo sie die Kaltblütigkeit hernahm.

»Stehen Sie auf so was?« schoß er blitzschnell zurück.

»Nehmen Sie mir die Dinger bitte ab.« Sie hielt ihm ihre Hände entgegen.

»Ich denke gar nicht daran.«

Wieder zog er sie an sich und küßte sie.

Sie erwiderte seinen Kuß. Dann stieß sie ihn weg.

»Sie sind unverschämt!«

»Unverschämt anziehend, wollten Sie doch sagen, oder?«

»Das ist Nötigung, wenn ich nicht irre.«

»Sie irren. Man nennt es Verführung.«

Er öffnete die Knöpfe ihrer Bluse und streifte sie ihr über die Schultern. Er küßte ihren Hals, strich mit den Händen über ihren Rücken. Seine Lippen wanderten tiefer.

Kate stöhnte auf. Sie war wütend. Gleichzeitig war sie erregt. Sie wollte ihn. Ja, natürlich, die ganze Zeit wollte sie ihn schon.

»Nehmen Sie mir die verdammten Dinger ab«, schrie sie und hob hilflos ihre gefesselten Hände.

»Nein«, flüsterte er und fuhr fort, sie auszuziehen.

Kate bemerkte widerwillig, daß der wehrlose Zustand, in dem sie sich befand, ihre Lust steigerte. Wut und Begehren wurden zu einer erregenden Mischung. Sie gab vor, Widerstand zu leisten, in Wahrheit warf sie sich Lander entgegen.

Sie sanken auf das Sofa, und Kate ergab sich einem Kerl, der sie für Jahre in den Knast bringen könnte, wenn er es nur geschickt genug anstellte.

»Was bekomme ich dafür?« fragte er später lächelnd und ließ den Schlüssel für die Handschellen vor Kates Gesicht kreisen.

»Dasselbe noch mal«, hauchte Kate.

»Gerne. Ich komme bei Gelegenheit darauf zurück.«

Die Fesseln schnappten auf, Kate rieb sich die Handgelenke. »Warum mußt du ausgerechnet ein Bulle sein?« murmelte sie.

Er verschränkte seine Arme, hielt sich mit einer Hand die Nase zu und schwenkte einen Arm wie einen Elefantenrüssel. Dazu trompetete er laut.

»Sind doch nette Tiere, oder nicht?«

Kate begriff nicht gleich. Dann fielen ihr seine Zeichnungen ein.

»Ach so.« Sie lachte. »Ein Elefantenbulle! Warum eigentlich ausgerechnet Elefanten?«

»Die sind so wie ich«, sagte er, plötzlich ganz ernst, »die vergessen nicht.«

»Fffff« machte es, als das Feuer in den Ballon stieß. Kates Herz vollführte vor Freude einen Sprung.

Die Verankerungen wurden gelöst, Ballast abgeworfen, und gleich darauf stieg der Ballon unerwartet schnell in die Höhe.

»Herzlichen Glückwunsch zum Geburtstag!« sagte Malise und hob ein gefülltes Sektglas.

Kate stieß mit ihr an. »Danke, Malise!« sagte sie mit Rührung in der Stimme. »Das ist das schönste Geburtstagsgeschenk, das ich je bekommen habe!«

»Brave Mädchen kommen eben in den Himmel!« Malise grinste.

Fasziniert beobachteten sie, wie der Ballon höher und höher stieg. Häuser und Autos nahmen die Größe von Spielzeug an, und am Horizont tauchten immer mehr schneebedeckte Berggipfel auf.

Der Ballon schwebte geräuschlos über die Landschaft; stellenweise lag auch in den Tälern noch Schnee. Es hatte noch mal einen Kälteeinbruch gegeben, obwohl schon April war. Nur vereinzelt hatten sich ein paar Knospen und Blüten hervorgekämpft.

»Wahnsinn, jetzt kann man bestimmt schon bis nach Österreich sehen«, staunte Kate.

»Wie hoch sind wir jetzt?« fragte Malise den Ballonfahrer, und ihr Atem bildete eine Wolke.

»Nicht sehr hoch, vielleicht zweihundertfünfzig Meter. Bis drei-, vierhundert Meter können wir raufgehen, dann sieht man noch mehr.«

Schweigend standen Kate und Malise nebeneinander, ihre Schultern berührten sich. Kates Gedanken wanderten zurück zu Lander.

»Hat der Kommissar dich eigentlich auch noch mal verhört?« fragte sie leise.

»Nicht nur einmal«, flüsterte Malise und grinste. »Der hat sich festgebissen wie ein Terrier. Aber er hat ja nichts in der Hand. Ohne Leiche kein Mord. Ohne Mord kein Mörder.«

Plötzlich stieg ein Gedanke in Kate auf.

»Wo sind eigentlich die Beweise, von denen du mir mal erzählt hast? Die Haare, die du Mattuschek ausgerissen hast, und sein Ehering? Du hast sie mir nie gezeigt!«

»Ich habe auch nie gesagt, daß ich sie habe«, sagte Malise lächelnd. »Ich habe nur gesagt: Was wäre, wenn ich sie hätte?«

Kate sah sie entgeistert an. »Soll das heißen, du hast das alles erfunden? Es gibt die Haare nicht, und den Ring auch nicht?«

»Es gibt sie nicht«, sagte Malise. »Aber es könnte sie geben.«

Der Ballon näherte sich dem Dorf. Deutlich waren das Schloß und die Spitze der Kirche zu erkennen.

»Fffff« machte es wieder.

Kate brauchte einen Moment, um diese Neuigkeit zu begreifen. Eine dunkle Ahnung stieg in ihr auf.

»Mach dir keine Gedanken«, sagte Malise. »Es ist sowieso zu spät.«

Sie prostete Kate zu und nahm einen weiteren Schluck aus dem Sektglas.

Der Ballon überquerte ein großes Waldstück. Plötzlich wurde der Weiher sichtbar, bedeckt von einer zarten, brüchigen Eisschicht. Der Ballon hielt auf das Gewässer zu, schließlich war er genau darüber.

Kate sah nach unten. Sie blinzelte. Dann stieß sie Malise in die Seite.

»Da, schau!« wisperte sie aufgeregt und zeigte Richtung Weiher.

»Was meinst du?« Malise starrte angestrengt nach unten. »Ich seh' nichts.«

»Da! Ziemlich in der Mitte, der dunkle Fleck!«

Malise schaute wieder und schüttelte den Kopf. »Du bist verrückt!«

O nein, dachte Kate, ich bin nicht verrückt.

Dicht unter der Oberfläche zeichnete sich deutlich ein Schatten ab. Als sie genauer hinsah, meinte sie die Umrisse eines menschlichen Körpers zu erkennen.

Und als sie den Kopf wandte, sah Kate noch etwas.

Das grün-weiße Polizeiauto hielt genau auf den Weiher zu.